krimikahl

Christine Sylvester, geboren 1969 in Bielefeld, ist Diplomjournalistin und lebt und arbeitet als freie Autorin, Dozentin und Mutter zweier Kinder in Dresden.

Christine Sylvester

oh du tödliche

Lale Petersen ermittelt

Dies ist ein Roman, ein Werk reiner Fiktion.
Figuren und Handlung sind frei erfunden.

1. Auflage September 2010

Umschlagfoto: Olaf Schubert, www.olafschubert.de
Satz und Umschlaggestaltung: Gunhild Röth, www.werkgrafik.de
Druck und Bindung: Ebner & Spiegel, Ulm
ISBN 978-3-938916-16-2

www.kahl-verlag.de

Liebe Lale-Kenner und solche, die es werden wollen!

Oh du tödliche ... Das ist ein Seufzer, der Kommissarin Lale Petersen diesmal in der Weihnachtszeit entschlüpft, und das gleich drei Mal. Ausgerechnet im Dezember, wo es doch so gemütlich, besinnlich und touristisch im barocken Dresden zugeht, haben Lale und ihre Kollegen gleich drei Fälle zu lösen.

Wer Kommissarin Petersen bereits kennt von ihrer Jagd auf »Barocke Engel« oder ihr persönliches Engagement gegen organisierte Kriminalität im sächsischen »Muschebubu«, der wird neben einer authentischen Lale selbstverständlich auch ihre eigenwilligen Polizei-Kollegen wiedertreffen. Und natürlich dürfen Sohn Pit, Nachbarin Brigitte und der manchmal so furchtbar lästige Jobst nicht fehlen.

Mit ebenso mörderischen wie kriminalistischen Grüßen

Christine Sylvester

Stollentod

Was ist bloß ein Riesenstriezel?

»Und, was ist jetzt mit der Mittagspause?«, fragte Mandy kauend und stellte eine Schale mit Dresdner Stollen auf Lales Schreibtisch. »Gehen wir auf den Striezelmarkt? Och, bitte!«

Lale schüttelte unwirsch den Kopf und blätterte weiter in ihrer Zeitung.

»Och, Lale …«, drängelte Mandy. »Schau mal, wenn du immer nur hier herumsitzt, kannst du ja gar nicht in Weihnachtsstimmung kommen!«

Lale sah seufzend von der Zeitung auf. »Wenn ich mich hier so umsehe«, sagte sie und deutete auf Tannenzweige und Glitzerkugeln, »dann finde ich das unglaublich weihnachtlich. Geradezu sensationell für ein Büro der Mordkommission.« Sie deutete auf Räuchermännchen, Nussknacker und Engelchen, die sich in den Regalen tummelten. »Warum müssen die da in solchen Mengen herumstehen?«

»Ach, du bist einfach hoffnungslos ungemütlich«, maulte Mandy. Dann entflammte sie einen Räucherkegel, setzte die Holzfigur darüber und wedelte über dem Räuchermännchen herum. »Riech doch mal!«

Lale rümpfte die Nase. »Es stinkt!« Dann faltete sie die Zeitung zusammen und legte sie zur Seite. »Nichts. Im Augenblick passiert in Dresden einfach gar nichts.«

»Aber das ist doch toll!«, rief Mandy aus. »Alles ist so friedlich und fröhlich.« Sie lächelte selig und begann vor sich hin zu trällern. »Oh, du fröhlichehe … Oh, du seligehe …«

»Gnade!«, flehte Lale lachend. »Das ist ja kaum zum Aushalten mit deiner Weihnachtsstimmung.«

»Stollen?« Mandy hielt ihr eine Schale unter die Nase.

In diesem Moment klingelte es in Lales Jackentasche. Sie winkte ab und fischte ihr Mobiltelefon aus der Jacke. »Petersen!«

»Lale, meine Süße! Ich bin es, Hanne!«, säuselte es in Lales Ohr.

»Hallo … ähm, Hanne.« Lale griff sich an die Stirn. Hanne, Hanne, Hanne … Wer zum Teufel war diese Hanne! Sie seufzte.

»Jetzt bin ich aber beleidigt«, rief Hanne fröhlich ins Telefon. »Erkennst du mich etwa nicht? Deine alte Schulfreundin Hanne aus Hamburg.«

»Ach, Hanne!« Lale wirkte erleichtert. An Hanne hatte sie ja ewig nicht mehr gedacht. »Und, was treibst du so?«

»Ach, immer noch dasselbe, du weißt schon …« Hanne ließ den Satz in der Luft hängen. »Ich wollte mal hören, wie es dir so geht in Dresden. Wir haben ja lange nichts voneinander gehört!«

»Stimmt«, sagte Lale und überlegte. »Wie lange ist das her, dass wir uns gesprochen haben?«

»Mindestens zwölf Ewigkeiten«, erklärte Hanne unverdrossen. »Und deshalb habe ich mich gefragt, was die gute alte Lale wohl so macht. Du bist doch noch bei der Polizei, oder?«

Lale nickte, besann sich jedoch auf das Telefonat und sagte: »Ja, sicher. Und du? Immer noch … ähm …?« Oje, was hatte Hanne zuletzt gemacht?

»Ja, ich bin immer noch bei dieser Zeitschrift«, erklärte Hanne bereitwillig. »Ich komme nicht los von Journalismus und Sensationen.« Sie lachte. »Sag mal, stimmt das mit eurem Riesenstriezel?«

»Bitte was?«, fragte Lale irritiert.

»Na, mit dem Riesenstriezel«, insistierte Hanne. »Stimmt es, dass der Riesenstriezel in Gefahr ist?«

»Riesenstriezel?« Lale blickte fragend zu Mandy, die offenbar interessiert diese eine Seite des Telefonats verfolgte. »Riesenstriezel – das klingt irgendwie unanständig!«

»Immer noch der alte Scherzkeks.« Hanne lachte herzhaft. »Aber mal im Ernst: Es soll da doch Drohungen gegen das Stollenfest und den großen Striezel geben. Ist da was dran?«

»Drohungen gegen einen Striezel?«, wiederholte Lale ungläubig. Mandy zog die Augenbrauen hoch und kam näher.

»Was ist los?«, zischte Mandy über den Schreibtisch.

Lale zuckte die Achseln. »Du, Hanne, ich weiß überhaupt nicht, wovon du sprichst«, erklärte sie.

»Wie? Du willst mich auf den Arm nehmen!«, rief Hanne. »Du musst doch mitbekommen haben, dass es da Drohungen gegeben hat. Angeblich wurde sogar ein Bäckermeister entführt, und das Messer ist auch verschwunden.«

»Was denn für ein Messer?« Lale schüttelte unwillkürlich den Kopf. Deshalb rief Hanne also an. Sie war an irgendeiner Geschichte dran und erhoffte sich von ihr Informationen! Na, den Zahn würde sie ihr schnellstens ziehen.

»Lale, komm schon«, sagte Hanne vorwurfsvoll. »Du weißt doch was! Immerhin handelt es sich um eine Entführung!«

Mandy war jetzt um den Schreibtisch herum gekommen und drängte sich näher an das Telefon. Lale stand auf, schob Mandy zur Seite und stellte sich vor ihren Schreibtisch. »Also, wenn es um eine Entführung geht, bist du bei mir an der falschen Adresse, meine liebe Hanne«, sagte sie, nicht ohne einen gewissen Triumph in der Stimme. »Auf meinem Schreibtisch landen nur Tote.« Sie machte eine genüssliche Pause und wich der erneut nahenden Mandy aus. »Sollte dieser Striezel die Entführung allerdings nicht überleben …« Sie hörte, dass Hanne sich Notizen machte. »Wie gesagt, bei mir landet er nur tot.«

»Na, das wollen wir doch nicht hoffen«, sagte Hanne, und ihre Betonung ließ keinen Zweifel daran, dass sie auf möglichst viele Todesopfer spekulierte. »Wenn es also Tote gibt, kann ich mich an dich wenden?«

»Nö«, sagte Lale bestimmt. »Denn dann ist es mein Fall und ich darf nicht darüber sprechen.«

»Aber Süße«, säuselte Hanne erneut. »Du kannst mir doch mal einen kleinen Tipp geben. So unter alten Freundinnen.«

Lale seufzte. Sie konnte diese Pressefritzen nicht ausstehen.

Da machte auch Hanne keine Ausnahme, Schulfreundin hin oder her. »Also gut«, lenkte Lale ein, um sie erstmal loszuwerden. »Sollte mir ein toter Striezel über den Weg laufen, bekommst du die Presseinformationen vorab.«

»Super, ich wusste, dass ich mich auf dich verlassen kann!«, lobte Hanne. »Und wenn du etwas über das Messer hörst oder über den Bäcker, lass es mich sofort wissen!« Hanne raschelte herum. »Ich gebe dir mal schnell meine Handynummer. Unter der kannst du mich jederzeit erreichen. Immer, hörst du? Auch mitten in der Nacht!«

Lale schüttelte erneut irritiert den Kopf, während Hanne ihr eine lange Telefonnummer ins Ohr diktierte. Sie schnappte sich ihre rote Tasse vom Regal und goss sich langsam Kaffee ein.

»Hast du's?«, fragte Hanne. »Ich wiederhole.«

Lale nahm einen Schluck Kaffee, während Hanne die Telefonnummer erneut diktierte. Sie verzog das Gesicht, denn der Kaffee war lauwarm und bitter vom langen Warmhalten.

»So, hast du's?«, fragte Hanne erneut.

»Klar«, sagte Lale, stellte die Kaffeetasse zur Seite und ging zurück zu ihrem Schreibtisch. »Du, ich muss jetzt auch Schluss machen … Tschüs, Hanne!«

»Aber nicht vergessen, mir sofort Bescheid zu sagen …«, quäkte es aus dem Telefon, als Lale schnell die Verbindung unterbrach.

»Was ist mit unserem Riesenstriezel?« Mandys Stimme klang aufgeregt. »Nun sag schon!«

Da schwimmt etwas im Zwingergraben

»Da hast du doch dran gedreht«, zischte Lale Mandy zu, als sie mit Mützen, Schals und dicken Jacken am Kulturpalast entlanggingen.

Mandy schüttelte den Kopf. »Da habe ich nix mit zu tun«, stieß sie mit dampfendem Atem hervor.

Am Eingang zum Striezelmarkt, unter einem riesigen hölzernen Schwibbogen, drehte Gerste, der Leiter der Mordkommission, sich um. »Frau Schneider, es war wirklich eine hervorragende Idee von Ihnen, die Mittagspause einmal gemeinsam zu verbringen. Jetzt fehlt nur noch der Kollege Krokowszic.«

Lale warf Mandy einen tadelnden Blick zu. »Und dann auch noch lügen«, stieß sie zwischen den Zähnen hervor.

»Was meinen Sie, Frau Petersen?«, fragte Gerste.

»Ach nichts.« Lale sah den Chef an. »Ich frage mich nur, wo Kroko steckt.«

»Der kommt noch«, erwiderte Gerste. »Ich gehe mal voran.«

Lale und Mandy folgten Gerste zwischen Schwaden aus Gebratenem, Buden mit Glasbläserprodukten, Herrnhuter Sternen und Erzgebirgischem Schnitzwerk hindurch. Auch mittags war der Markt schon gut besucht. Von ferne schepperte Weihnachtsmusik aus irgendwelchen Lautsprechern.

Vor einem Stand mit Glühwein hielt Gerste an. »Die erste Runde geht auf mich«, versprach er und stellte sich an.

Mandy hakte Lale unter und zog sie an einen der Stehtische mit Standofen. »Ist das nicht herrlich?« Sie sah sich mit glänzenden Augen um. »Selbst der Chef ist richtig in Stimmung.«

»Na, ich weiß nicht«, meinte Lale und rieb sich die kalten Hände. »Ein bisschen voll vielleicht.«

»Ach, um die Zeit geht es noch.« Mandy zog sich die bunte Mütze tiefer ins Gesicht. »Guck mal da!« Sie begann mit den Armen zu rudern. »Huhu! Hier sind wir!«

Lale drehte sich um. Da näherte sich der Kollege Krokowszic. Beinahe hätte sie ihn nicht erkannt mit seiner Pudelmütze und dem dicken Schal. Allein sein typischer, leicht besorgter Gesichtsausdruck und der seltsam hüpfende Gang verrieten ihn.

»Mahlzeit, die Damen«, schnaufte er. »Habt ihr schon gehört, was passiert ist?«

»Nein! Was denn?« Mandy war sofort Feuer und Flamme.

»Etwas Schreckliches!«, stieß Kroko hervor.

»Oje …« Lale grinste. »Sagen Sie bloß, Sie haben eine Kopie falsch abgelegt. Das ist wirklich grauenhaft!«

»Ach Lale, nun lass doch mal deine blöden Sprüche«, verlangte Mandy und sah den Kollegen mit großen Kulleraugen an. »Nun erzähl schon!«

»Das Stollenmesser ist verschwunden«, erklärte Kroko sorgenvoll. »Man wollte es wie immer zur Adventszeit in dem Café am Altmarkt ausstellen …«

»Und?«, drängelte Mandy.

»Nun, dort ist es nie angekommen.« Kroko machte ein betrübtes Gesicht.

»Und nun hat jemand ein Messer zuviel in der Küchenschublade?«, fragte Lale amüsiert. »Das wird die Öffentlichkeit aber aufwühlen.«

»Also bitte, Frau Petersen!« Kroko klang richtig empört. »Es geht hier nicht um irgendein Küchenmesser.«

»Genau«, sprang Mandy ihm sogleich bei. »Das Messer ist sooo groß.« Sie breitete ihre Arme weit aus. »Und auch wahnsinnig schwer.«

Lale sah stirnrunzelnd von einem zum anderen. »Was ist das denn jetzt für eine krude Geschichte?«

»Wir sprechen von dem Riesenstollenmesser«, erklärte Kroko betont sachlich. »Es ist einen Meter sechzig lang und hat ein Gewicht von zwölf Kilo. Immerhin ist es versilbert.«

Mandy nickte eifrig.

»Ihr wollt mich doch auf den Arm nehmen«, sagte Lale.

»Mitnichten, Frau Kollegin.« Kroko machte ein amtliches Gesicht. »Dieses Messer wurde eigens für das alljährliche Stollenfest angefertigt. Und es wird auch nur zum Stollenfest aus dem Tresor geholt.«

In diesem Moment nahte Gerste mit einem kleinen Tablett, auf dem vier Glühweintassen dampften. »So, liebe Kollegen, dann lassen Sie uns mal anstoßen darauf, dass es weiterhin eine so friedliche Adventszeit bleibt.«

»Oh, ich fürchte, dafür ist es bereits zu spät.« Lale nahm schmunzelnd eine Tasse entgegen. »Wie ich gerade hören musste, schleicht ein Killer mit einem Riesenmesser durch Dresden.«

Gerste reichte auch Mandy und Kroko Glühweintassen. »Was soll der Quatsch?«

»Chef, man hat das Messer für den Riesenstriezel geklaut«, erklärte Mandy empört. »Das ist doch eine gewaltige Sauerei!«

»Blödsinn«, ließ sich Gerste vernehmen. »Das ist bestimmt wieder irgendein PR-Gag. Das ganze Riesenstriezel-Gehampel ist doch ein einziger PR-Gag.«

Lale runzelte die Stirn. »Was soll eigentlich die ganze Zeit dieses Gerede von einem Riesenstriezel?« Davon hatte Hanne doch auch irgendwas gemurmelt. »Ist das auch irgend so ein riesiges Gebilde hier auf dem Markt?« Sie deutete mit einem Kopfnicken in Richtung der großen Pyramide. Immerhin hieß das hier ja Striezelmarkt. Warum eigentlich? Sie sah Kroko herausfordernd an.

»Striezel ist nur ein anderes Wort für Stollen«, gab Gerste Auskunft. »Und am Wochenende ist Stollenfest. Da wird ein riesiger Stollen angeschnitten. Aber jetzt genug davon. Prost!« Er nahm einen Schluck Glühwein. »Oh, ist der heiß …«

Mandy stellte ihre Tasse ab. »Der Riesenstriezel ist doch aber eine echte Sensation«, sagte sie bestimmt. »Immerhin backen weit über hundert Bäckereien daran herum. Der ist drei, manchmal vier Tonnen schwer und steht sogar im Guinnessbuch der Rekorde!«

»Wie bitte?« Lale nippte an ihrem Glühwein.

»Am Sonnabend gibt es die traditionelle Stollenprozession durch die Altstadt«, erklärte Kroko nicht ohne Stolz in der Stimme. »Er wird mit einer Kutsche durch die Stadt gefahren.«

Lale musterte die beiden aufmerksam. »Sagt mal, habt ihr euch heimlich vorher schon einen Glühwein genehmigt?«

Mandy sah sie böse an. »Immer musst du dich über alles lustig machen«, maulte sie mit Gewittergesicht. »Sogar über Weihnachten!«

»Ist ja schon gut«, versuchte Lale zu beschwichtigen. »Aber du musst doch zugeben, dass das alles etwas befremdlich klingt.«

Mandy nahm beleidigt einen Schluck Glühwein. »Ich kenne sogar das diesjährige Stollenmädchen«, verkündete sie. »Sogar ziemlich gut.«

Bevor Lale um des lieben Friedens Willen Interesse für eine weitere von Mandys zahlreichen Bekanntschaften heucheln konnte, zog Gerste ein summendes Telefon aus der Jackentasche. »Ja?«

In diesem Moment erschallten Kinderstimmen von der Bühne am weihnachtlichen Märchenschloss. Lale zuckte zusammen. Glühwein schwappte über den Tassenrand. »Leise rieselt der Schnee«, tönte es laut und feierlich über den Markt.

Mandy strahlte mit glänzenden Augen in die kleine Weihnachtswelt. »Ist das nicht herrlich!«, grölte sie Lale ins Ohr. »Ach, ich muss immer weinen, wenn ich diese Kinderstimmchen höre.«

Kroko wirkte ebenfalls ganz ergriffen. Nur Gerste schien angestrengt zu kommunizieren. Er hielt sich das Telefon ans rechte und die linke Hand ans linke Ohr und brüllte. Verstehen konnte Lale ihn jedoch nicht. Dann beendete er sein Gespräch und gab Kroko eine unverständliche Anweisung. Lale beobachtete das erschrockene Gesicht des jungen Kollegen. Gerste kam auf sie zu, entriss sowohl ihr als auch Mandy die

Glühweinbecher und lief damit auf den Stand zu. Mandy ließ sich in ihrem Weihnachtstaumel jedoch kaum beirren und strahlte weiter entrückt vor sich hin.

»Los! Abflug!«, kommandierte Gerste lautstark.

Lale zupfte an Mandys Ärmel. Sie reagierte nicht. Lale zupfte erneut. Nichts. Lale knuffte Mandy in die Seite, sodass diese sie nun doch irritiert ansah.

»Arbeit!«, grölte Lale.

»Was'n los?«, fragte Mandy regelrecht verstört.

Lale wies nur auf Gerste, der sie eindringlich ansah. Sie packte Mandy am Arm und zog sie einfach mit sich. Ganz offensichtlich hatte Gerste es eilig.

Mit den letzten Klängen von »Leise rieselt der Schnee« kämpften sie sich gegen den Strom der Besucher unter dem Riesenschwibbogen hindurch. Selbst Lale hatte Mühe, Gerste durch dieses Durcheinander zu folgen, zumal er jetzt nicht den Weg zurück zum Präsidium einschlug, sondern am Kulturpalast links abbog, erneut zwischen Buden hinter einem kleinen Karussell verschwand und schnurstracks durch eine Gasse hindurch Richtung Theaterplatz marschierte.

»Wo will er denn hin?«, fragte Mandy schnaufend, während Kroko sich diensteifrig an ihnen vorbeidrückte, um den Chef einzuholen.

»Keine Ahnung«, knurrte Lale. »Vielleicht wartet irgendwo noch ein Riesenräuchermann, der gelöscht werden muss.«

»Da, er will in den Zwinger!«, rief Mandy und wäre beinahe vor eine Straßenbahn gelaufen.

Lale riss sie zurück auf den Gehweg. »Sachte, sachte! Er wird uns schon nicht abhanden kommen.«

Energisch bahnten sie sich einen Weg durch das Gedränge bis in den Zwingergarten. Hier stießen sie auf einige Kollegen von der Schutzpolizei.

»Was ist los?«, fragte Lale unvermittelt.

Ein Beamter tippte sich an die Mütze. »Im Zwingergraben schwimmt etwas für euch.«

»Oh, nein!« Mandy sah Lale entsetzt an. »Meinst du, es ist ein Toter?«

»Anzunehmen«, sagte Lale grimmig. »Hat dir eigentlich der ganze Weihnachtsfirlefanz total den Kopf vernebelt? Du bist immer noch in der Mordbranche.«

Sie liefen zügig zum Kronentor, das bereits abgesperrt war. Auch die Brücke über den Zwingergraben war für Publikum gesperrt. Lale bemerkte, wie einer der Spurensicherer sich anschickte, über das Geländer und den Brückenpfeiler hinunter zu klettern. Unten am Brückenpfosten schwamm eine Gestalt. Die Kleidung war aufgebläht und in ihrem Rücken steckte etwas. Wie an einer Pinnwand hatte man der Leiche einen Zettel mit dem Messer an den Rücken gesteckt. Außerdem war die dümpelnde Leiche mit einem langen Strick am Brückenpfosten angeleint.

»Kollege, bringen Sie mir erstmal das Messer und den Zettel«, ordnete Gerste an. Dann wandte er sich Lale und Mandy zu. »Na, da sind Sie ja endlich. Das hat aber gedauert!« In seiner sonst so ruhigen Stimme lag ein Hauch von Vorwurf.

»Ach, wir wollten Ihnen nur einen kleinen Vorsprung geben.« Lale grinste süffisant. »Und, Chef, ich bin ziemlich enttäuscht, dass Sie den Fall nicht bereits aufgeklärt haben.«

»Wo bleibt denn unsere Taucher-Schwadron?«, hörte Lale hinter sich eine vertraute Stimme. »Sie glauben doch wohl nicht, dass ich meine alten Knochen in dieses unwirtliche Gewässer hinabbefördere.«

»Onkel Kowalski!«, rief Mandy begeistert und fiel dem kleinen Mann um den Hals.

»Mandy, mein Engel«, japste der Rechtsmediziner unter der stürmischen Begrüßung und reichte gleich darauf Lale die Hand. Er zog seine dicke Mütze vom Glatzkopf und deutete eine Verbeugung an. »Ich freue mich, Sie alle wiederzusehen. Nur der betrübliche Anlass lässt wie so oft mein Gemüt erschauern.«

Gerste guckte etwas verkniffen. »Dr. Kowalski«, sagte er gemessen. »Wir brauchen so schnell wie möglich …«

»Natürlich, natürlich«, unterbrach ihn der Rechtsmediziner und stülpte sich die Mütze wieder auf den kahlen Schädel. »Überführen Sie dieses bedauernswerte Geschöpf in mein Institut.« Er lächelte. »Ich erwarte die Damen dann am frühen Abend.«

»Verteilen Sie jetzt hier die Zuständigkeiten?« Gerste war ganz offensichtlich verärgert und Lale musste unwillkürlich schmunzeln.

»Aber ich bitte Sie«, sagte Kowalski noch immer lächelnd. »Ich weiß doch, dass Sie nur Ihre besten Leute auf solch einen Fall ansetzen!«

»Seht mal her!« Kroko kam aufgeregt mit einer durchsichtigen Tüte angelaufen. In der Tüte war ein edles Messer. »Das ist das Stollenmesser!«

Lale sah ihn zweifelnd an. »Ich denke, das berühmte Stollenmesser ist so ein Riesendolch?«

Mandy nahm die Tüte in die Hand. »Ja, das für den Riesenstriezel. Aber diese Art Messer gibt es auch für normalen Stollen«, erklärte sie. »Schau mal, es hat einen hübschen Porzellangriff und die Klinge ist versilbert.«

»Ich finde sie eher blutig«, stellte Lale fest. »Wo ist denn der Zettel?«

»Hier.« Einer der Spusis hielt kurz eine weitere Tüte hoch, entzog sie jedoch sogleich wieder Lales Zugriff. »Da müssen erst wir dran. Ihr werdet euch noch gedulden müssen.«

»Ich will doch nur wissen, was auf dem Zettel steht«, sagte Lale und verdrehte die Augen. »Welche unserer Leichen hat sonst schon ein Begleitschreiben.«

»Na gut. Aber es ist nicht alles lesbar. Ein Teil des Papiers ist wohl nass geworden.« Der Spusi zog die Tüte glatt und trug die Fragmente vor: »Geheimes Rezept … Stollen … Warnung.«

»Das steht da?«, fragte Gerste ungläubig.

Lale runzelte die Stirn und zeigte auf die Leiche im Wasser. »Das ist eindeutig zu dick aufgetragen für einen PR-Gag.«

Rallyefahrt zum Brummel-Bäcker

Bald darauf drückte sich Lale neben Mandy immer tiefer in den Beifahrersitz. Der Fahrstil ihrer Assistentin belastete regelmäßig ihr Nervenkostüm und passte so gar nicht zu Mandys Vorliebe für vorweihnachtliche Gemütlichkeit.

An einer roten Ampel ließ Mandy den Motor ihres Dienstwagens aufheulen, stopfte eine CD in das Abspielgerät, sagte: »Gib mir fünf Minuten« und gab Gas, sobald die Ampel umschaltete. Aus den Lautsprechern hämmerte eine Heavy Metal-Version von Jingle Bells. Lale sah, dass sie in halsbrecherischer Geschwindigkeit den Postplatz umrundeten, verkniff sich eine Bemerkung über Geschwindigkeitsbegrenzungen und schloss die Augen.

»Du Dussldier, elend'sches, nu tu ämal dei Schissl da wech«, schimpfte Mandy munter vor sich hin. »S'macht misch ganz figgrisch … Nu gloar, du misch ooch, Sabbrbagge, du blede!«

Lale stöhnte auf und schaltete den CD-Player aus. »Sind wir bald da?«

»Nu, nu«, sagte Mandy gut gelaunt, bremste, legte einen Gang ein und schoss rückwärts in eine Parklücke. »Gut, was?«

Lale zog die Augenbrauen hoch. »Ich habe noch nie gehört, dass es beim Einparken auf Geschwindigkeit ankommt.«

»Natürlich.« Mandy schmunzelte. »Es kommt doch immer auf Geschwindigkeit an.« Sie warf einen zufriedenen Blick auf ihre Uhr. »Nur vier Minuten.«

»Na, dann wollen wir dem Herrn Bäckermeister mal auf den kariösen Zahn fühlen.« Lale ging voraus in die weihnachtlich funkelnde Bäckerei, drückte sich ohne Zögern an den wartenden Kunden vorbei und verlangte den Bäckermeister zu sprechen. Sie ignorierte das ungehaltene Getuschel, das um sie herum anhob und wiederholte ihr Begehren.

»Aber doch nicht ausgerechnet jetzt.« Die Dame, die in adretter Schürze hinter dem Tresen stand, schwankte zwischen professioneller Höflichkeit und Empörung.

»Jetzt oder in dreißig Minuten im Präsidium«, sagte Lale und zückte ihren Dienstausweis.

»Oh Gott.« Die Dame in der adretten Schürze schlug die Hand vor den Mund. Dann winkte sie Lale und Mandy um den Tresen herum, murmelte »Kommen Sie« und führte sie durch ein Labyrinth aus Fluren in eine Backstube. Mit einem schrillen »Chef! Die Kripo für Sie!« war sie gleich darauf wieder verschwunden.

»Jetzt nicht!«, schnauzte ein korpulenter Mann in Bäckerskluft, ohne von seinem Teig aufzusehen.

»Doch jetzt!«, schnauzte Lale zurück und warf einen Blick auf das geschäftige Treiben in der heißen Backstube. Dann fixierte sie den Mann. »Sind Sie Oskar Wahn?«

»Wer will das wissen?«, fragte er ungehalten, sah jedoch von seiner Tätigkeit auf.

»Kriminalpolizei, Schneider«, schaltete Mandy sich ein. »Das ist Kriminalhauptkommissarin Petersen.«

»Sie sehen doch, dass ich zu tun habe.« Der Bäcker musterte sie feindselig.

»Ich dachte, in Backstuben wird am frühen Morgen gearbeitet.« Lale sah sich um. Es roch intensiv nach Mandeln und Nüssen.

»Wollen Sie meine Arbeitszeiten kontrollieren, oder was?«, fragte er unfreundlich. »Ich zahle meinen Mitarbeitern die Überstunden.« Dann musterte er Lale genauer. »Also, was wollen Sie? Ich kann meinen Teig hier nicht einfach so herumliegen lassen. Am Sonnabend ist Stollenfest. Da müssen wir in aller Früh den Riesenstriezel zusammenbauen.«

»Da haben Sie sicher Stress«, sagte Lale eine Spur versöhnlicher. »Erst recht, da Ihnen ja einer Ihrer Kollegen abhanden gekommen ist.« Sie beobachtete den Bäckermeister aufmerksam. »Oder sollte ich sagen, einer Ihrer Konkurrenten?«

»Ich weiß nicht, was Sie meinen«, sagte er und widmete sich wieder seinem Teigklumpen.

»Sie sind doch der Vorsitzende dieses Striezel-Clubs?« Lale ließ keinen Zweifel daran, dass ihre Frage rhetorisch gemeint war. »Da wollen Sie mir doch wohl nicht erzählen, dass Sie von den Drohungen gegen Ihren Verein nichts gewusst haben!«

»Wie jetzt? Drohungen?«, fragte Oskar Wahn und seine Körperhaltung verriet eine gewisse Unsicherheit.

»Man hat Sie oder den Verein bedroht«, erklärte Lale streng. »Und dann wurde einer der Bäcker entführt. Oder war es anders herum? Gab es erst eine Entführung und dann eine Forderung?«

»Spätestens als das Stollenmesser gestohlen wurde, müssen Sie doch begriffen haben, dass es ernst ist!« Mandy stemmte die Hände in die Hüften. »Immerhin gibt es einen Toten!«

»Wie bitte?« Der Bäcker fuhr herum. »Etwa Lothar?«

Lale grinste zufrieden. »Na also, geht doch. Also Lothar. Wie weiter?«

Oskar Wahn hielt seinen Teigklumpen in den Händen. Er schien sich regelrecht daran festzuklammern. »Lothar Mettmang. Der ist seit … na ja, der war plötzlich weg.«

»Wann war er weg?«, fragte Lale streng.

»Nun, als es losging mit den Vorbereitungen, vor knapp drei Wochen. Da war Lothar nicht mit dabei.« Der Bäcker runzelte die Stirn.

»Sie meinen, als Lotti ihren ersten Auftritt hatte, war Ihr Kollege schon verschwunden?«, fragte Mandy.

Lale sah Mandy an, verkniff sich aber die Frage danach, wer oder was nun wieder Lotti war. Womöglich wurden wieder irgendwelche Bräuche seltsam benannt. Vielleicht war Lotti ja irgendeine verlotterte Engelsfigur.

»Und das haben Sie nicht angezeigt?«, schnauzte Mandy. »Immerhin wurde Ihr Kollege doch ganz offensichtlich entführt!«

Oskar Wahn zuckte die Achseln. Er schien jetzt mit dem Teigklumpen zu spielen. »Ich weiß nichts davon.«

»Sie erwarten doch jetzt nicht, dass wir Ihnen das abkaufen«, erklärte Lale mit spöttischem Unterton. »Immerhin sind Sie ...«

»Hören Sie, da müssen Sie beim Marketing nachfragen«, unterbrach der Bäckermeister sie. »Es gab da irgendwas wegen dem Rezept. Ich kümmere mich nicht um diesen Öffentlichkeitskram.«

»Das sollten Sie aber.« Lale sah ihn streng an. »In Ihrem eigenen Interesse. Wir wollen doch nicht noch mehr Tote.« Sie kramte eine Visitenkarte aus der Jackentasche und steckte die Karte mit einer Ecke in den Teigklumpen. »Rufen Sie uns an, wenn es Neuigkeiten gibt; bevor man Sie auch noch entführt!«

Sie ließen den Bäckermeister stehen und machten sich auf den Weg zurück zum Auto. Als sie einstiegen, fragte Mandy: »Warum hast du ihm denn solche Angst gemacht?«

Lale zuckte die Achseln. »Ich denke, er weiß mehr als er zugibt. Der soll ruhig mal ein bisschen Muffensausen haben. Das hilft seinem Gedächtnis vielleicht auf die Sprünge.«

»Gut möglich.« Mandy grinste breit. »Achtung! Anschnallen! Drei Minuten bis zum Präsidium.«

Lales Seufzen ging im prompt einsetzenden Heavy Metal-Sound von Jingle Bells unter.

Mmmh, lecker …

»Geheimrezept?«, fragte Lale ungläubig. »Das ist doch lächerlich.«

Gerste zuckte die Achseln. »Offensichtlich nicht.«

»Ich finde das ziemlich albern«, erklärte Lale mit Nachdruck. »Wenn ich hier am Rechner die Suchmaschine anwerfe, finde ich … Moment … über 15.000 Rezepte für Dresdner Stollen. Das einzig Kriminelle, was mir dazu einfällt, wäre ein Überfall auf einen Supermarkt.«

»Wenn es hier tatsächlich um das Geheimrezept geht, wird man wenigstens nicht alle Bäcker umbringen«, erklärte Mandy. »Dann wäre es ja endgültig weg.« Sie riss ein Streichholz an und begann, die Kerzen unter der kleinen Holzpyramide anzuzünden. »Es ist eben einfach kein echter Dresdner Stollen, wenn man irgendein Rezept nimmt …«

Gerste rümpfte die Nase. »Müssen Sie denn hier so herumzündeln, Frau Schneider? Ihre Kompanie von Räuchermännern stänkert doch ohnehin schon alles voll.«

Mandy lächelte den Chef liebreizend an. »Sicher muss ich. Ich will Frau Petersen schließlich in Weihnachtsstimmung versetzen.«

»Auf Kosten Ihrer und vor allem meiner Nerven«, warf Lale lakonisch ein.

Mandy hielt Gerste ein Schälchen mit Stollen unter die Nase. »Probieren Sie mal!«

Gerste griff zu und biss ab. »Lecker«, bestätigte er kauend.

Nun hielt Mandy ihm eine andere Stollenschale hin. »Und der?«

Gerste griff erneut zu. »Auch lecker.« Er nickte kauend. »Aber anders …«

»Und nun zur dritten Variante!« Mandy holte eine kleine Pappschachtel aus der Schreibtischschublade und hielt sie Gerste unter die Nase. »Essen!«

Lale verdrehte die Augen. »Können wir jetzt endlich mal weitermachen oder möchte vielleicht erst noch jemand ein Gedicht aufsagen?«

»Oh, der war der beste!« Gerste nickte anerkennend. »Eindeutig.«

»Sehen Sie, Chef!« Mandy triumphierte. »Und das ist der vom lizenzierten Stollenbäcker.«

»Und die anderen hast du unter einer Kuchentheke zusammengefegt, oder was?«, fragte Lale missmutig.

»Nö.« Auch Mandy gönnte sich einen kräftigen Happs. »Die hoab ich schelbsch gebacken.«

»Also, unsere Datenbank weiß nichts über Lothar Mettmang«, stellte Lale fest. »Allerdings ist auch Oskar Wahn ein unbeschriebenes Blatt.«

Gerste mampfte weiter Stollen. »Lassen Sie das doch! Den Papierkram kann doch Kroko machen.«

»Was kann ich machen?« Kroko kam mit einem Arm voller Papiere herein. Ein Teil der Blätter war zartrosa.

Lale deutete auf seine Papiere. »Sagen Sie bloß, es ist schon Donnerstag!«

»Stimmt«, sagte Kroko verblüfft, starrte auf seine Papiere und dann Lale mit weit aufgerissenen Augen an. »Sagen Sie bloß, Sie haben sich das gemerkt?«

»Aber sicher doch.« Lale grinste, als sie Gerstes erstaunten Gesichtsausdruck sah. »Sie kennen doch Krokos System, Chef?«

Gerste guckte misstrauisch. »Welches System? Er schreibt doch einfach alles auf.«

»Stimmt«, bestätigte Mandy. »Und dann werden die Notizen kopiert … Ich hätte auch noch Zimtsterne. Mag jemand?«

Lale schüttelte energisch den Kopf. »Ihr seid ganz schön ignorant«, meinte sie und nickte Kroko aufmunternd zu. »Unser Papiertiger hier hat für jeden Wochentag eine andere Farbe, damit er den Überblick behält!«

Gerste schob sich einen Zimtstern in den Mund.

Mandy tat es ihm gleich. »Dasch mit den Faaabn hoab ich nisch gewuscht. Wozschu auch?«

»Zum Beispiel, um festzustellen, dass heute bereits Donnerstag ist.« Lale klang gereizt. »Wenn schon am Samstag diese riesige Striezelei stattfindet, sollten wir hier mal langsam in Wallung kommen, Leute!«

»Au ja.« Kroko strahlte Lale an. Er schob ihr ein rosafarbenes Blatt Papier über den Tisch. »Hier die Adresse von Lothar Mettmang und seiner Familie.« Dann zog er ein weiteres rosafarbenes Papier hervor. »Und hier die Agentur, die das Marketing des Stollenvereins ...«

»Gut, gut, gut. Her damit!«, unterbrach Lale ihn schnell. »Dann fahren Sie mal mit dem Chef zu diesem Striezel-Club-Management! Und Mandy und ich kümmern uns um die Witwe, also, die mutmaßliche Witwe.«

Gerste streckte sich und sah Lale stirnrunzelnd an. »Noch leite ich hier das Kommissariat.«

»Ach, also doch!« Lale schmunzelte frech. »Und ich dachte schon, Sie hätten es jetzt auf die Kantine abgesehen.«

»Und ich verteile hier auch immer noch die Aufgaben.« Gerste räusperte sich. »Wir machen es wie folgt: Kroko fährt mit mir zum Vereinsmanagement, und Sie und Frau Schneider sprechen mit der Frau des mutmaßlichen Toten.«

Lale grinste, und Kroko schüttelte den Kopf. »Aber Chef«, sagte er irritiert. »Genau das hat Frau Petersen doch gerade vorgeschlagen.«

»Nun werden Sie mal nicht aufmüpfig, Krokowszic«, sagte Gerste streng. »Außerdem denke ich, dass Frauen das einfach besser können, so von Frau zu Frau.«

»Zu Frau.« Lale sprang auf. »So, jetzt aber mal los! Ich bekomme sonst noch Hornhaut am Hintern vom vielen Rumsitzen.«

Die liebende Bäckersfrau

»Bitte, nehmen Sie Platz!« Elsa Mettmang deutete auf die rustikale Couchgarnitur.

»Danke, ich stehe lieber«, sagte Lale und musterte das unvermeidbare Räuchermännchen auf dem Tisch, das mit seinem unvermeidbaren Tannenduft eine Schale ebenso unvermeidbaren Weihnachtsgebäcks einnebelte.

»Greifen Sie zu!«, forderte die Hausherrin auf. »Sie sind also von der Polizei.«

Lale nickte. »Frau Mettmang, wann haben Sie Ihren Mann zuletzt gesehen?«

»Das hätte ich mir ja denken können, dass es um den alten Taugenichts geht!« Elsa Mettmang stemmte die Hände in ihre ausladenden Hüften. »Hat er was ausgefressen? Haben Sie ihn irgendwo aufgegriffen?« Sie schnaubte verächtlich. »Der soll mir bloß nach Hause kommen, der alte Sack!«

»Aber ...« Mandy machte große Kulleraugen und Lale bedeutete ihr zu schweigen. Schnell griff Mandy nach einem Stück Gebäck.

»Seit wann ist Ihr Mann denn nun ... verschwunden?«, fragte Lale.

»Sie meinen, wann sich dieser Nichtsnutz mal wieder aus dem Staub gemacht hat?«, fragte Elsa Mettmang. »Wie immer dann, wenn es die meiste Arbeit gibt! Kaum wurde das große Stollenbacken eröffnet, war Lothar weg!« Sie sah Lale mürrisch an. »Lässt das arme Kind ganz alleine mit der ganzen Arbeit. Tag und Nacht steht unsere arme Siegfriede seitdem in der Backstube!«

Lale räusperte sich. »Wir haben Grund zu der Annahme, dass Ihrem Mann etwas zugestoßen ist.«

»Pah!« Elsa Mettmang begann langsam auf und ab zu gehen. »Was soll dem schon zustoßen! Zwanzigtausend Euro hat er vom Konto abgeräumt, dieser elende Mistkerl! Und wissen

Sie, was?« Sie kam mit erhobenem Zeigefinger auf Lale zu. »Sobald er unser sauer Verdientes durchgebracht hat, steht dieser Nichtsnutz wieder vor der Tür und macht Männchen. Und das kann nicht lange dauern. Mit Geld konnte der Kerl noch nie umgehen!« Sie zog eine Grimasse. »Rumsaufen und rumhuren, das kann er – sonst nix!«

»Beim Stollenverein macht man sich durchaus Sorgen über den Verbleib Ihres Mannes«, erklärte Lale.

»Stollenverein?«, rief Elsa Mettmang. »Diese Männerclique? Gehen Sie mir doch mit denen weg! Einer schlimmer als der andere. Die können Sie alle in einen Sack stopfen und mit dem Nudelholz zuschlagen. Sie treffen immer den Richtigen!«

»Nun ist es aber mal gut.« Lale hob beschwichtigend die Hände. »Wir haben einen Toten gefunden. Und alle Indizien deuten darauf hin, dass der Tote Ihr Mann ist.«

»Tot? Lothar? Ja, so ein Quatsch!«, entgegnete Elsa Mettmang brüsk.

»Wie können Sie da so sicher sein?«, schaltete sich Mandy ein. »Wie können Sie so sicher sein, dass Ihr Mann nicht tot ist?«

Elsa Mettmang ließ sich ächzend auf die Couch plumpsen. »Ich bin mir sicher«, sagte sie seufzend. »Es wäre einfach zu schön, um wahr zu sein.« Plötzlich sprang sie erstaunlich schnell wieder auf. »Ach übrigens, nur für den Fall, dass mein Lothar tatsächlich Ihr Toter sein sollte … Sagen Sie bitte meiner Tochter nichts! Das dumme Ding vergöttert seinen Nichtsnutz von einem Vater nämlich schrecklich.« Sie schüttelte den Kopf. »Aber ich glaube kaum, dass dieser Mann tot ist.«

»Nun«, sagte Lale stirnrunzelnd. »Der Mann, den wir gefunden haben, ist jedenfalls tot. Deshalb muss ich Sie bitten, morgen früh um neun Uhr in die Rechtsmedizin im Uniklinikum zu kommen, um ihn zu identifizieren.« Sie räusperte sich. »Oder eben auch nicht. Trauen Sie sich das zu?«

»Ja, sicher.« Elsa Mettmang sah sie an. »War's das?«

Kowalskis Know-how

Als die beiden Kommissarinnen kurz darauf über das Gelände des Uniklinikums zur Rechtsmedizin liefen, schwiegen sie beide eine Weile einvernehmlich. Lale überlegte, ob sie wohl auch so von ihrem Ex-Mann gesprochen hätte, wenn sie sich nicht rechtzeitig vor zehn Jahren getrennt hätten. Die Tatsache, dass Jobst inzwischen Staatsanwalt in Dresden war, trug nicht unbedingt zu ihrer guten Laune bei. Aber nach dem ersten gemeinsamen Fall hatten sie sich arrangiert. Beruflich war Jobst wirklich sehr gut, und darauf kam es schließlich an – nicht nur bei Staatsanwälten.

»Wie geht es eigentlich deinem überaus attraktiven Ex-Mann?«, fragte Mandy und sofort begannen ihre Wangen zu glühen. »Ich finde ihn ja zum Darniederknien.«

»Das ist mir nicht entgangen.« Lale grinste. »Im Gegensatz zu Frau Mettmang und ihrem Gatten haben Jobst und ich uns ja noch richtig lieb.«

»Sind wir nicht ein bisschen früh dran?« Mandy huschte die Stufen zu dem altehrwürdigen Gebäude hoch, in dem das Rechtsmedizinische Institut residierte.

»Das werden wir ja sehen.« Lale stemmte die große Tür auf und lauschte. »Hörst du was?«, fragte sie. »Kowalski arbeitet doch immer mit Musik. Wenn es so still ist, ist er bestimmt schon fertig.«

Sie trafen Dr. Kowalski in der Küche des Instituts an, wo er mit der Zubereitung von Kaffee beschäftigt war. »Meine Damen, wie schön!«, freute er sich.

Wohlwollend registrierte Lale die völlige Abwesenheit von Räuchermännchen, Schwibbögen und anderem Weihnachtszubehör. Auf dem Küchentisch tummelten sich lediglich drei leere Tassen und ein paar Stücke Dresdner Eierschecke, der erklärte Lieblingskuchen des altgedienten Rechtsmediziners.

»Wie wunderschön, dass ihr schon früher kommen konntet.« Dr. Kowalski tätschelte Mandy den Arm. »Die Staatsanwaltschaft hat schnell gearbeitet. Und so habe ich bereits sowohl die äußere als auch die innere Besichtigung unseres neuen Klienten abschließen können.« Er fuhr sich mit der Hand über seinen kahlen Schädel. »Ein bedauernswertes Geschöpf.«

Mandy goss Kaffee in die Tassen. »Und, was ist die Todesursache?«

»Nun.« Dr. Kowalski lud die Kommissarinnen mit einer Geste zum Platznehmen ein und setzte sich selbst. »Was ich mit Sicherheit behaupten kann, ist, dass die Leiche männlichen Geschlechts ist, ungefähr fünfzig Lenze zählt und nicht ertrunken ist. Weder am Fundort noch in einem anderen Gewässer.« Er rieb sich das Kinn.

»Er war also schon tot, als man ihn in den Zwingergraben geworfen hat?«, fragte Lale und nippte an ihrem Kaffee.

»Oh, ganz und gar gewiss mausetot.« Kowalski verzog sein Gesicht zu einem breiten Grinsen, das jedoch schnell zu einer Grimasse wurde. »Und zwar schon über eine längere Dauer von bestimmt einer Woche.«

»Ach?« Mandy machte große Kulleraugen. »Und das Messer im Rücken?«

Kowalski rieb sich erneut das Kinn. »Es wurde lange nach seinem Tod in ihn hineingesteckt – oder sollte ich es anders ausdrücken … gestopft.« Er griff zu seiner Kaffeetasse. »Eine seltsame Szene, die sich vor meinem inneren Auge auftut. Jemand will dem Toten ein Messer in den Rücken rammen und schafft es nicht.«

»Warum?« Lale blickte den Rechtsmediziner an. »Ist das so schwierig?« Dann dachte sie an die Bäckerei von Oskar Wahn und die ganzen Rezeptgeschichten. »Vielleicht hatte man den Toten ja in einem Kühlraum frisch halten wollen und versehentlich etwas zu stark gekühlt.«

»Du meinst, sie haben unseren Bäcker gefrostet?«, fragte Mandy.

Der Rechtsmediziner schüttelte den Kopf. »Eine solche Entscheidung ist nicht wahrhaft in dieser nachträglichen Betrachtung zu treffen. Immerhin lag dieses Opfer im eisigen Gewässer. Jedoch …« Er schob Lale freundlich lächelnd den Teller mit Kuchen hin, doch sie schüttelte nur den Kopf und schob ihn hinüber zu Mandy. »Ein Messer in einen toten erstarrten Körper zu stecken, erfordert Kraft. Unser Messerstecher hatte entweder zu wenig davon oder gehörige Skrupel.«

Lale verzog bei der Beschreibung das Gesicht. »Ich fasse also zusammen«, hob sie an. »Der Mann, um die 50, war schon etwa eine Woche lang tot, als man ihm eher zaghaft ein Messer in den Rücken piekste und ihn ins Wasser warf.«

»Gleiten ließ, da bin ich sicher«, unterbrach Kowalski. »Man hat den Leichnam vorsichtig ins Wasser gleiten lassen. Dort hat er sich übrigens nur wenige Stunden aufgehalten.«

»Ist ja kein Wunder, bei der Location«, meinte Mandy und biss herzhaft in ein Stück Eierschecke.

Lale sah sie an. »Na, guten Appetit! Und woran ist unser Toter nun gestorben? Gibt es irgendwelche Spuren von Gewaltanwendung? Immerhin sind wir bisher von einer Entführung ausgegangen. Spuren von Knebeln oder Fesseln?«

Kowalski hob abwehrend beide Hände. »Ein wahres Bombardement an Fragen, meine große Kommissarin!« Er lächelte erneut. »Gewaltsames konnte ich an keinem seiner Körperteile erspüren. Schon bei der äußeren Besichtigung missfiel mir diese leicht verkrampfte Körperhaltung. Meine Forschungen im Inneren der Leiche ergaben zweifelsfrei eine Todesursache, die ich als eine natürliche bezeichnen möchte.«

»Echt?« Mandy unterbrach ihren Kuchenkonsum.

»Nun … ja.« Kowalski nahm in aller Seelenruhe einen Schluck Kaffee, während Lale unruhig auf ihrem Stuhl hin und her rutschte. »Die Gesundheit des armen Mannes war keineswegs ausgeprägt und fand ihr Ende – da bin ich mir sicher – in einem Herzinfarkt.«

»Hat man denn irgendwelche Medikamente bei ihm gefunden?«, wandte sich Lale an Mandy.

Die schüttelte den Kopf. »Man hat gar nischt bei ihm gefunden. Keine Medikamente, keine Schlüssel, keine Papiere, nicht mal ein Taschentuch.«

»Hmh«, machte Lale und sah den Rechtsmediziner an. »Und was meinen Sie, Dr. Kowalski?«

»Nun, ich meine, hier haben wir die ungemein ungewöhnliche Begebenheit, dass man offensichtlich einen bedauerlichen Todesfall als ein grauenhaftes Verbrechen inszenieren wollte«, erklärte Kowalski. »Meist begegnen uns ja eher gegenteilige Umstände.«

Lale nahm nachdenklich einen Schluck Kaffee. »Könnte es denn auch ein Selbstmord gewesen sein?« Sie dachte an die mutmaßliche Witwe. »Vielleicht braucht da jemand einen gewaltsamen Tod für die Lebensversicherung.«

Kowalski machte eine ablehnende Geste. »Was gibt es Unverfänglicheres für eine Lebensversicherung als einen Herzinfarkt?«, gab er zu bedenken.

»Da ist was dran«, sagte Lale und stand auf. »Außerdem wissen wir noch immer nicht mit Sicherheit, wer der Tote überhaupt ist. Ich habe für morgen früh seine mutmaßliche Witwe zur Identifizierung herbestellt und möchte gerne dabei sein.«

»Sicher, sicher, liebe Frau Petersen.« Der Rechtsmediziner erhob sich. »Ich freue mich doch, wenn ich Gelegenheit habe, Sie wieder in meinen tödlichen Hallen begrüßen zu dürfen.« Er reichte ihr seine gepflegte Rechte. »Wir könnten außerdem den Zahnstatus unseres Toten mit dem des verschollenen Herrn abgleichen.«

»Sehr gut.« Lale nickte. »Kroko soll sich gleich mal auf die Suche nach Mettmangs Zahnarzt machen.« Sie zückte ihr Telefon. »Also dann bis morgen!«

Die flotte Striezeldeern

»Das ist doch jetzt nicht wahr!«, schimpfte Lale, als sie zehn Minuten später vor dem Dienstwagen standen. »Kroko hat Feierabend.« Sie stopfte das Telefon in die Jackentasche.

»Hat er das selbst zu dir gesagt?«, fragte Mandy grinsend. »Das glaube ich einfach nicht!«

»Nein«, erwiderte Lale. »Gerste hat ihn nach Hause geschickt.«

»Aber das ist doch für uns kein Grund, auch schon Feierabend zu machen, oder?«, fragte Mandy.

»Du willst aber jetzt nicht mit mir Adventsbasteln oder womöglich Stollenrezepte ausprobieren?« Lale sah Mandy lauernd an. »Noch ein ›Oh du fröhliche‹ heute und ich platze.«

»Nee, nee!« Mandy lachte. »Wir fahren zu Lotti.«

»Ach, der verlotterte Rauschgoldengel«, stellte Lale fest. »Gut. Aber ich fahre!« Sie unterstrich ihre Forderung mit einer einnehmenden Geste. »Her mit dem Schlüssel!«

Mandy warf ihr den Schlüssel zu. »Na gut. Schaffst du es in sieben Minuten von hier in die Neustadt? Das ist mein Rekord.«

»Ich schaffe es von hier aus auf jeden Fall lebend in die Neustadt«, erklärte Lale. »Das muss reichen.«

Sie stiegen ein und machten sich auf den Weg. Nach lediglich sechs Minuten, die Mandy mit einem anerkennenden Kopfnicken quittierte, parkte Lale den Dienstwagen in einer der seltenen Parklücken auf der Alaunstraße.

»Aus dir wird noch eine echte Dresdnerin«, sagte Mandy. »Genau hier wollte ich hin.« Sie deutete auf einen Altbau mit leicht desolater Fassade. »Hier wohnt Lotti.«

»Verrätst du mir jetzt endlich, wer oder was Lotti ist?«, fragte Lale und studierte die Klingelschilder.

»Die Tür ist offen.« Mandy stieß die verschrammte Eingangstür auf. »Lotti ist unser diesjähriges Stollenmädchen.«

Lale betrat das spärlich beleuchtete Treppenhaus. »Ach, Lotti ist also diese Striezeldeern.«

Im dritten Stock empfing sie eine ausgesprochen hübsche junge Frau. »Mandy!«, rief sie überrascht. »Was machst du denn hier?«

Mandy reichte der jungen Frau die Hand. »Dich besuchen!«, rief sie fröhlich. »Das ist meine Kollegin Lale Petersen. Wir …«

»… überfallen Sie durchaus dienstlich«, erklärte Lale und reichte der Fremden die Hand.

»Hab ich was ausgefressen?«, fragte Lotti erstaunt.

»Ach, Quatsch!« Mandy winkte ab. »Wir wollen nur ein bisschen plaudern.«

»Na, dann kommt mal rein«, sagte Lotti und ging voraus. »Hier entlang in die Küche. Möchtet ihr Kaffee?«

»Hatten wir gerade erst«, entgegnete Mandy. »Lieber nicht.«

Lale lehnte ebenfalls dankend ab und sah sich amüsiert in der Küche um. Hier herrschte noch weitaus mehr Chaos als in ihrer Küche. Alles deutete auf eine Studenten-WG hin. An der Wand hing ein Kalender von 2005.

»Erzähl doch mal, warum du eigentlich das diesjährige Stollenmädchen bist«, forderte Mandy ihre Bekannte auf. »Wie läuft das denn ab? Muss man sich da bewerben?«

Lotti lachte und sah gleich noch etwas hübscher aus. »Ja, es gibt jedes Jahr so um die zehn Bewerberinnen«, erklärte sie. »Und dann suchen die Leute aus dem Stollenverein und der Marketingagentur eine aus.«

»Und nach welchen Kriterien?«, fragte Lale. »Ist das so was wie eine Misswahl?«

»Na ja, nicht ganz.« Lotti lachte auf. »Also, es ist keine Fleischbeschau oder so. Man muss sich halt in der Branche auskennen, und natürlich mit der Tradition des Stollenfestes. Zum Beispiel, dass der erste Riesenstriezel ein Spezialauftrag von August dem Starken war, dass damals auch das erste Riesenmesser für den Anschnitt angefertigt wurde. Diese ganzen alten Geschichten eben.« Lotti fuhr sich durch die Haare. »Die meisten Mädels, die sich bewerben, machen eine Ausbildung in einem Backbetrieb, Verkäuferin oder so.«

»Aber du arbeitest doch nicht in einer Bäckerei, oder?« Mandy sah Lotti verwundert an. »Ich dachte, du studierst.«

Lotti nickte. »Mache ich auch.« Sie zog die Beine auf den Stuhl hoch. »Ich studiere Lebensmitteltechnik an der TU. Das hat allerdings mit konkreten Lebensmitteln soviel zu tun wie die Schwarzwälder Kirschtorte mit dem Schwarzwald.« Sie lachte erneut. »Deshalb jobbe ich hin und wieder in einer Bäckerei, natürlich auch, um meine Brötchen zu verdienen.«

Lale lächelte. »Sie haben es also gerne möglichst konkret. Haben Sie sich deshalb als Striezeldeern beworben?«

»Sie sind wohl nicht von hier«, stellte Lotti amüsiert fest. »Kommen Sie von der Küste?«

»Hamburg«, sagte Lale. »Also, warum machen Sie diese ganze Striezelei mit? Wegen des Geldes?«

»Das Ganze ist rein ehrenamtlich.« Lotti schien einen Moment lang zu zögern. »Im Sommer habe ich ein Praktikum in dieser Marketingagentur gemacht.«

»Vitamin B, ich verstehe«, unterbrach Lale sie.

»Und außerdem möchte ich gerne als Model arbeiten«, fuhr Lotti unverdrossen fort. »Da sind so ein paar öffentliche Auftritte nicht schlecht.«

»Na, bei deiner Optik brauchst du doch sicher nur ein paar Fotos zu verschicken«, warf Mandy grinsend ein.

Lotti deutete so etwas wie eine Verbeugung an. »Danke für die Blumen. Aber so ist es praktischer: Ich habe Auftritte und kann Autogramme geben. Eine Setcard kostet richtig viel Geld.«

»Wissen Sie etwas über die Sache mit dem Riesendolch?«, fragte Lale. Dieses ganze Eitelkeitsgeplänkel ging ihr langsam auf die Nerven. Außerdem hatte sie ohnehin nicht vermutet, dass eine junge Frau wie Lotti hier die Striezelmaid machte, weil sie den Dresdner Stollen vergötterte. »Haben Sie etwas davon mitbekommen, dass das Messer verschwunden ist?«

»Ja, klar!« Lotti warf den hübschen Kopf in den Nacken. »Schließlich sollte ich damit posieren. Ein scharfes Bild mit einer scharfen Riesenklinge.« Sie lachte. »Es sollte aus dem Safe geholt werden, kam allerdings nicht an. Der Fotograf war ziemlich sauer. Aber er hat noch ein paar Bilder mit mir im Studio gemacht.«

»Ohne das Messer?« Mandy sah sie erstaunt an.

»Na ja, erst hat er mich in Tracht und Pose fotografiert«, erklärte Lotti. »Das Messer kann er schließlich von den alten Bildern reinkopieren. Es werden ja jedes Jahr dieselben Bilder gemacht.«

»Also hat er nur die Person ausgetauscht«, stellte Lale fest.

»Und was für Bilder waren das im Studio?«, fragte Mandy interessiert. »Hat er da auch einen Plastikstriezel, um das gesamte Stollenfest zu simulieren?«

Lotti schüttelte lachend den Kopf. »Nein, nein. Wir haben andere Bilder gemacht. Nichts, was mit diesem Stollenquatsch zu tun hat.« Sie grinste vielsagend. »Und nichts, was während meiner Amtszeit als Stollenmädchen an die Öffentlichkeit kommen sollte.«

In diesem Moment betrat ein schlaksiger junger Mann mit Dreitagebart die Küche. »Ups? Was'n hier los?« Er sah erstaunt in die Runde. »N'Abend die Damen!« Er tippte sich zum Gruß lässig an die Schläfe. Dann riss er die Tür des Kühlschranks auf, gab einen enttäuschten Grunzlaut von sich und warf sie wieder zu. »Milch is alle!«

»Na, und?«, sagte Lotti ungehalten. »Weißt du, Bernie, es soll Geschäfte geben, die so was verkaufen … Du müsstest nur mal deinen Hintern bewegen.«

»Blöde Kuh«, murmelte Bernie und verzog das Gesicht.

»Muh«, machte Lotti. »Milch gibt's trotzdem nur von echten Kühen.«

»Ich bin ja schon weg!« Bernie verschwand aus der Küche.

Lale grinste breit. »WG-Leben kann stressig sein.«

»Ich wusste gar nicht, dass du einen Mitbewohner hast«, sagte Mandy verwundert. »Aber immerhin, netter Hintern.«

»So?« Lotti zog die formschön gezupften Augenbrauen hoch. »Das ist nicht nur ein Mitbewohner. Das ist mein Freund, na ja, mein LAG.«

»Dein was?« Mandy errötete leicht.

»Lebensabschnittsgefährte«, erklärte Lale. »Im Moment wohl mehr Abschnitt als Gefährte, was?«

Lotti zuckte die Achseln. »Um Weihnachten rum wird er immer komisch. Wahrscheinlich vermisst er Mama.« Sie strich sich die Haare aus dem Gesicht.

Lale warf einen bestürzten Blick auf die Uhr. Ob ihr Sohn Pit auch die Mama vermisste? Er war zwar fast 18, aber in ihrem Job kam es schon vor, dass selbst ein jugendlicher Sprössling sich um seine Mutter sorgte. »Wir müssen los«, kommandierte Lale und erhob sich. Sie reichte der hübschen Lotti die Hand. »Und passen Sie gut auf sich auf! An dieser ganzen Striezelgeschichte ist irgendwas faul!«

Ein lauschiges Plätzchen

Am nächsten Morgen hastete Lale bei kaltem Schmuddelwetter durch die Straßen von Striesen. Sie zog sich die Kapuze so weit ins Gesicht, dass sie beinahe über einen Dackel gestolpert wäre, der vor irgendeiner Einfahrt sein morgendliches Geschäft erledigte. Lale wich dem armen Tier gerade noch aus. Der Mensch am anderen Ende der Hundeleine zog eilig eine Tüte aus der Tasche und nuschelte ein verlegenes »Ich-mach's-ja-gleich-weg«. Hatte sie etwa schon Polizeiaura?

Schnell stolperte Lale weiter. Es war fast neun Uhr und höchste Zeit, die vermeintliche Bäckerwitwe in der Rechtsmedizin zu treffen. Sie überquerte gerade die Blasewitzer Straße und konnte von weitem den Haupteingang zum Gelände des Uni-Klinikums schon sehen, als ihr Telefon schrillte.

»Ausgerechnet jetzt«, murmelte Lale in den Nieselregen. Das Display zeigte den Namen des Chefs. »Moin, moin, Herr Gerste. Was liegt an?«

»Unsere morgendliche Besprechung«, antwortete Gerste kühl. »Wo bleiben Sie?«

»Ähm, ich bin unterwegs in die Rechtsmedizin«, erklärte Lale. »Da ist um neun Uhr ein Termin.«

»Der einzig verbindliche Termin, den Sie um neun Uhr morgens haben, findet hier statt«, stellte Gerste unmissverständlich klar. »Sie waren doch gestern erst bei Kowalski. Außerdem schätze ich Ihre Alleingänge ganz und gar nicht! Und ich missbillige ganz besonders, dass Sie es nicht einmal für nötig halten, mich vorab zu informieren.«

Lale nahm ihr Mobiltelefon vom Ohr. Es stieß neben Gerstes Standpauke verdächtige Pieplaute aus, und die Akku-Anzeige zeigte einen letzten müde blinkenden Balken. »Chef, das Gespräch ist gleich weg«, sagte Lale.

Gerste klang für seine Verhältnisse regelrecht aufgebracht. »Unterbrechen Sie mich nicht!«, verlangte er energisch. »So geht das nicht! Verstehen Sie? Wir müssen uns …«

»So hören Sie doch!«, rief Lale ungeduldig in den piependen Apparat. »Mein Akku ist …« Funkstille. »Blablabla!« Lale schnitt dem Telefon eine Grimasse und stopfte es zurück in ihre Jacke. Mist! Inzwischen war es schon nach neun. Sie musste sich wirklich sputen, wenn sie Elsa Mettmang noch antreffen wollte.

Lale lief schnell zwischen den wartenden Taxis hindurch und an der Schranke vorbei über das Gelände. Als sie das Wartehäuschen einer Bushaltestelle erreichte, sah sie Elsa Mettmang aus einer der kleinen Seitenstraßen kommen. Sie hatte einen angespannten Gesichtsausdruck und steuerte direkt auf Lale zu. Die Kommissarin zog sich die Kapuze noch weiter ins Gesicht und lehnte sich an die Wand des Wartehäuschens.

Elsa Mettmang schien der Nieselregen nicht zu stören. Sie blieb vor dem Wartehäuschen stehen und zückte ein Telefon. Lale beobachtete sie aufmerksam, doch die Frau hatte offensichtlich ihre Umgebung komplett vergessen. Sie drückte ein paar Tasten. Lale spitzte die Ohren.

»Hallo?«, rief sie ins Telefon. »Ja, ich bin's, die Mutti … Ja, mein Schatz, du wirst doch noch Stollenmädchen!« Sie lachte. »Der Vati hat sich doch noch gekümmert … Nein, das hat damit gar nichts zutun … Nein, er hat das Geld bezahlt, ganz sicher … Siegfriede!« Elsa Mettmangs Tonfall wurde streng. »Wieso? Wo der Vati jetzt ist? Das ist doch wurscht, wo der Vati jetzt ist! Wir schaffen den Rest auch ohne den Vati. Hauptsache, du bist am Sonnabend beim Stollenanschnitt das Stollenmädchen. Nein! Verlass dich auf mich!« Sie schnaufte. »Du sollst machen, was ich dir sage! Denk' an München, Wien und Straßburg. Ja, tschüssi, mein Schatz!« Sie schmatzte ins Telefon. »Und die Mutti ist immer dabei«, sagte Elsa Mettmang zufrieden zu sich selbst. Dann steckte sie ihr Telefon in die Handtasche.

Lale drehte sich schnell um und studierte intensiv den im Wartehäuschen ausgehängten Linienplan. Erst als kurz darauf ein Bus kam und Elsa Mettmang mitnahm, gab sie ihre Position auf. Sie musste unbedingt noch mit Kowalski sprechen und dann zügig in die Dienststelle.

Kein Mord, kein Fall?

»Da ist er also endlich, der Nabel der Welt! Dann dürfen wir doch noch unsere morgendliche Besprechung durchführen.« Mit unverhohlenem Sarkasmus empfing Gerste Lale im Büro.

»Wir sind sehr dankbar, dass Frau Petersen uns doch noch und mit nur einer Stunde Verspätung mit ihrer Anwesenheit beehrt.«

Lale zog die Augenbrauen hoch. »Sie tun ja gerade so, als hätte ich die Besprechung absichtlich verpasst.«

»Was Sie natürlich niemals tun würden«, konterte Gerste bissig.

Lale war entschlossen, die blöden Bemerkungen ihres Chefs einfach zu ignorieren. »Ich habe interessante Neuigkeiten«, erklärte sie sachlich. »Elsa Mettmang war in der Rechtsmedizin und hat angegeben, den Toten nicht zu kennen. Aber Kowalski ist sich sicher, dass sie lügt!«

»So, so«, sagte Gerste. »Dass Sie sich über meine Anweisungen gerne hinwegsetzen, ist die eine Sache.« Er holte tief Luft. »Darüber müssen wir an dieser Stelle gar nicht diskutieren … Aber die Identifizierung eines Mordopfers durch eine Angehörige eigenmächtig anzuordnen, geht eindeutig zu weit. Das ist Aufgabe der Staatsanwaltschaft.«

»Da kann ich Ihnen nur zustimmen«, erklärte Lale. »Allerdings haben wir es hier nicht mit einem Mordopfer zu tun. Unser Toter starb eines natürlichen Todes.«

»Wie bitte?«, fragte Kroko erstaunt. »Der ist gar nicht umgebracht worden?«

Mandy schüttelte den Kopf. »Kowalski ist sich sicher, dass Herzversagen die Todesursache ist.« Sie sah Lale an. »Und Elsa Mettmang hat tatsächlich behauptet, der Tote sei nicht ihr Mann, obwohl er es doch ist?« Sie schüttelte erneut den Kopf. »Man muss schon ganz schön abgebrüht sein, um den eigenen Mann als Toten zu verleugnen.«

»Du hast die Dame doch selbst erlebt«, entgegnete Lale. »Zutrauen würde ich ihr so eine Nummer. Die Frage ist nur, warum sie das tun sollte.« Sie rieb sich nachdenklich das Kinn. »Vielleicht lügt sie ja auch nicht. Ich habe gehört, wie sie nach dem Besuch in der Rechtsmedizin mit ihrer Tochter Siegfriede telefoniert hat.«

»Mit wem?«, fragte Kroko. »Ich meine ja nur, fürs Protokoll.« Er deutete auf die Notizen in seiner Hand.

»Siegfriede, so heißt das Mädel«, erklärte Lale. »Die Mettmangs scheinen ganz versessen darauf zu sein, dass ihre kleine Siegfriede Striezeldeern wird.«

»Aber das ist doch nun Lotti«, warf Mandy ein.

Gerste nickte nachdenklich. »Lotti Herz. Die Leute von der Marketingagentur, mit denen wir gesprochen haben, bestätigten das«, erinnerte er sich. »Mettmang versucht schon seit Jahren, seine Tochter zum Stollenmädchen wählen zu lassen. Seinen weiblichen Auszubildenden ist jede Bewerbung zum Stollenmädchen untersagt. Er hat dem Marketingteam und dem Vereinsvorstand sogar schon Geld angeboten, damit seine Tochter für eine Saison dieses Ehrenamt bekommt.«

»Na also«, sagte Lale. »Und was haben diese Striezeljungs sonst noch so zu berichten? Gab es denn nun eine Entführung oder nicht?«

»Verschwunden ist tatsächlich nur dieser Bäcker Mettmang«, erklärte Gerste. »Allerdings scheint das niemanden wirklich beunruhigt zu haben. Er ist wohl insgesamt nicht der Zuverlässigste.« Er deutete Trinkbewegungen an.

»Aber Drohbriefe haben sie bekommen!«, platzte Kroko heraus. »Einen Haufen Drohungen. Der Riesenstriezel soll vergiftet werden, wenn sie nicht das Geheimrezept rausrücken! Und das Stollenfest soll in diesem Jahr lieber abgesagt werden!«

Gerste machte eine abwehrende Handbewegung. »Alles nur Werbung, wenn Sie mich fragen. Und angeblich hat man die Drohbriefe sofort vernichtet, um Schaden von der Landeshauptstadt abzuwenden.« Er schüttelte unwillig den Kopf. »Nichts als Gefasel von Imageverlust und Traditionsdenken.«

»Vielleicht ist die Geschichte mit der Entführung ja auch nur vorgetäuscht«, mutmaßte Mandy.

Lale legte die Stirn in Falten. »So kommen wir nicht weiter. Wir müssen dringend wissen, ob unser inszeniertes Mordopfer tatsächlich Lothar Mettmang ist.« Sie sah Kroko an. »Ich habe gestern Abend noch versucht, Sie zu erreichen.«

»Sie? Mich?« Kroko freute sich sichtlich.

»Ja«, sagte Lale. »Aber Sie hatten ja leider schon Feierabend.«

»Kommt nicht wieder vor«, versprach Kroko diensteifrig. »Ehrlich!«

»Krokowszic«, ermahnte ihn Gerste. »Sie hatten Feierabend.«

»Kroko, ich möchte, dass Sie …« Lale bemerkte den strengen Blick des Chefs. »Ich meine, der Chef möchte bestimmt, dass Sie den Zahnarzt von Lothar Mettmang ausfindig machen, damit wir die Leiche über den Zahnstatus identifizieren können.«

»Ein guter Gedanke«, lobte Gerste widerwillig. »Hängen Sie sich mal ans Telefon und ermitteln, bei welchem Dresdner Zahnarzt dieser Bäcker war.«

Kroko grinste. »Aber Chef«, sagte er gönnerhaft. »Dazu brauche ich doch nur seine Krankenversicherung anzurufen.«

»Und wenn wir einfach Elsa Mettmang fragen?«, warf Mandy ein. Dann schüttelte sie den Kopf. »Nee, das ist blöd! Wenn sie wirklich gelogen hat, wird sie uns bestimmt nichts sagen.«

»Genau.« Lale nickte. »Aber wir könnten uns mal diese Siegfriede …« Erneut sah Gerste sie durchdringend an. »Ich meine«, hob Lale an. »Ich meine, der Chef will uns doch jetzt sicher zu Siegfriede Mettmang schicken.« Sie warf Gerste einen herausfordernden Blick zu. »Oder?«

»Ich hätte das jetzt nicht besser formulieren können«, sagte Gerste mit einem zufriedenen Gesichtsausdruck. »Aber Frau Petersen, bevor Sie uns wieder verlassen … Sie wurden heute Morgen nicht nur von uns hier vermisst, sondern auch von Ihrer Freundin.« Er schien Lales verdutzten Gesichtsausdruck zu genießen. »Sie hat mehrfach hier angerufen, weil sie Sie auf dem Handy nicht erreichen konnte.«

»Wer soll denn das sein?«, fragte Lale.

»Irgendeine Journalistin aus Hamburg«, erklärte Gerste. »Ich dachte, Sie wüssten Bescheid, wo sie doch Ihre beste Freundin ist.«

In diesem Moment klingelte in Mandys und Lales Büro nebenan das Diensttelefon.

»Das wird sie sein«, prophezeite Mandy. »Willst du nicht rangehen?«

»Nein«, entgegnete Lale prompt. Sie hatte überhaupt keine Lust, schon wieder diese plumpen Aushorchversuche von Hanne abzuschmettern. »Wir müssen jetzt zu Siegfriede Mettmang. Sofort!«

Siegfriede bekommt es nicht gebacken

Die große Backstube der Bäckerei Mettmang lag im Süden Dresdens. In dem dazugehörigen Ladengeschäft war weniger los als in den Filialen in der Innenstadt. Hier warteten keine Kundenschlangen, und zwei der Verkäuferinnen machten offenbar gerade Kaffeepause.

»Guten Tag, wir möchten bitte mit Siegfriede Mettmang sprechen«, sagte Lale und hielt einer der Mitarbeiterinnen ihren Dienstausweis unter die Nase.

Die grinste breit. »Oh, hat die Chefin jetzt sogar schon Ärger mit der Polizei?« Die beiden kicherten albern.

»Warum?«, fragte Mandy neugierig. »Mit wem hat sie denn sonst noch Ärger?«

»Eigentlich mit allen!«, sagte die andere Mitarbeiterin. Die beiden kicherten wieder.

»Na, das sollten wir doch lieber mit Frau Mettmang selbst besprechen.« Lale warf Mandy einen strafenden Blick zu. »Wo finden wir sie denn nun? In der Backstube?«

»In der Backstube? Die?« Die beiden Verkäuferinnen lachten wieder. Dann stellte eine der beiden ihre Kaffeetasse zur Seite. »Die macht sich doch nicht die Finger schmutzig. Kommen Sie! Ich bringe Sie zu ihr.«

Lale und Mandy folgten der Mitarbeiterin hinaus aus dem Laden zu einem Seiteneingang. Im Hausflur deutete sie auf einige Türen.

»Dort hinten, die dritte Tür rechts«, erklärte die Verkäuferin. »Das ist eigentlich das Büro vom Chef. Aber jetzt hat sich die Juniorchefin dort breit gemacht.« Sie lächelte. »Im wahrsten Sinne des Wortes.«

»Danke.« Lale steuerte auf die Tür zu, klopfte zweimal kräftig dagegen und öffnete sie, ohne ein »Herein« abzuwarten.

Hinter einem hölzernen Ungetüm von einem Schreibtisch saß eine massige Person mit stark blondierten Haaren. Als sie jetzt aufsah, bemerkte Lale tiefdunkel bemalte Äuglein und ein schrilles Lippenstiftrot in einem runden, grau wirkenden Gesicht.

»Ja?« Siegfriede Mettmang stemmte sich mühsam auf dem Schreibtisch ab und erhob sich mit einem Schnaufen. »Was kann ich für Sie tun?« Ihre dunkle Stimme klang geschäftsmäßig.

Lale schaute zu ihr auf. Die junge Frau war noch fast einen Kopf größer als sie selbst. Das Pink ihrer Bluse kreischte gegen die grellroten Lippen an und ließ ihren grauen Teint noch etwas bläulicher schimmern. Lale war gewiss keine Instanz in Sachen Styling oder angemessener Garderobe. Aber diese Frau griff wirklich auffallend tief in die falschen Farbtöpfe. Sie sah, dass Mandy Siegfriede Mettmang nur aus großen Kulleraugen anstarrte.

»Wollen Sie mir nicht verraten, was Sie zu mir führt?«, fragte die junge Frau nachdrücklich, aber nicht ungeduldig.

»Ähm, ja.« Lale sortierte sich kurz. »Wir sind von der Kriminalpolizei.« Sie vermied es bewusst, die Mordkommission zu erwähnen. »Sind Sie Siegfriede Mettmang?«

Die junge Frau nickte. »Bin ich.« Sie kam um den großen Schreibtisch herum. »Was kann ich für Sie tun?«

»Wir, ähm, wir suchen Ihren Vater«, erklärte Lale. »Lothar Mettmang.«

»Der ist auf Geschäftsreise«, erwiderte Siegfriede Mettmang prompt. Ihr rundes Gesicht verriet keine Regung.

»Ach? Ausgerechnet jetzt, wo das Stollenfest vor der Tür steht?« Mandy hatte ihre Stimme wiedergefunden.

»Ja, sicher. Gerade jetzt.« Siegfriede Mettmang deutete mit einer einladenden Geste auf eine rustikale Sitzgruppe in der Ecke. »Aber nehmen Sie doch bitte Platz.«

Nachdem Lale und Mandy sich hingesetzt hatten, ließ auch Siegfriede sich in ein Sofa fallen. Sie füllte den Zweisitzer fast komplett aus.

»Mein Vater kümmert sich gerne persönlich um unsere Kunden in Wien und Straßburg«, erklärte sie.

»Seit wann ist er denn unterwegs?«, fragte Lale und sah sich kurz um. Das ganze Büro war vollgestopft mit voluminösen altdeutschen Möbeln und wirkte teuer, aber hausbacken.

»Seit etwa vier Wochen«, sagte Siegfriede. »Warum fragen Sie?«

»Sie haben sich als Striezeldeern beworben?«, fragte Lale.

»Wie bitte?« Siegfriede sah sie aus ihren tiefdunkel umrandeten Äuglein an.

»Sie fragt, ob Sie sich als Stollenmädchen beworben haben«, erklärte Mandy.

»Ach so, ja, natürlich.« Siegfriede zupfte an ihrer pinkfarbenen Bluse herum. »Aber das haben in diesem Jahr besonders viele …«

»Dann kennen Sie Lotti Herz«, stellte Lale fest.

Siegfriede nickte mit abwesendem Gesichtsausdruck. Dann hellten sich ihre Züge plötzlich auf. »Ist irgendetwas mit Lotti? Ist ihr etwas passiert?«

»Wie kommen Sie darauf?« Lale beobachtete die junge Frau aufmerksam.

»Nun, Sie sind von der Polizei, Sie stellen diese Fragen«, erklärte Siegfriede. »Und morgen ist die Stollenprozession.«

»Genau«, klinkte Mandy sich ein. »Will Ihr Vater denn zum Stollenfest nicht hier in Dresden sein?«

Siegfriede verzog die knallroten Mundwinkel. »Das hatte ich angenommen. Doch gestern sagte mir meine Mutter, er habe noch länger im Ausland zu tun.«

»Wie gut kennen Sie Lotti Herz?«, bohrte Lale nach.

Siegfriede zuckte mit den breiten Schultern. »Nicht gut«, gab sie an. »Sie gehörte einfach von Anfang an nicht dazu.«

»Wozu?« Lale war ganz Ohr.

»Na, zur Stollenbranche.« Siegfriede verzog erneut die Mundwinkel. »Sie lernt nicht das Handwerk, sie arbeitet nicht richtig in einem der Betriebe.« Sie seufzte leise. »Wenn Sie mich fragen, hat sie eigentlich beim Stollenfest nichts zu suchen.«

»Das scheinen aber nicht alle so zu sehen«, warf Lale ein. »Schließlich wurde sie zur Striezeldeern gewählt.«

»Tja«, entfuhr es Siegfriede. »Sie hat eben die richtigen Kontakte!« Sie klang schnippisch.

»Aber die haben Sie doch erst recht«, gab Mandy zu bedenken.

Siegfriede ließ die breiten Schultern hängen und sah jetzt aus wie ein großes pinkfarbenes Sofakissen.

»Nun gut, Frau Mettmang«, sagte Lale, während sie sich aus ihrem Sessel erhob. »Das war's dann eigentlich auch schon. »Entschuldigen Sie bitte die Störung.«

Siegfriede Mettmang sah sie erstaunt an. »Wie, das war's schon?« Sie schob ihren mächtigen Hintern auf die Kante des Sofas und stieß sich ab. »Tut mir leid, wenn ich Ihnen nicht weiterhelfen konnte.«

»Ach so ...« Lale drehte sich an der Tür noch einmal um. »Wissen Sie etwas von Drohungen gegen das morgige Fest?«

Siegfriede Mettmang zwinkerte irritiert. »Was denn für Drohungen?«

»Es sollen Drohbriefe eingegangen sein«, erklärte Mandy. »Jemand will angeblich das Geheimrezept erpressen.«

Siegfriede Mettmang zwinkerte noch immer. Ihr Gesicht nahm einen verwirrten Ausdruck an. »Welches Geheimrezept? Etwa für den Stollen?«

»Nu.« Mandy nickte. »Wissen Sie etwas darüber?«

Die junge Frau schüttelte ihren mächtigen blondierten Kopf. »Das Geheimrezept gibt es doch gar nicht«, sagte sie. »Jede der beteiligten Bäckereien hat ihr eigenes Familienrezept.«

»Ach?« Mandy schaute sie neugierig an. »Dann schmeckt der Riesenstriezel also an jeder Stelle anders?«

Siegfriede lächelte versonnen. »Der Riesenstriezel ist ein Gebilde aus lauter Stollenplatten, die zur Form eines gigantischen Stollens aufgeschichtet werden.«

»Er sieht aber immer aus wie ein richtiger Stollen, nur eben größer«, sagte Mandy. »Im Prinzip wie ein Brot.«

»Ja, das so genannte Christbrot«, erklärte Siegfriede Mettmang. »Ein wulstartiges Gebilde, das man mittelhochdeutsch als Strutzel bezeichnete, und das an das gewickelte Christkind erinnern soll.«

Lale verzog das Gesicht. »Los, Frau Schneider!«, drängelte sie und verabschiedete sich schnell von der Juniorchefin.

»Haben wir es denn schon wieder eilig?«, fragte Mandy keuchend und hastete Lale hinterher zum Auto.

»Es geht immer um Geschwindigkeit«, sagte Lale grinsend. »Das sind doch deine Worte!«

Mandy lachte japsend. »Na dann darf ich ja auch ein bisschen Gas geben ...« Sie riss die Fahrertür auf und warf sich schwungvoll hinter das Steuer.

»Wenn es unbedingt sein muss!« Lale nahm auf dem Beifahrersitz Platz. »Und, was meinst du?«

Mandy ließ den Motor an. »Steck diese Siegfriede in die Stollentracht und du hast ein Stollenmonster.«

Notfall im Präsidium

»Was ist denn hier los?«, rief Lale entsetzt, als sie Gerstes Büro betrat und auf zwei Sanitäter mit Leuchtwesten blickte. Energisch schob sie einen von ihnen zur Seite und sah ihren Chef verkrümmt auf einer Trage liegen. »Was ist mit ihm?«

Erst jetzt bemerkte sie, dass eine Notärztin neben der Trage über ihrem Einsatzkoffer kniete. Sie zog eine Spritze auf.

»Gehen Sie zur Seite!«, verlangte die Ärztin streng. Dann machte sie Gerstes rechten Arm frei und setzte die Spritze.

Lale kniff die Augen zusammen.

»Aber was ist denn mit ihm?« Mandys Stimme klang flehend. »Nun sagen Sie schon, was er hat.«

»Die Symptome deuten auf eine Vergiftung hin.« Die Notärztin klang sachlich. »Ich darf mit Ihnen nicht darüber sprechen.«

»Hören Sie mal, gute Frau«, sagte Lale drohend. »Sie sind hier in der Mordkommission, und der Patient ist der Chef!«

»Ach so?« Die Ärztin machte ein verblüfftes Gesicht.

»Genau«, pflichtete Mandy ihr bei. »Wenn hier einer umkippt, dann ist das …« Sie suchte nach Worten.

»Keiner von den üblichen Arbeitsunfällen«, sprang Kroko ihr bei.

»Also.« Lale sah sie auffordernd an. »Womit ist er vergiftet worden?«

»Das können wir noch nicht mit Sicherheit sagen. Ich tippe auf Strychnin«, erklärte die Notärztin. »Ich habe ihm ein Mittel zur Muskelentspannung gespritzt, gegen die Krämpfe.« Sie griff nach ihrem Koffer. »Wir werden ihn jetzt in die Klinik bringen. Dort wird man vermutlich eine Magenspülung vornehmen.« Sie nickte den Sanitätern zu. Doch als diese sich anschickten, Gerste auf seiner Trage hinauszurollen, schien sich der Chef dagegen zu sträuben. Das Sprechen gelang ihm jedoch nicht.

»Was hat er denn?«, fragte einer der Sanitäter.

Sein Kollege zuckte die Achseln und wollte die Trage weiterrollen, als Lale ihn mit eisernem Griff daran hinderte. Der Sanitäter musterte sie verständnislos. »Was ist?«

»Nicht mit den Füßen zuerst!« Lale deutete auf die Tür. »Mordkommission, Sie verstehen?«

Die Notärztin ließ ein flüchtiges Schmunzeln über ihr Gesicht huschen. Sie nickte wissend. »Drehen Sie die Trage um. Lebende werden hier nicht mit den Füßen zuerst durch die Tür geschoben.«

Als die Rettungstruppe mit Gerste durch die Tür verschwunden war, starrten sich Lale, Mandy und Kroko gegenseitig an. Man hörte noch die Sanitäter fluchen, weil die Trage nicht in den Aufzug passte und sie Gerste durch das Treppenhaus aus dem vierten Stock nach unten transportieren mussten.

Lale fing sich zuerst und ließ ihren Blick prüfend über Gerstes Schreibtisch wandern. Dort standen eine halbvolle Kaffeetasse, eine leere Keksschale von Mandy und ein aufgerissener und angeknabberter Stollen. »Woher stammt das da?« Lale deutete auf den halbverpackten Stollen.

»Oh, den haben uns die Herren vom Stollenverein mitgegeben«, berichtete Kroko beflissen.

»Haben Sie auch davon gegessen?«, fragte Lale.

Kroko schüttelte den Kopf. »Nö, ich bin nicht so für Stollen. Vor allem mag ich keine Rosinen.«

Mandy riss die Augen weit auf. »Du meinst, der Striezel …?« Sie schnappte sich die Verpackung und drehte sie um. »Das ist ein echter. Schaut mal, mit Siegel.«

»Ab ins Labor damit!« Lale klang grimmig. »Und die sollen mal ein bisschen Gas geben! Wenn an diesen ganzen Drohungen etwas dran ist, sollten wir schnell handeln. Kroko, bestellen Sie mir einen von diesen Striezelvereinsmeiern her! Sofort!«

Stollenfest in Gefahr

Drei Kaffeetassen später beobachtete Lale wippenden Fußes, wie sich die Miene von Oskar Wahn zusehends veränderte. Der sonst so grummelige Bäckermeister wirkte verstört. Da half auch seine Verstärkung nicht, ein schmächtiges Jüngelchen im edlen Zwirn, das verschreckt auf Kroko schaute, der bereits zum zweiten Mal den Zusammenbruch des Chefs zum Besten gab.

»Hier saß er also«, dozierte Kroko und genoss es sichtlich, im Chefsessel zu lungern. »Er griff sich an den Hals, etwa so …« Kroko demonstrierte den Griff. »Dann zuckte er und schlotterte und zuckte und zitterte …« Kroko riss Augen und Mund weit auf, japste und ließ sich dann polternd vom Chefsessel fallen. Nach einer effektvollen Pause krabbelte er hinter dem Schreibtisch hervor. »Und dann … habe ich sofort den Notarzt gerufen.«

Lale verdrehte die Augen. »Ist gut, Kroko. Das reicht!«

Oskar Wahn und das Jüngelchen glotzten vor sich hin.

»So«, sagte Lale drohend. »Und jetzt will ich wissen, wer wann wem gedroht hat! Und vor allem, womit!«

Das Jüngelchen zuckte die Achseln. »Es war nichts Konkretes … Nur so allgemein … Dass irgendetwas Schreckliches passieren würde …« Er schluckte.

»Nun, es ist bereits etwas passiert«, entgegnete Lale und dirigierte die beiden nach nebenan in ihr Büro. »Hinsetzen.« Sie zog Mandys Schreibtischstuhl und einen Hocker in die Mitte des Raumes.

Oskar Wahn ließ sich kraftlos in Mandys Stuhl sinken, während das Jüngelchen verschüchtert auf dem Hocker Platz nahm.

Lales Diensttelefon klingelte. Sie warf den beiden Vereinsvertretern einen strengen Blick zu und griff zum Hörer. »Petersen.«

»Gute Nachrichten aus den pathologischen Gruften«, freute sich Kowalski am anderen Ende der Leitung. »Ich hatte Recht, meine liebe Frau Kommissarin! Die mächtige Dame hat gelogen. Der Abgleich des Zahnstatus' ergibt zweifelsfrei, dass es sich bei dem bedauernswerten Todesopfer um einen gewissen Lothar Mettmang handelt.« Er machte eine kurze Pause. »Das war es doch, was Sie wissen wollten, nicht wahr?«

»Ja«, sagte Lale knapp. »Danke, Dr. Kowalski.« Sie legte auf und wandte sich wieder ihren unfreiwilligen Gästen zu. »Der Tote ist tatsächlich einer aus Ihrem Bäcker-Syndikat. Lothar Mettmang.«

»Oh.« Das Jüngelchen rutschte unbehaglich auf seinem Hocker herum. »Und er ist vergiftet worden?«

Lale schüttelte den Kopf. »Nein.« Sie sah die beiden lauernd an. »Aber vielleicht hat er ja Ihrem Verein gedroht und musste deshalb aus dem Weg geschafft werden.«

»Blödsinn.« Oskar Wahn winkte ab. »Wir brauchen doch jede helfende Hand. Schlimm genug, dass Lothar seit Wochen verschwunden ist!«

Das Jüngelchen nickte eifrig. »Außerdem haben wir doch alle nur ein Anliegen: ein gelungenes Stollenfest!«

»Tja, daraus wird wohl diesmal nichts«, sagte Lale und tippte nachdrücklich auf einen Stapel Unterlagen auf ihrem Schreibtisch. »So wie die Dinge liegen, werden Sie das Ganze wohl absagen müssen!«

»Ja, um Gottes Willen!« Das Jüngelchen sprang auf. »Das geht doch nicht! Wir haben Verträge und Sponsoren.«

»Morgen früh wird der Riesenstriezel zusammengebaut«, polterte Oskar Wahn. »Wie sollen wir den denn ohne Stollenfest verkaufen?«

»Nun, wenn er vergiftet ist, wohl besser gar nicht«, erklärte Lale mit Nachdruck.

»Aber der Ministerpräsident und die Oberbürgermeisterin kommen!« Die Stimme des Jüngelchens wurde schrill. »Die bekommen doch das erste Stück!«

»Eben«, entgegnete Lale. »Und das wollen sie sicher gerne überleben.«

In diesem Moment stürmte Mandy ins Büro. »Der Stollen …«, rief sie etwas atemlos. »Der Stollen … Er ist gar nicht vergiftet!« Sie warf einen kurzen Blick auf die beiden Vereinsvertreter, ging an ihnen vorbei und legte Lale eine Mappe auf den Tisch. »Hier, der Laborbericht.«

Lale zog die Augenbrauen hoch. »Und der Chef?« Sie sah Mandy fragend an. »Wie geht es ihm?«

Mandy zuckte die Achseln.

»Nun gut«, sagte Lale zögernd. »Dann müssen wir diese Striezelparty wohl riskieren. Mit Polizeipräsenz, versteht sich!« Sie sah Oskar Wahn und das Marketing-Jüngelchen aufmerksam an. »Und Sie halten uns ab sofort auf dem Laufenden, sobald sich auch nur die kleinste Unregelmäßigkeit tut.« Sie winkte Kroko heran, der gerade neugierig in der Tür erschien. »Sobald auch nur eine Rosine abhanden kommt, sich irgendein Bäcker in der Nase bohrt oder ein Messerchen fehlt! Ich will das alles wissen!«

»Was ist eigentlich mit dem großen Messer?«, fragte Mandy. »Womit soll denn der Striezel angeschnitten werden, wenn das Messer fehlt?«

»Oh, wir haben eine Kopie in Auftrag gegeben«, erklärte das Jüngelchen schnell und zupfte an seinem Krawattenknoten. »Wir hoffen, dass das Ersatzmesser heute Nacht noch geliefert wird.«

»So, so.« Lale seufzte und sah Kroko durchdringend an. »Und Sie, Kroko, werden den Zusammenbau dieses Riesenstriezels überwachen!«

Kroko schluckte sichtlich. »Ich alleine? Ich meine, das ist ein ziemlich großer Striezel …«

Lale schmunzelte. »Na, dann nehmen Sie sich ein paar Kollegen von der Schutzpolizei mit, wenn Sie Angst vor unserem mächtigen Riesenstollen haben!«

Unruhige Nacht

Erschöpft betrat Lale am Abend ihre Wohnung. Auf dem Esstisch in der Diele fand sie einen Brief ihres Sohnes Pit vor, der beschrieb, dass er am heutigen Abend die Einweisung für seinen Job als Aushilfsweihnachtsmann hatte. Lale war das nur recht, denn sie sehnte sich nach einer großen Mütze Schlaf. Das Telefon! Schnell zog sie das Handy aus der Tasche und steckte das Ladegerät in die Steckdose. Wenn sie jetzt den Chef vertreten musste, sollte sie zumindest jederzeit erreichbar sein. Sie bemerkte, dass sie sich richtig Sorgen machte um Gerste, diesen übellaunigen Prinzipienreiter, der ihr mit seinen Vorschriften nur allzu gerne auf die Nerven ging. Gerne hätte sie am nächsten Morgen einfach um neun Uhr eine reguläre Besprechung besucht, bei der Kroko sein blödes Protokoll führte und Mandy ihr Selbstgebackenes herumreichte. Sie hatte kein gutes Gefühl, wenn sie an diese Stollenveranstaltung dachte und wollte auf jeden Fall ausgeschlafen an die Sache herangehen. Seufzend ließ sie sich aufs Bett fallen … Diese Striezeldeern würde den Stollen mit einem Ersatzdolch anschneiden, alle würden klatschen, ungiftigen Stollen in sich hineinmampfen und wieder nach Hause gehen … Mit diesem Gedanken tauchte Lale ein in tiefen Schlaf, in dem es keinen Stollen, keine Räuchermännchen, überhaupt keinen Weihnachtsschnickschnack gab … Oder doch? Lale fuhr hoch und blinzelte. Da stand ein Weihnachtsmann im dämmrigen Licht der Nachttischlampe vor ihrem Bett und hielt ihr ein Telefon vor die Nase. Was für ein bescheuerter Traum!

»Hier, Mama, für dich!« Der Weihnachtsmann klang wie Pit. Lale kicherte. »Nun, geh schon ran!«, verlangte er streng und streifte die Kapuze vom Kopf. »Es ist dein Handy.«

Lale setzte sich verwirrt auf. Das war ja wirklich Pit! »Wie siehst du denn aus?« Sie griff zum Telefon. »Ja … hier ist es mitten in der Nacht.«

»Hier auch«, drang es fröhlich an Lales Ohr. »Mitternacht eben. Sag bloß, du machst inzwischen schon vor Mitternacht schlapp.«

Am Lachen erkannte Lale endlich die Stimme. Es war Hanne. Sie stöhnte auf. »Hanne, was willst du?«

»Na, erlaube bitte mal«, sagte Hanne empört. »Seit Tagen versuche ich dich zu erreichen. Du bist nie da, du rufst nie zurück. Meine Kollegen hier denken schon, ich hätte dich erfunden.«

»Und wenn schon«, maulte Lale. »Ist mir doch wurscht.«

»Na, ich habe ja die Beweise für deine Existenz in der Hand«, sagte Hanne spöttisch. »Hier ist zum Beispiel ein wunderschönes Foto von einer Leiche mit Messer im Rücken, und dann eins mit Kommissarin Petersen, die Beweismittel sichert.«

»Ja, und?«, knurrte Lale.

»Lale Petersen ist in Bäckereien unterwegs«, zählte Hanne auf. »Lale Petersen geht in die Rechtsmedizin. Und hier sieht man einen Rettungseinsatz vor dem Dresdner Polizeipräsidium. Was war denn da los?«

»Nix«, sagte Lale mürrisch. »Vielleicht ist ja irgendein Sachbearbeiter beim Weihnachtsbasteln von der Leiter gefallen.«

Hanne ignorierte ihre schlechte Laune konsequent. »Ich wollte dir auch nur sagen, dass ich auf dem Weg nach Dresden bin«, flötete sie fröhlich-dreist. »Dieses Stollenfest lasse ich mir nicht entgehen! Ich freue mich schon auf dich. Tschüüs!«

»Du mich auch, du Schnepfe«, grummelte Lale. Dann warf sie das Telefon auf den Nachttisch und einen Blick auf die Uhr. Von wegen Mitternacht! Es war fast eins. Lale drehte sich um und versank augenblicklich in tiefen Schlummer.

Plötzlich schreckte sie auf. Was war das? Schon wieder das Telefon. Der Wecker zeigte irgendetwas mit einer Fünf davor. Hanne! Nicht schon wieder! Lale riss erbost das Handy vom Nachttisch. Diese dämliche Pressetante.

»Ich schlafe!«, blökte sie ins Telefon. »Und ich hole dich jetzt bestimmt nicht irgendwo ab!«

»Ist ja schon gut. Beruhige dich.« Das war Mandys Stimme. Sie klang verschlafen. »Ich klingle dich nicht ohne Grund um die Zeit aus dem Bett.«

»Oh Gott.« Lale saß aufrecht im Bett. »Gerste. Ist er tot?«

»Nein«, sagte Mandy. »Das heißt, ich weiß es nicht.«

Lale rieb sich die Stirn. »Was ist denn dann?«

»Lotti ist verschwunden«, erklärte Mandy. »Sie ist wie vom Erdboden verschluckt.«

»Lotti Herz? Die Striezeldeern?«, fragte Lale. »Und woher weißt du das?«

Mandy schien ein Gähnen zu unterdrücken. »Ihr Lover hat mich gerade angerufen. Sie sollte eigentlich längst bei den Riesenstriezel-Bauarbeiten sein, aber sie ist dort nicht aufgetaucht, und zu Hause war sie offenbar die ganze Nacht nicht.«

Lale seufzte. Das fing ja gut an. »Gut, gib mir 15 Minuten.«

»Zehn Minuten«, entgegnete Mandy. »Bis gleich.«

Kein Stollenfest ohne Stollenmädel!

Wenig später parkte Mandy den Dienstwagen auf dem DREWAG-Gelände in der Wiener Straße, wo der Riesenstriezel zusammengebaut wurde. Als sie auf den großen Schuppen zugingen, hörten sie im Innern schon geschäftiges Treiben.

»Wie gut kennst du diese Lotti eigentlich?«, fragte Lale. »Gehört sie auch zu deinem riesigen Kreis aus verwandten Bekannten und bekannten Verwandten? Oder wart ihr mal zusammen in der Schule?«

»Nö.« Mandy lächelte. »Wir haben nur im Fitnessstudio ein paar Mal miteinander gequatscht.«

»Aus der Muckibude also«, stellte Lale fest. »Dann weißt du nicht viel über sie.«

Im Schuppen herrschte reges Treiben und Lale staunte

nicht schlecht über die zahllosen Bäcker, die es irgendwie schafften, nicht übereinander zu stolpern. Es war angenehm warm und duftete ausgesprochen heimelig. Zwischen all den Mützen tauchte die imposante Gestalt von Oskar Wahn auf. »Und? Haben Sie Lotti gefunden?«

Als Lale gerade verneinen wollte, stürzte ein völlig aufgeregter Kroko auf sie zu. »Wie gut, dass ihr kommt«, japste er und fiel Mandy beinahe um den Hals vor Begeisterung. »Das ist das reinste Irrenhaus hier. Stellt euch vor: Das Stollenmädchen ist verschwunden!«

»Das wissen wir«, erklärte Mandy und tätschelte Kroko beruhigend die Schulter. »Allerdings wissen wir auch nicht, wo sie ist.«

»Verdammter Mist!«, schimpfte Oskar Wahn. »Wir brauchen sie doch! Da hinten wartet schon der Hofnarr mit den Leuten vom Fernsehen.«

»Dann müssen *wir* eben mit ihnen reden«, schlug Lale vor und schickte sich an, auf das Fernsehteam zuzugehen, als der Bäckermeister sie zurückhielt.

»Sind Sie wahnsinnig?«, fragte er empört. »Schlimm genug, dass Lotti weg ist. Wir können ihnen doch jetzt nicht noch die Polizei vorsetzen!«

»Aber wir können nicht ausschließen …« Lale bemerkte Krokos entsetztes Gesicht. Er starrte mit angstvoll aufgerissenen Augen auf irgendetwas, das sich hinter Lales Rücken abspielte. Sie drehte sich um und prallte fast gegen Siegfriede Mettmang. Mühelos schwang sie einen großen Koffer und schob Lale damit zur Seite.

Kroko musterte sie argwöhnisch, als sie den Koffer auf den Boden legte, öffnete und etwas Blitzendes zum Vorschein kam.

»Das Stollenmesser«, sagte Mandy und starrte entzückt auf den Riesendolch.

Siegfriede Mettmang nahm das Messer mit einem kräftigen Ruck aus dem Koffer und stemmte es wie ein Gewichtheber hoch. »Das wurde heute Nacht bei uns abgegeben«, verkündete sie selbstbewusst.

»Um Gottes Willen, vorsichtig!« Oskar Wahn griff nach und stieß einen Pfiff aus. Sogleich eilten zwei junge kräftige Bäcker herbei und nahmen Siegfriede das Messer ab.

»Wo ist denn die schöne Lotti?«, fragte Siegfriede und sah sich um. »Ich kann sie nirgendwo entdecken.«

»Sie ist ja auch nicht da«, erklärte Lale und musterte Siegfriede.

Diese erwiderte selbstbewusst Lales Blick. »Zumindest an solch einem Tag sollte sie doch pünktlich sein.«

»Wir haben Grund zu der Annahme, dass Lotti Herz etwas zugestoßen ist«, sagte Lale sachlich.

»Sie können uns in dieser Angelegenheit nicht zufällig weiterhelfen?«, fragte Mandy spitz.

»Ich? Wieso ich?« Siegfriede Mettmang lächelte mit breiten rot bemalten Lippen.

»Immerhin hat man ja auch das Stollenmesser bei Ihnen abgegeben«, sagte Mandy mit schnippischem Unterton.

»Das reicht«, schaltete Lale sich ein. »So kommen wir nicht weiter. Wir sollten nach Lotti suchen. Aber eine Fahndung können wir erst nach 24 Stunden auslösen.«

Oskar Wahn warf einen Blick auf seine Uhr und schaute dann erneut hinüber zu dem wartenden Fernsehteam. »Solange können wir nicht warten. Wir brauchen Ersatz.«

Siegfriede Mettmang lächelte noch eine Spur breiter. »Das soll ja nicht das Problem sein. Ich stelle mich gerne zur Verfügung.«

Kroko, der noch immer seinen entsetzten Gesichtsausdruck hatte, fragte: »Als was?«

»Na, als Stollenmädchen«, säuselte Siegfriede Mettmang. »Als was denn sonst?«

Ein junger Bäcker gesellte sich zu Oskar Wahn. »Wir brauchen doch kein Stollenkoloss, Chef!« Er grinste frech.

»Wie bitte?«, fragte Siegfriede Mettmang.

»Er meint nur, der Striezel sei doch ein ziemliches Koloss«, interpretierte Lale die Aussage schnell.

»Siegfriede, du passt doch überhaupt nicht in die Tracht«, erklärte Oskar Wahn gereizt. »Wir brauchen ein anderes Stollenmädchen.«

»Ich bin aber das ideale Stollenmädel!« Siegfriede stampfte erbost mit dem Fuß auf.

»Na, dann wünsche ich Ihnen viel Erfolg«, warf Lale ein. »Kroko, Sie bleiben auf Posten! Mandy und ich werden uns jetzt mal um den Verbleib von Lotti kümmern. Womöglich gibt es eine ganz harmlose Erklärung. Aber wenn nicht, sollten wir keine Zeit vertrödeln.« Sie wandte sich zum Gehen. »Komm Mandy, wir müssen los!«

»Halt! Stopp!«, rief der vorlaute junge Bäcker dazwischen. »Chef, sie wäre doch ideal!« Er deutete auf Mandy.

»Sie?« Siegfriedes Stimme wurde schrill. »Eine Polizistin! Das ist nicht euer Ernst!«

Oskar Wahns Augen blitzten auf. »Natürlich! Sie wären ein prima Stollenmädel!«

Mandy blickte ihn irritiert an. »*Ich*? Sie meinen, *ich* soll Lotti vertreten?«

»Das geht nicht!« Siegfriede baute sich drohend vor dem Bäckermeister auf. »Sie hat doch noch weniger Ahnung von unseren Traditionen als diese, diese, diese … Lotti!«

»Na und«, sagte Oskar Wahn. »Es wäre doch nur heute, nur für diesen Tag .«

Mandy strahlte. »Na, das wäre ein Undercover-Einsatz nach meinem Geschmack!« Sie warf Lale einen flehenden Blick zu.

Lale runzelte die Stirn. »Warum eigentlich nicht?«, sagte sie wie zu sich selbst und wandte sich dann an den Bäckermeister. »Aber passen Sie auf, dass Ihr neues Stollenmädchen den Riesenstriezel nicht komplett verputzt hat, bevor es überhaupt losgeht.«

Als Lale den Schuppen verließ, hörte sie nur noch das laute Toben der verschmähten Siegfriede. Wenn das mal gut ging.

Das Striezelkomplott

Im Nieselregen trat Lale auf dem Schlossplatz von einem Bein auf das andere. Bereits seit einer halben Stunde fror sie inmitten von Menschenmassen wartend vor sich hin. Zu allem Überfluss stand Hanne neben ihr und machte der Menge an Regentropfen mit Worten Konkurrenz. Sie hatte inzwischen die Phase des »Du-hast-dich-gar-nicht-verändert« und »Es-ist-ja-so-schön,-dass-wir-uns-mal-wiedersehen« überwunden und war direkt bei ihrem eigentlichen Thema gelandet. Sie erwartete gar fürchterliche und unbedingt berichtenswerte Zwischenfälle vom bereits offiziell eröffneten Stollenfest.

»Wo sind denn nur die ganzen Polizisten?«, fragte Hanne. »Ihr müsst doch in solchen Fällen Sicherheitsvorkehrungen treffen und einen Haufen Beamte vor Ort haben.« Sie sah sich zum wiederholten Male um. »Ich kann gar keinen entdecken.«

Lale schmunzelte. »Im Prinzip ist die gesamte Dresdner Altstadt so was wie ein Hochsicherheitstrakt«, sagte sie mit unverhohlener Ironie. »Hier wimmelt es nur so von Polizei. Natürlich alle in Zivil.« Sie beobachtete, wie Mandy in der Tracht des Stollenmädchens und lediglich mit einem kurzen Webpelz vor der Kälte geschützt, eine Kutsche bestieg. »Wir haben sogar unsere besten Leute an strategisch wichtigen Positionen platziert. Undercover, wenn du verstehst.«

»Oh, es geht los«, stellte Hanne fest und zückte einen Fotoapparat. »Ich werde gleich mal ein paar Impressionen einfangen.«

Langsam setzte sich die Menge in Bewegung und folgte den Fuhrwerken und Fanfaren in Richtung Fürstenzug. Lale drängelte sich vorsichtig weiter nach vorne. Hannes Impressionen waren ihr herzlich egal.

Doch die Journalistin behauptete unverdrossen ihre Position an Lales Seite. »Das Stollenmädchen sah auf den Pressebildern irgendwie anders aus«, bemerkte sie. »Die Haarfarbe, es muss die Haarfarbe sein. Sie hatte doch braune Haare. Die dunklen Haare standen ihr eindeutig besser!«

Lale schob sich weiter nach vorne und hielt Ausschau nach Siegfriede Mettmang. Irgendwo in ihrer Nähe musste Kroko sein. Zu dumm, dass Siegfriede ihn schon als Kriminalen kennen gelernt hatte. Das erschwerte die Beschattung.

»Ist das nicht toll?«, schwärmte Hanne. »Man hat doch glatt das Gefühl, dass der alte August gleich um die Ecke kommt.«

»Der sitzt vermutlich auf einem der Festwagen weiter vorne«, entgegnete Lale. Von der feisten Bäckerstochter war nichts zu sehen.

»Ach, ich kann mir richtig vorstellen, wie die 1730 herumgestapft sind zu ihrem Lustlager.« Hanne hakte sich bei Lale ein. »Wusstest du, dass auf diesen Festwagen die gesamte Geschichte des Dresdner Stollens dargestellt wird? Von irgendeinem päpstlichen Erlass von Vierzehnhundert-schlag-mich-tot bis zu Augusts Riesenstriezel.«

»Mhm«, machte Lale. Sie konnte die hünenhafte Siegfriede nur viel weiter vorne neben dem Soldatenregiment in historischen Uniformen vermuten. Es war einfach zu voll. »Komm, wir müssen weiter nach vorne!«

»Du rechnest also mit einem Anschlag direkt während der Prozession.« Hanne machte zwar ein betont erschrockenes Gesicht, wirkte aber durchaus zufrieden. »Guck mal! Der ist doch verdächtig!« Hanne deutete auf eine Gestalt, die sich in der schmalen Gasse des Fürstenzuges an der Prozession vorbeidrückte. Es war der Statur nach ein Mann in dunkler Kleidung. Die Kapuze hatte er sich tief ins Gesicht gezogen.

»Na, ich weiß nicht«, sagte Lale zögernd. Doch da sie keine weiteren Anhaltspunkte finden konnte, heftete sie sich an die Fersen dieses Mannes.

»Hey, warte doch«, empörte sich Hanne, während Lale sich flugs an den Fuhrwerken vorbeidrückte. »Das ist verdammt eng hier. Ich will nicht noch von einem Pferd getreten werden!«

Lale ignorierte Hannes Gezeter. Da war schon die Frauenkirche. Der Typ wandte sich nach links, während die Prozession rechts an der Frauenkirche vorbeizog.

»Sehen die nicht einfach toll aus in ihren historischen Uniformen?«, freute sich Hanne und deutete auf Soldaten, die der Prozession folgten. »Die Jungs sind vom Regiment Sachsen-Weißenfels«, erklärte sie. »Und irgendwo sind auch Friedrich Wilhelm I. und Friedrich der Große, und natürlich diese Gräfin …«

»Cosel«, ergänzte Lale genervt. »Ja, Hanne, du hast wirklich brav recherchiert.« Sie ließ den Fremden nicht aus den Augen. Er drückte sich an der Seite der Frauenkirche herum und schien auf irgendetwas zu warten. »Nervös«, schoss es Lale durch den Kopf. Der Typ wirkte nervös. Sie musste näher an ihn heran. Da drehte er sich um, und sie erhaschte einen kurzen Blick auf sein Gesicht. Sie kannte den Mann, doch woher? War es einer dieser unzähligen Bäckerburschen? Lale legte die Stirn in Falten. Nein, das war dieser Bernie, der Freund von Lotti Herz. Im nächsten Moment tauchte eine wohlbekannte Silhouette aus dem Hintergrund auf: Siegfriede. Lale duckte sich unwillkürlich. »Hanne!«, zischte sie.

Sofort stand die Journalistin bei ihr. »Was ist los?« Auch sie senkte die Stimme.

»Du musst mir einen Gefallen tun«, verlangte Lale leise, aber bestimmt. »Dich kennen sie nicht. Pirsch dich mal unauffällig an die beiden dort heran und belausch sie. Ich will wissen, was die zwei miteinander reden!«

Hanne grinste zufrieden, tippte sich mit einem »Aye, aye, Frau Kommissarin!« an die Kapuze und stapfte los.

Aus ihrer Deckung zwischen all den Menschen heraus verfolgte Lale die Szene. Es sah nach einer heftigen Auseinandersetzung aus. Siegfriede Mettmang redete drohend auf den jungen Mann ein und gestikulierte dabei erstaunlich temperamentvoll. Jetzt hatte Hanne die beiden erreicht. Was tat sie denn da? Warum quatschte sie die beiden denn an? Sie sollte doch einfach nur lauschen! Oh, nein! Jetzt zückte sie auch noch den Fotoapparat und knipste. Schnell schob Lale sich zwischen den erstaunten und zum Teil protestierenden Leuten hindurch. Sie erreichte die kleine Gruppe, als Siegfriede Mettmang der zwei Köpfe kleineren Hanne gerade den Fotoapparat entriss. Ein wildes Handgemenge entstand. Kurz entschlossen warf Lale sich dazwischen und prallte dabei unsanft auf einen weiteren Eingreifer. Mist! Der war ihr entschieden zu wendig. Sie duckte sich, griff nach dem nächstbesten Bein, das sie zu fassen bekam und schleuderte den Menschen aufs Pflaster.

»Frau Petersen!« Die Stimme klang eher verwundert als empört. Als Lale nun aufsah, bemerkte sie, dass es Kroko war, der da fassungslos auf dem nassen Pflaster saß und sie anstarrte. »Sie sind ja gefährlich.«

Hanne umklammerte ihren Fotoapparat wie ein Baby und blickte Siegfriede Mettmang aus funkelnden Augen an. Ihre Worte jedoch richtete sie an Lale. »Sie will sofort ihr Geld zurück! Das hat sie gesagt. Und dass er die Entführung verpatzt hat.«

Jetzt kam Bewegung in Bernie, der offenbar die ganze Zeit nur verwirrt zugesehen hatte. Mit einer flotten Drehung versuchte er zu türmen, doch Kroko war schneller. Blitzartig sprang er auf, stellte sich Bernie in den Weg und klapperte mit einem Paar Handschellen.

»Na, das wird doch eine gemütliche Adventsrunde auf dem Präsidium«, erklärte Lale. »Wie gut, dass wir noch Mandys Stollen haben. Den dürfen wir bestimmt verspeisen, wo sie selbst jetzt die Macht über den Riesenstriezel hat.«

Das ist ja noch mal gut gegangen

»Ich hätte nicht gedacht, dass ich mich mal so freuen würde, Sie zu sehen.« Gerste schmunzelte unter tiefen Augenringen aus gelblichen Kissen heraus, als Lale mit einem bunten Blumenstrauß das Krankenzimmer betrat.

»Dem kann ich mich nur anschließen«, erklärte Lale und zog sich einen Stuhl ans Krankenbett des Chefs. »Das liegt natürlich zunächst einmal an der Wiederherstellung Ihrer Gesundheit.« Sie legte den Blumenstrauß aufs Bett. »Die sind für Sie. Mit den besten Wünschen von der ganzen Abteilung. Außerdem bin ich froh, der anhänglichen Hanne entkommen zu sein, und natürlich dem ganzen Stollenzauber.«

Gerste verzog das Gesicht. »Gehen Sie mir weg mit Backwaren aller Art! Wussten Sie, dass in all diesem Gebäck gemahlene Nüsse drinstecken?«

»Nö.« Lale schüttelte den Kopf. »Aber offen gestanden habe ich überhaupt keine Ahnung, was in all diesem Knabberkram drin ist.« Sie überlegt kurz. »Rosinen erkenne ich, glaube ich. Aber ich mag sie nicht.« Dann sah sie den Chef aufmerksam an. »Dann hat Ihnen also niemand Strychnin verabreicht?«

»Wer sollte mich auch vergiften wollen?«, fragte Gerste grinsend. »Außer Ihnen vielleicht.« Er setzte sich langsam im Bett auf. »Ich habe offenbar eine Nussallergie.«

»Ach so …« Lale nickte wissend. »Und Ihnen war nicht klar, dass Sie mit den ganzen Leckereien jedes Mal auch Nüsse futtern.«

Der Chef nickte ebenfalls. »Die Symptome sind wohl sehr ähnlich. Die Notärztin hat sich mit ihrer ersten Vermutung wohl von der Atmosphäre unserer Dienststelle inspirieren lassen.« Dann nahm sein Gesichtsausdruck wieder amtliche Züge an. »Aber kommen wir mal zur Sache. Sie sind schließlich auf der Flucht vor dem Adventsgeplänkel. Gehe ich daher recht in der Annahme, dass sich die Wirren um das Stollenfest aufgeklärt haben? Ich habe gehört, es gab noch eine Entführung.«

»Ja«, erwiderte Lale. »In der vergangenen Nacht hat man das Stollenmädchen entführt, sodass Frau Schneider als Striezeldeern einspringen musste.«

»Wie bitte?« Gerstes Grinsen wurde breiter.

»Ja, unsere Mandy. Zuletzt gab sie einem japanischen Fernsehsender ein Interview«, berichtete Lale amüsiert. »Und danach bekommt meine Freundin Hanne ihre Exklusivstory.«

»Ach? Und ich hatte den Eindruck, Sie wollten diese Journalistin loswerden.« Der Chef musterte Lale aufmerksam.

»Wollte ich auch.« Lale lächelte. »Aber sie war uns doch noch sehr nützlich. Denn eigentlich war sie es, die das kleine Striezelkomplott rund um Lotti Herz aufgeklärt hat. Siegfriede Mettmang hatte Lottis Lover Bernie damit beauftragt, die schöne Lotti zum Stollenfest verschwinden zu lassen.«

»Und der hat sich darauf eingelassen?«, fragte Gerste ungläubig. »Ihr Freund?«

Lale nickte. »Ja, er hat dafür immerhin eine Stange Geld kassiert. Zwanzigtausend Euro. Da kann ein nicht mehr ganz frisch verliebter mittelloser Student schon mal ins Grübeln geraten und die eigene Freundin ein paar Stunden in den Keller sperren.« Sie grinste süffisant. »Allerdings ging Siegfriedes Plan nicht auf, denn zu allem Überfluss ist die Polizei in ihre Lieblingsrolle geschlüpft. Das gab Ärger für den armen Bernie.« Lale stand auf und nahm eine leere Blumenvase vom Tisch. »Soll ich die mal ins Wasser …?« Sie deutete auf den Blumenstrauß. Gerste nickte nur knapp. »Das Stollenmesser hat sich Siegfriede vermutlich auch selbst unter den Nagel gerissen als klar war, dass sie nicht zur Stollenfee gekürt wurde.« Lale ließ am Waschbecken in der Ecke die Vase halb voll Wasser laufen.

»Und was ist mit dem Toten im Zwingergraben?«, fragte Gerste.

»Na, das ist tatsächlich Lothar Mettmang«, erklärte Lale. »Seine Frau wollte das vergötterte Töchterchen nicht vor dem ach so wichtigen Stollenfest mit seinem Tod belasten und hat ihr etwas von einer Geschäftsreise erzählt.« Sie schüttelte unwillkürlich den Kopf. »Ich hätte der alten Mettmang glatt den Gattenmord zugetraut. Allerdings haben die Vereinsmeier erzählt, dass er wohl beim illegalen Glücksspiel mit ein paar Kumpels versackt ist. Und plötzlich war Schluss: Herzinfarkt, bumm, peng, aus. Die Staatsanwaltschaft wird sicher noch klären lassen, ob es sich dabei um einen Fall von unterlassener Hilfeleistung handelt.«

Gerste reichte ihr den Blumenstrauß. »Das heißt, die haben einfach einen Toten ...?«

»Muss wohl so sein.« Lale seufzte. »Durch diese gefälschten Drohbriefe haben sie sich selbst in die Bredouille gebracht.« Sie ließ die Blumen vorsichtig in die Vase gleiten. »Sie hatten natürlich Recht, Chef. Das ganze Gedrohe war ein reiner PR-Gag! Die Geschichte kam nur bei den Medien an. Anzeige wurde nie erstattet.«

»Ach ja«, seufzte der Chef. »Die ganzen Weihnachtsbräuche sind doch immer nur Geschäftemacherei.«

Lale platzierte die Vase auf Gerstes Nachttisch. »Sag ich doch. Alles Schmu!«

In diesem Moment klopfte es kurz. Dann wurde die Tür geöffnet und eine attraktive Brünette betrat das Krankenzimmer.

Gerste lachte. »Liebling, wie schön ...«

»Ah, ich sehe, du langweilst dich nicht.« Sie streckte Lale die Hand hin.

»Darf ich vorstellen? Das ist meine Frau Anabel«, erklärte Gerste mit unverhohlenem Stolz in der Stimme. »Und das, Anabel, ist Kommissarin Lale Petersen. Sie ist zwar die anstrengendste, aber auch die beste meiner Mitarbeiterinnen.«

»Na, das nenne ich Lob!«, sagte Anabel Gerste grinsend. Lale erwiderte ihren festen Händedruck und zwinkerte dem Chef zu. »Ich habe ja nicht gewusst, was für schwere Nachwirkungen so ein Allergieschock hat.«

Geschenke-Terror

Ab in den Außendienst!

»Los! Augen zumachen!«, kommandierte Mandy und sah Lale eindringlich an. »Es soll schließlich eine Überraschung sein.«

»Na gut.« Kommissarin Lale Petersen lehnte sich in ihrem Bürostuhl zurück und schloss die Augen. Sie hörte Mandy hin und her trippeln. Dann vernahm sie das aufgeregte Rascheln von Papier.

»Nicht gucken!«, rief Mandy. »Versprich es!«

»Ich verspreche es«, erwiderte Lale seufzend. »Lass dir nur nicht zu lange Zeit, sonst hörst du gleich sowieso nur noch mein Schnarchen.«

Mandy schnaufte. »Ich bin ja so gespannt wie du gucken wirst, wenn du das auspackst.«

»Mmh.« Lale grunzte wohlig und ließ sich etwas tiefer in den Sessel sinken. Zu blöde nur, dass Mandy mit solchem Aufwand allen Weihnachtsgeschenke machte. Sie hatte gehofft, dieses Jahr um die Schenkerei herumzukommen. Außer bei Pit natürlich. Aber es war schon schwierig genug, für ihren Sohn etwas Passendes zu finden. Und eigentlich genoss sie es, dass sie das große Schenken abgeschafft hatten. Nun musste sie sich wohl oder übel auch etwas Originelles für ihre Kollegin einfallen lassen.

»Sagen Sie mal, was soll das denn?«, polterte es plötzlich neben Lale los. »Sie machen hier während der Dienstzeit ein Nickerchen?«

Lale fuhr hoch. »Chef! Sie sind schon wieder da?«

»Allerdings«, schnaubte Gerste, der Leiter der Dresdner Mordkommission. »Ich bin wieder da. Und wie ich das hier sehe, wurde es auch höchste Zeit.« Er schnappte sich ein Blatt Papier von Lales Schreibtisch und studierte es eingehend. »Eine Zuckerdose, handbemalte Kleiderbügel, eine Schminktasche, einen Krimikalender?« Er sah Lale forschend an. »In welchem Fall ermitteln Sie denn gerade?«

»Oh, das gehört mir.« Mandy wuselte heran und riss dem Chef das Papier aus der Hand. »Meine Geschenkeliste!« Dann sah sie Gerste aus großen Kulleraugen an. »Was machen Sie denn schon hier? Ich dachte, Sie müssten noch ein paar Tage im Krankenhaus bleiben.«

»Stimmt«, pflichtete Lale bei. »Mit so einem Allergieschock ist schließlich nicht zu spaßen.«

»Ich bin freiwillig gegangen«, erklärte Gerste. »Bevor man mich vor die Tür setzen konnte.«

»Och, haben Sie die Schwestern genervt?«, fragte Lale.

»Notfälle«, erklärte Gerste knapp. »Es kursiert wieder mal irgendein Virus, und sie brauchen jedes Bett.«

»Da ist es bei uns bestimmt sicherer«, sagte Mandy. »Und auch viel gemütlicher.« Sie rückte liebevoll ein Weihnachtsengelchen im Regal zurecht.

»Stimmt.« Lale seufzte. »Wir haben alle nur Mandys schreckliches Weihnachtsvirus auszustehen.«

»Das offenbar bei dir nicht wirklich ansteckend ist«, stellte Mandy fest und warf einen prüfenden Blick auf ihre Liste. »Womit kann ich eigentlich deinem Sohn eine Freude machen?«

»Pit?« Lale sah Mandy verwundert an. Ihre Schenkerei nahm ja wirklich extreme Ausmaße an. »Pit ist dieses Jahr selbst ein Weihnachtsmann.«

»Ihr Sohn jobbt als Weihnachtsmann?«, fragte Gerste. »Das nenne ich lobenswert.« Er sah Lale streng an. »Daran sollte sich seine Mutter wohl mal ein Beispiel nehmen.«

»Aber Chef«, warf Mandy ein. »Sie wollen doch nicht wirklich, dass Frau Petersen ausschließlich an Heiligabend ermittelt.«

Lale grinste. »Pit macht gar nicht am 24. den rotweißen Hampelmann, sondern täglich nach der Schule«, erklärte sie. »Es gibt irgendeine besondere Promotion-Aktion, bei der haufenweise Weihnachtsmännchen Werbegeschenke in der Stadt verteilen.«

»Das ist ja eine tolle Idee!«, freute sich Mandy prompt. »Sagen Sie mal, Chef …« Sie glupschte Gerste aus weit aufgerissenen Augen an. »Wenn Sie jetzt hier sind, dann könnten Frau Petersen und ich doch mal … Nu, wir könnten doch mal in der Stadt nach dem Rechten sehen, oder?«

»Du willst doch nur wieder auf den Striezelmarkt«, knurrte Lale.

Gerste räusperte sich. »Nun ja, Sie könnten tatsächlich die Kollegen vor Ort unterstützen. Schließlich haben wir einen Info-Stand auf dem Altmarkt«, erklärte er. »Wenn ich Sie hier brauche, melde ich mich.«

Lale stöhnte auf. »Muss das sein?«

»Nein«, erwiderte Gerste. »Sie können sich auch gerne hier um den Bericht des letzten Falls kümmern.«

»O.K.« Lale sprang auf und griff nach ihrer dicken Lederjacke. »Melde mich hiermit freiwillig zum Außendienst. Komm, Frau Schneider! Hopp, hopp!«

Lieber guter Weihnachtsmann …

»Das ist aber auch zu schön, dass Sie uns hier an vorderster Front unterstützen!« Polizeipressesprecher Paul Winter breitete die Arme aus, als wolle er Lale an seine Heldenbrust drücken. »Gemeinsam werden wir dem Feind die Stirn bieten!«

»Nun bleiben Sie aber mal auf dem Teppich, Sie Hobby-Feldmarschall.« Lale sah sich missmutig zwischen den Buden auf dem Striezelmarkt um. »Was treiben Sie hier eigentlich mit Ihrem Info-Stand?«

»Na, informieren.« Winter lächelte großzügig. »Wir zeigen dem Bürger, woher sie kommt, seine Sicherheit! Wir zeigen dem Bürger, dass er sein vollstes Vertrauen in uns stecken kann! Wir verkörpern das, was der Bürger …«

»Bäh.« Lale schüttelte sich wie ein junger Hund. »Ihr Geschleime ist ja widerlich. Wenn Sie so die Leute zuquatschen, ist es bloß eine Frage der Zeit, bis hier irgendjemand den Innenminister entführt.«

»Ja, um Gottes Willen!«, rief Winter mit nur dürftig unterdrücktem Entzücken. »Man hat den Innenminister entführt?! Das ist ja ...«

»Blödsinn.« Lale schüttelte unwirsch den Kopf. Man durfte diesem Presseclown einfach keinerlei Stichwörter liefern. Der biss sich wirklich an allem fest. »Ich meine nur, dass bei Ihrem dämlichen Gesülze früher oder später jemand Rache nehmen wird wegen unzumutbarer sprachlicher Aufdringlichkeit. Falls ich nicht schneller bin!«

»Ach Lale, lass ihn doch.« Mandy drückte Lale eine Tasse Glühwein in die Hand. »Er meint es doch nur gut.« Sie tätschelte Winter versöhnlich den Lodenärmel. »Und weißt du Lale, mit deiner derzeit chronisch miesen Laune bist du sicher auch keine gute Werbung für die Dresdner Polizei.«

Lale schnaubte nur verächtlich und nippte an ihrem Glühwein.

Paul Winter fuhr sich durch seine Haartolle und legte so ein paar tiefe Sorgenfalten frei. »Man könnte ja fast meinen, Sie wüssten mich und meine Arbeit nicht zu würdigen.«

Lale sah ihn verdutzt an. »Ist das ein Gedanke, der Ihnen just in diesem Moment zum ersten Mal kommt?«, fragte sie ungläubig.

Der Pressesprecher zuckte beleidigt mit den Mundwinkeln und sah knapp an Lale vorbei.

»Mein lieber Kollege Winter.« Lale grinste breit. »Dann habe ich mich bisher wohl immer zu unklar ausgedrückt.« Sie prostete ihm zu. »Ich finde Ihr ganzes Gebaren einfach nur affig.«

»Oh, oh, oh!« Mandy stellte schnell ihre Glühweintasse zur Seite und sah lauernd von einem zum anderen.

»Sie!« Paul Winter machte einen drohenden Schritt auf

Lale zu. »Sie … haben doch überhaupt keine Ahnung!« Mit blasierter Miene wandte er sich abrupt zum Gehen und stieß prompt mit einem Weihnachtsmann zusammen.

»Ho, ho, ho«, dröhnte es hinter dem langen weißen Bart hervor. »Vorsicht!«

»Oh, Verzeihung, Herr … ähm.« Paul Winter schob seine Föhntolle wieder in Position. »Herr Weihnachtsmann. Es tut mir wirklich …«

»Ist ja schon gut«, brummte es aus der großen roten Kapuze. Dann nestelte der Mann in einem großen Sack mit aufgedrucktem Dresden-Logo herum und zog eine Schachtel hervor. »Hier, mein Freund, und frohe Weihnachten!«

Der Polizeipressesprecher starrte verdutzt auf das Päckchen in seiner Hand. Dann sah er dem Weihnachtsmann nach und rief »Danke, vielen Dank!«

»Gucke mal!« Mandy grinste Lale an. »Klein Paulchen hat ein Geschenk bekommen.«

Lale schmunzelte. »Bestimmt, weil er immer so schön brav herumschleimt.«

Paul Winter warf ihnen einen triumphierenden Blick zu. »Ich habe ein Geschenk bekommen!« Er hielt das rote Päckchen in die Höhe. »Sie nicht!«

Lale wollte ihm gerade noch eine blöde Bemerkung ins Gesicht werfen, als sie eine Gestalt mit einer schrill gemusterten Mütze gewahrte. Der Mützenträger machte sich ganz offensichtlich an fremden Jackentaschen zu schaffen. Da, jetzt griff er einer Frau in den Einkaufskorb. »Na warte, Freundchen!«, knurrte Lale und spurtete so unvermittelt los, dass Paul Winter entsetzt zur Seite sprang.

Der Taschendieb hielt einen Moment lang erschrocken inne, drehte sich um und rannte los. Lale folgte ihm zwischen den Buden hindurch. Immer wieder schlug der Dieb Haken, hatte sich aber offensichtlich in den weihnachtlichen Gängen auf dem Altmarkt heillos verheddert. Die Leute sprangen zur Seite, doch niemand griff ein. Lale hatte das Gefühl, dass sie immer im Kreis über den Striezelmarkt hetzten. Da vorne kam ihnen eine Gruppe Jugendlicher entgegen und versperrte den Weg. Das war ihre Chance! Lale gab noch einmal richtig Gas und stürzte sich dann, direkt vor einem tschechischen Würstchenstand, keuchend auf den Taschendieb. Sie hielt ihn am Arm fest und griff nach seiner Mütze.

»Sie sind festgenommen.« Der Dieb keuchte und schwitzte schrecklich. »Hey, schau mich an, wenn ich mit dir rede«, verlangte sie barsch, doch er drehte nur sein Gesicht zur Seite. Lale ließ die Mütze fallen und tastete mit der freien Hand nach ihrem Dienstausweis. »Polizei!«

»Waaas?«, schnaufte der Taschendieb. Plötzlich drehte er sich um und befreite sich aus Lales Griff. Noch bevor sie reagieren konnte, war er zwischen den Buden verschwunden.

»Mist.« Lale sah ihm kurz nach, dann hob sie die schrille Mütze auf. »Na, ist ja gar nicht mein Job«, murmelte sie vor sich hin. Sie drehte sich um und sah in ein weißbärtiges Gesicht. Einzig die lachenden Augen kamen ihr bekannt vor.

»Na, Frau Kommissarin, immer im Dienst von Recht und Ordnung?« Das war doch Pits Stimme.

Lale grinste. »Aber immer, lieber Weihnachtsmann. Ich bin auch das ganze Jahr schön brav gewesen …«

»Da höre ich aber von deinem Sohn ganz andere Sachen«, sagte Pit mit betont tiefer Stimme und hob einen behandschuhten Zeigefinger. »Du sollst oft die Wäsche verfärben und deinem armen Kind sogar Tiefkühl-Pizza servieren!«

»Pure Verleumdung, lieber Weihnachtsmann«, erwiderte Lale lachend. »Ich kann auch Tiefkühl-Lasagne auftauen.« Sie hakte sich bei Pit unter und zog ihn mit sich hinüber zum Polizei-Info-Stand, wo Mandy schon die nächste Runde Glühwein an die Kollegen verteilte. »Außerdem wird Mandy bestätigen, dass ich sogar Spaghetti kochen kann.«

»Stimmt.« Mandy knuffte Pit in die Seite. »Na, du Wunderknabe! Sollten Kinder nicht vom Weihnachtsmann beschenkt werden, statt ihn selbst zu spielen?«

»Bei uns ist das eben alles etwas anders«, erklärte Pit und zog sich den Bart vom Gesicht. »Puh, das kratzt ganz schön.

»Bist schon ein armer Junge bei so einer weihnachtsmuffeligen Mutter.« Sie hielt ihm eine Tasse unter die Nase. »Glühwein?«

»Aber nur einen ganz kleinen Schluck«, ermahnte Lale und stopfte die Mütze des Taschendiebs in ihre Jackentasche.

Pit kramte in dem großen Sack mit dem Dresden-Logo. »Hier, meine lieben unermüdlichen Kämpferinnen gegen das Böse in der Welt!« Er reichte zunächst Mandy und dann Lale ein Päckchen.

Mandy freute sich. »Ach, ich liebe Geschenke!«

»Sie macht zurzeit nichts anderes als meterlange Geschenkelisten«, erklärte Lale. »Wenn es nach unserer Mandy ginge, könnte hier derzeit ein Killerkommando seelenruhig die halbe Bevölkerung auslöschen.« Auch Lale öffnete ihr Päckchen. »Hey, ein Gutschein … für eine große Stadtrundfahrt. Das ist doch mal eine gute Idee!«

»Ich habe eine Parfum-Probe«, freute sich Mandy.

»Was für ein Glück!« Lale deutete auf das Fläschchen in Mandys Hand. »Vielleicht ersparst du mir dann mal diesen grässlichen Räucherkerzenduft im Büro.«

Mandy winkte ab und wandte sich an Pit. »Was wünschst du dir denn zu Weihnachten, du Weihnachtmann?«

»Och, wenn du mich so fragst …« Pit warf seiner Mutter einen langen Blick zu. »Ich fände ein selbst gekochtes leckeres Essen toll!«

»Übermorgen?« Mandy sah Lale fragend an. »Der Junge sieht ja schon ganz entkräftet aus.«

Lale grinste spöttisch. »Klar, derart unterentwickelte zwei Meter Mensch habe ich selten gesehen.«

Feierabend?

Kaum hatte Lale die Wohnungstür aufgeschlossen, warf sie die Jacke zur Seite und raste auf die Toilette. Der viele Glühwein und ihre Abneigung gegen öffentliche Toiletten hatten ihr die letzte Stunde auf dem Altmarkt so richtig zur Qual werden lassen. Doch nun freute sie sich auf einen gemütlichen Abend mit Pit bei Pizza und DVD auf dem Sofa. »Ich bestelle uns Pizza und du suchst einen Film raus!«, rief sie durch die geschlossene Toilettentür. »Aber bitte nichts mit Weihnachten, hörst du!«

Just als sie die Spülung betätigen wollte, hörte sie die Wohnungsklingel. »Och, nee«, murmelte Lale und ließ sich gehörig Zeit beim Händewaschen. Das war bestimmt wieder ihre Nachbarin Brigitte. Und Lale hatte heute überhaupt keine Lust auf irgendwelche wilden Männergeschichten. Doch als sie kurz darauf in die Diele trat, sah sie Pit mit ihrem Kollegen Krokowszic am Tisch sitzen. Pit war noch in Weihnachtsmannkluft und schob gerade eines seiner Dresden-Präsente über den Tisch, das Kroko sogleich begeistert aufriss.

»Kroko, was machen Sie denn hier?«, fragte Lale und ahnte nichts Gutes.

Der junge Kollege sprang auf. »Frau Petersen, hallo! Der Chef schickt mich.«

»Also, wenn Sie meinen Bericht abholen sollen …« Lale hob abwehrend die Hände. »Ich habe Feierabend.«

»Ich doch auch!« Kroko strahlte. »Ich soll auch keinen Bericht abholen, sondern Sie.«

Lale verfluchte den Glühwein, den sie am Nachmittag getrunken hatte. Ihr war ganz schwummerig im Kopf. »Können Sie sich vielleicht etwas genauer ausdrücken?«

»Aber sicher, gerne!« Kroko strahlte sie noch immer an. »Sie legen doch Wert drauf, dass ich nicht zu pünktlich Feierabend mache, und der Chef ist im Moment noch nicht wieder ganz einsatzfähig …«

»Und da wollten Sie mal vorbeikommen und mir Ihre Arbeitsbereitschaft vorführen?« Lale schüttelte den Kopf. »Und sich ein Geschenk abholen.« Sie deutete auf das geöffnete Päckchen auf dem Tisch.

»Ich habe einen Gutschein bekommen«, erklärte Kroko. »Für eine große Stadtrundfahrt.«

»Meine Mutter hat auch so einen Gutschein«, erklärte Pit. »Mama, da könntet ihr doch zusammen die Stadtrundfahrt machen.« Pit grinste breit.

»Sie machen auch eine Stadtrundfahrt?«, fragte Kroko, ganz offensichtlich entzückt. »Da sollten wir ja wirklich mal zusammen …«

»Jetzt? Ausgeschlossen!«, unterbrach Lale ihn schnell.

»Nein, jetzt ist es ungünstig«, sagte Kroko freudestrahlend. »Jetzt müssen wir arbeiten. Wir haben einen Toten.«

»Warum sagen Sie das denn nicht gleich?«, knurrte Lale und zog ihre Jacke vom Stuhl. »Na, dann los! Wo müssen wir hin?« Sie riss die Wohnungstür auf.

»Halt! Mein Gutschein.« Kroko nahm seinen Gutschein vom Tisch, bedankte sich bei Pit und stolperte eilig hinter Lale her aus der Wohnung die Treppen hinunter.

Der Dienstwagen stand direkt vor dem Haus, und während Lale den Sicherheitsgurt anlegte, nahm Kroko das Blaulicht aus dem Fach.

»Meinen Sie wirklich, dass das nötig ist?« Lale deutete auf die verkabelte Leuchte in seiner Hand. »Der Tote läuft uns doch nicht mehr weg, oder?«

Kroko drückte ihr das Licht in die Hand. »Da haben Sie auch wieder Recht.« Er startete den Wagen und fuhr los in Richtung Fetscherplatz. »Außerdem ist Mandy bestimmt längst vor Ort.«

»Oh ja.« Lale dachte mit spontaner Gänsehaut an Mandys rallyeähnlichen Fahrstil, den sie auch ganz ohne Blaulicht praktizierte. »Wissen Sie was, Kroko? Ich bin richtig froh, dass ausgerechnet Sie mich abholen.«

Der Kollege grinste wie ein Honigkuchenpferd und fuhr zügig, jedoch angemessen in Richtung Großer Garten. Am Straßburger Platz bog er links ab. »Wir müssen in die Südvorstadt«, erklärte er. »Der Tote liegt in der Hochschulstraße vor einem Studentenwohnheim.«

»Oje, ist mal wieder so ein armer Student erst durch die Prüfung und dann aus dem Fenster gefallen«, sagte Lale seufzend.

Kroko steuerte den Wagen über den fast autoleeren Lenéplatz, überquerte die Wiener Straße und bog kurz darauf rechts ab. »Nix los um die Zeit«, sagte er. »Die sitzen alle vor der Glotze.«

Und tatsächlich schimmerte hinter vielen Fenstern das blaue Licht der Mattscheibe als sie langsam durch die Hochschulstraße fuhren. Kroko hielt vor einem der letzten Hochhäuser auf der rechten Seite. Auf der Grünfläche vor dem Haus tummelten sich ein paar Schaulustige und die Leute von der Spurensicherung.

Mandy kam ihnen entgegen. »Mensch, wo bleibt ihr denn?« Sie stemmte die Hände in die Hüften. »Das hat aber auch gedauert. Habt ihr erst noch eine Stadtrundfahrt gemacht?«

»Die machen wir ein andermal«, erklärte Kroko ernst. »Wir machen das doch, Frau Petersen?«

Lale winkte ab und bahnte sich einen Weg durch die Schaulustigen bis zu dem Toten. Dann durchzuckte sie ein jäher Schrecken. »Mandy, komm doch mal schnell! Das ist er!«

»Das ist wer?« Mandy eilte herbei.

»Der Taschendieb!«, sagte Lale. »Das ist der Taschendieb, den ich heute erwischt habe, und der dann doch noch entkommen ist.« Sie zog die schrillbunte Mütze aus der Jackentasche und starrte sie an. Dann musterte sie erneut das Gesicht des Toten. »Das ist er. Kein Zweifel.«

»Jedenfalls ist der nicht aus dem Fenster gesprungen«, erklärte einer der Spurensicherer und deutete auf den Schlüssel in der Hand des Toten. »Der wollte die Tür öffnen und ist vorher zusammengeklappt.«

»Wo ist denn Kowalski?«, fragte Lale mit belegter Stimme.

Mandy zuckte die Achseln. »In der Rechtsmedizin ist offenbar gerade die Hölle los. Onkel Kowalski hat schon wieder losgemacht.«

»Wieso das denn?« Lale sah sie verwundert an. »Hegt er neuerdings die Hoffnung, dass von seinen Patienten noch einer lebt?«

»Na, der hier tut's definitiv nicht mehr«, warf der Spurensicherer ein.

»Ich will, dass er obduziert wird!«, ordnete Lale an. »Und es ist mir egal, ob die Rechtsmediziner viel zu tun haben.«

Der Spurensicherer grinste süffisant. »Dann machen Sie das mal dem Staatsanwalt klar.«

Lale stöhnte auf. Natürlich, der Staatsanwalt! Das bedeutete, dass sie heute noch mit ihrem Ex-Mann sprechen musste. Und ein Sprüche klopfender Jobst war so ziemlich das Letzte, was sie jetzt noch gebrauchen konnte.

»Ich übernehme das!« Mandy lächelte selig und sofort überzog ein zartes Rosa ihre Wangen. »Ich kümmere mich doch gerne um die Freigabe der Leiche, bei dem Staatsanwalt!«

Lale grinste. Klar, Mandy schwärmte ja für Jobst, seit er hier in Dresden aufgetaucht war. Wie praktisch. »Dann bestell' dem Herrn Dr. Petersen doch gleich mal einen schönen Gruß von seinem Sohn, falls er sich an den noch erinnert.«

Geschenke-Klau, hochbegabt

»Nein, ich habe keine Neuigkeiten für Sie!«, rief Lale erbost in den Hörer ihres Diensttelefons. »Sie sind jetzt schon der Dritte, der danach fragt. Ich dachte, Journalisten fangen sowieso erst mittags an zu arbeiten.« Sie warf einen Blick auf die Uhr. »Es ist noch vor neun!«

»Aber Sie sind doch die ermittelnde Kommissarin, oder?«, bohrte der Pressemann weiter nach.

»Ich bin Kommissarin«, knurrte Lale. »Zum Ermitteln komme ich gar nicht, weil ihr Presseheinis mich ständig nervt!« Sie legte den Hörer auf. »Idioten …«

»Du, sag mal, hast du eine Idee, was ich Brigitte schenken könnte?«, fragte Mandy.

»Kaffee!« Lale sprang auf.

»Kaffee? Zu Weihnachten?« Mandy zog eine Schnute. »Ein bisschen origineller bitte.«

»Ich will Kaffee«, verkündete Lale, schnappte sich ihre rote Tasse und zog die Kanne unter der blubbernden Kaffeemaschine hervor. Während sie sich einschenkte, tropfte der Kaffee munter weiter durch den Filter auf die Heizplatte.

»Och, Lale.« Mandy war sogleich mit einem Lappen zur Stelle, wischte die Platte ab und riss Lale die Kanne aus der Hand. »Musst du immer so eine Sauerei machen? Sag mir lieber, was ich Brigitte schenken soll.«

»Brigitte?« Lale schüttelte den Kopf. »Jetzt übertreibst du aber wirklich. Wieso willst du meiner Nachbarin etwas zu Weihnachten schenken?«

»Sie ist nicht nur deine Nachbarin, du Egomanin«, erklärte Mandy grinsend. »Ich kenne Brigitte schon lange. Sie ist immerhin die Schwester meines Ex-Freundes.«

Lale nahm einen Schluck Kaffee und seufzte. »Schenk' Brigitte einen Lebkuchenmann. Den kann sie dann in Ruhe vernaschen.«

»Gar keine so schlechte Idee.« Mandy schmunzelte. »Den kannst du ihr dann ja schenken.«

»Irrtum. Von mir bekommt sie höchstens eine Backmischung für einen Lebkuchenmann.« Lale nippte erneut am Kaffee, als es an der Tür klopfte.

»Herein, wenn's ein Mörder ist!«, flötete Mandy.

»Ich bin es nur.« Kroko steckte den Kopf zur Tür herein. »Neun Uhr. Besprechung beim Chef.«

Die Kaffeetasse in der Hand, schlurfte Lale hinüber ins Chefbüro, zog sich einen der Stühle von der Wand und nahm rittlings darauf Platz. Kroko sortierte die Papierstapel auf seinem Schoß.

»Stollen?«, fragte Mandy in den Raum.

»Au ja!«, rief Kroko.

»Nein.« Gerste warf Mandy einen tadelnden Blick zu.

»Also, dann lieber nicht.« Kroko grinste etwas verlegen.

»Krokowszic!«, kommandierte Gerste. »Was haben wir?«

»Wir haben einen Toten männlichen Geschlechts, Alter 21 Jahre, Student der Biologie.« Kroko las von einem Zettel ab. »Er ist oder war übrigens nicht irgendein Student, sondern Stippi- Stippen- …«

»Stipendiat, nehme ich an«, ergänzte Gerste.

»Genau.« Kroko nickte. »Er gehörte in so ein Programm zur Förderung von Hochbegabten.«

»Biologie und hochbegabt.« Lale stieß einen leisen Pfiff aus. »Warum gibt so einer den Taschendieb auf dem Weihnachtsmarkt?«

Mandy hob die Hände und ihre Armreifen klapperten. »Vielleicht eine Mutprobe oder so was?«

Lale verzog das Gesicht. »Ich kann mir nicht vorstellen, dass eine Horde von talentierten Nachwuchswissenschaftlern sich die Zeit zwischen den Vorlesungen mit Wettklauen vertreibt.«

Gerste nickte fast unmerklich. »Solche Mutproben passen wohl eher zu Vierzehnjährigen.«

»Was hat er denn überhaupt geklaut?«, fragte Lale. »Hat man etwas Besonderes bei ihm gefunden?«

Kroko raschelte mit seinen Papieren herum. »Ich habe hier eine Liste … Moment. Ja, also, er hatte seine Taschen voller Geschenke. Er hatte sogar Geschenke unter seinem Pullover versteckt.«

»Was für Geschenke?« Mandy schien sofort Feuer und Flamme zu sein. »Weihnachtsgeschenke?«

»Da ist unsere Frau Schneider nämlich Expertin«, warf Lale ein. »Chef, für eine Geschenke-Soko ist Mandy genau die Richtige.«

Über Gerstes Gesicht huschte der Anflug eines Schmunzelns. »Was für Geschenke?«, wiederholte er Mandys Frage.

»Nun, diese Geschenke, die zurzeit überall von Weihnachtsmännern verteilt werden«, erklärte Kroko. »Da ist alles Mögliche drin: Produktproben, Kugelschreiber und Feuerzeuge, Gutscheine. Auch er hatte einen für eine große Stadtrundfahrt.« Kroko warf Lale einen triumphierenden Blick zu.

»Wieso auch?«, fragte Gerste sogleich. »Wer denn noch?«

»Na, die Frau Petersen«, gab Kroko Auskunft. »Und ich.«

»Ja, Kroko, wir hätten zu dritt eine Stadtrundfahrt machen können!« Lale verdrehte die Augen. »Wenn der arme Student nicht tot wäre. Hat er eigentlich einen Namen?«

»Ja.« Kroko machte ein beleidigtes Gesicht.

»Wenn Sie dann die Güte hätten, uns den zu verraten.« In Gerstes Stimme schwang eine Spur von Ungeduld mit.

»Kevin«, erwiderte Kroko. »Kevin Semmler.«

Im Büro nebenan klingelte Lales Diensttelefon.

»Soll ich rangehen?«, fragte Mandy.

»Nein.« Lale schnaubte verächtlich. »Ist doch nur wieder irgend so ein Presseheini. Was ist eigentlich mit unserem Öffentlichkeitsschocker, diesem Paul Winter? Ständig geht er allen auf den Keks, und wenn man ihn wirklich mal braucht, ist er nicht da!«

»Winter ist krank«, erklärte Gerste sachlich.

»Ein Hypochonder ist er auch noch, das hätte ich mir ja denken können.« Lale verzog das Gesicht. »Gibt es eigentlich irgendeine Macke, die dieser Typ nicht hat?«

»Er wurde ins Uniklinikum eingewiesen.« Gerste sah Lale missbilligend an. »Verdacht auf Blinddarmentzündung.«

»Verdacht ist doch ein gutes Stichwort«, rief Mandy. »Gibt es schon einen Verdacht, woran dieser Student gestorben sein könnte? Irgendwelche Hinweise auf Fremdeinwirkung?«

Gerste blickte in die Runde. »Da müssen wir wohl die Obduktion abwarten. Hat sich schon jemand darum gekümmert?«

»Die Leiche ist bestimmt schon freigegeben«, erklärte Lale und sah Mandy grinsend an. »Dank des aufopferungsvollen Einsatzes unserer unermüdlichen Kollegin.«

Mandys Wangen glühten. »Kowalski muss eigentlich nur noch schnippeln«, verkündete sie. »Wenn er das nicht schon getan hat.«

»Dann fahren Sie mal in die Rechtsmedizin«, ordnete Gerste an. »Und wenn Sie schon an der Uniklinik sind, gucken Sie auch gleich mal nach dem Kollegen Winter.«

Virusalarm

Als Lale und Mandy die Stufen zur Rechtsmedizin erklommen, hielt Lale ihre Kollegin kurz zurück. »Sag mal, wie hast du von Jobst denn so schnell die Freigabe der Leiche bekommen? Die lassen sich doch sonst so gerne Zeit mit Papierkram.«

Mandy lächelte verschmitzt. »Ich habe deinem schnuckeligen Ex-Mann erzählt, dass du dich gestern Nachmittag noch mit dem Toten geprügelt hast.«

Lale sah Mandy stirnrunzelnd an. »Aber ich habe mich

nicht mit ihm geprügelt«, entgegnete sie. »Ich habe ihn mir geschnappt, und dann hat er sich aus meinem Griff befreit und ist abgehauen.«

Mandy zuckte die Achseln. »Dr. Petersen fand jedenfalls diese Obduktion plötzlich besonders dringend.«

»Na dann.« Lale stieß schwungvoll die schwere Tür zu dem altehrwürdigen Gebäude auf.

»Was ist denn hier los?« Mandy blickte sich mit großen Kulleraugen um.

In dem breiten Flur standen mehrere Weißkittel herum. Sie waren allesamt bis über die Nasen vermummt. Verhaltenes Gemurmel erfüllte das sonst so totenstille Haus.

Einer der vermummten Weißkittel löste sich aus der Gruppe und trat auf die Kommissarinnen zu. »Kein Zutritt, meine Damen!«

Lale sah ihn aufmerksam an. »Dr. Wurm?«

Der Vermummte nickte. »Sie können hier heute nicht herein.«

»Doch«, bestimmte Lale. »Wir müssen zu Kowalski, dringend.«

»Ein Mordfall?«, fragte der Rechtsmediziner.

»Vermutlich.« Lale seufzte.

Der vermummte Dr. Wurm deutete mit einer Kopfbewegung auf eine Tür neben der Küche und ging voran. Lale und Mandy sahen sich verwundert an und folgten ihm schweigend.

Als sie den Raum betraten, nahm Dr. Wurm seinen Mundschutz ab und kramte in Plastik verpackte Utensilien aus einer Kiste. Er reichte sie den beiden Kommissarinnen. »Hier, die müssen Sie tragen. Wir befürchten ein Virus.«

»Ein Virus?« Lale musterte den Rechtsmediziner skeptisch. »In der Rechtsmedizin?«

Dr. Wurm seufzte. »Seit dem Wochenende gab es zahlreiche Notfälle. Und seit gestern Nachmittag häufen sich die Todesfälle.« Dann half er Mandy, den Mundschutz zu befestigen. »Genaueres kann ich Ihnen auch nicht sagen. Ich bin gerade aus dem Urlaub zurückbeordert worden und muss mir erst einen Überblick verschaffen.« Er entfaltete einen Overall und drückte ihn Mandy in die Hand. »Anziehen, sonst müssen Sie anschließend Ihre Kleidung verbrennen!«

Lale stülpte sich eine Haube auf den blonden Schopf und stieg ebenfalls in einen Overall. »Ist das nicht ein bisschen viel Aufwand wegen ein bisschen Grippe?«

Dr. Wurm sah sie ernst an und sagte nur: »Nein.«

»Gut, gut.« Lale duckte sich unwillkürlich. »Sie sind der Experte.« Sie warf einen Blick auf Mandy, von der nur noch die großen Kulleraugen zwischen Mundschutz und Haube zu sehen waren. »Wo finden wir denn Kowalski?«

Dr. Wurm reichte jeder von ihnen ein Paar Handschuhe. »Ganz hinten, im großen Hörsaal.« Dann wandte er sich zum Gehen. »Lassen Sie die Sachen einfach nachher draußen liegen.«

Mandy sah Lale an. »Du siehst echt urkomisch aus in der Kluft«, erklärte sie seufzend. »Aber ich kann das gerade irgendwie gar nicht witzig finden.«

»Mir wird auch etwas mulmig«, sagte Lale. »Komm.« Sie ging hinaus und marschierte schnurstracks über den Flur bis in den hinteren Teil des Gebäudes, in dem die Hörsäle lagen. Ob in so einer Situation die Lehrveranstaltungen weiter stattfanden? Sie klopfte an die große Hörsaaltür und trat ein.

»Jetzt nicht!« Eine kleine, ebenfalls komplett vermummte Gestalt stand auf einem Hocker neben dem Seziertisch und beschäftigte sich ohne aufzusehen mit einem teilweise bedeckten Leichnam.

»Onkel Kowalski! Wir sind es, Mandy und Kommissarin Petersen!« Mandys Worte hallten in dem großen leeren Saal.

Der Rechtsmediziner drehte sich um. »Oh, meine Damen Kommissarinnen. Treten Sie bitte heran!« Er nickte Lale zu. »Ich habe gerade Ihr Opfer auf dem Tisch.«

»Und?« Lale ging hinüber zum Seziertisch und hob kurz

das Tuch an einer Seite an. Was sie sah, waren jedoch nur die Füße des Toten.

»Sie sehen ja selbst, dass in unseren sonst so schweigsamen Hallen die Hölle losgebrochen ist«, erklärte Kowalski in der ihm eigenen etwas umständlichen Art und Weise. »Ich habe nur Ihretwegen eine Ausnahme gemacht, große Kommissarin. Denn ich konnte einfach nicht glauben, was Dr. Petersen mir als Verdachtsmoment verdeutlichte.«

Lale verzog das Gesicht hinter ihrem Mundschutz. »Was ist los?«

»Nun, der Staatsanwalt sagte, man vermute bei dem Toten eine Körperverletzung mit Todesfolge«, erklärte Kowalski freundlich. »Und man vermute, werte Kommissarin, dass diese Körperverletzung durch Ihre stahlharten Fäuste verursacht worden sein könnte.«

»Wer ist ›man‹? Wer vermutet das?«, fragte Lale schroff.

Mandy räusperte sich. »Ich hab es halt etwas dringend gemacht.«

Lale zog die Augenbrauen hoch. »Und Jobst hat es dann noch etwas dringender gemacht?«

Kowalski schüttelte seinen vermummten Kopf. »Hätte ich gewusst, um welche Leiche es sich handelt, so hätte ich sogleich gewusst, dass sie keinerlei Spuren von Körperverletzung aufweist.« Der Rechtsmediziner klang etwas ungehalten. »Ich habe diesen jungen Mann bereits gestern kurz begutachtet. Der Mann hatte so hohes Fieber, dass er lange nach seinem Tod noch in Hitze glühte.« Er wandte sich wieder dem Toten zu. »Sie können dem Herrn Staatsanwalt bestellen, dass auch die innere Besichtigung keine Verletzungsvermutung ergeben hat.«

»Onkel Kowalski, es tut mir leid.« Mandy klang schuldbewusst. »Ich konnte doch nicht ahnen, dass Jobst, ähm, ich meine, dass der Staatsanwalt so was daraus macht!«

»Och, lasst mal«, warf Lale ein. »Den Herrn Staatsanwalt werde ich mir bei Gelegenheit selbst zur Brust nehmen.« Sie grinste in ihren Mundschutz. »Dann weiß der auch wieder, was genau Körperverletzung ist!«

Mandy kicherte nervös. »Es tut mir echt leid!«

Lale winkte ab. »Aber Dr. Kowalski, wenn wir schon mal dabei sind: Woran ist unser Kunde denn nun gestorben? Kann man Fremdeinwirkung ausschließen?«

Kowalski wiegte den Kopf hin und her. »Ich möchte fast behaupten, dass sein Ableben dem der zahlreichen Virusopfer gleicht.«

»Also keine Fremdeinwirkung«, stellte Lale fest. »Ihn hat die Grippe erwischt.«

Kowalski schüttelte den Kopf. »Es ist kein Grippevirus. Das ist die erste Ausschlussdiagnose, die das Labor bereits geliefert hat.«

»Vielleicht ...« Lale kratzte sich am Hals. Sie schwitzte unter der Schutzkleidung. »Vielleicht ist es ja überhaupt kein Virus?«

»Was soll es denn sonst sein?«, fragte Mandy.

Der Rechtsmediziner sah von einer zur anderen. »Meine Damen Kommissarinnen! Sie haben mich gerade schnurstracks auf eine besonders interessante Spur gesetzt.« Er kratzte sich hinter dem vermummten linken Ohr. »Was ist, wenn es gar keine virale Infektion ist, sondern eine bakterielle?«

»Ja, was ist dann?« Lale sah Mandy an.

»Dann tummeln wir uns immerzu auf der falschen Fährte«, erklärte Kowalski. »Entschuldigen Sie mich, meine Damen Ermittlerinnen. Ich habe eine eilige Erledigung zu tätigen.« Mit diesen Worten sprang er erstaunlich wendig von seinem Hocker und lief wehenden Kittels aus dem Hörsaal.

Und was ist mit Paul?

Eine Viertelstunde später standen die beiden Kommissarinnen bei der Stationsschwester der Chirurgischen Abteilung.

»Nein, wir haben keinen Blinddarm auf Station«, erklärte die Schwester, deren Namensschild sie als »Renate« bezeichnete.

»Aber Schwester Renate«, versuchte Lale es mit namentlicher Verbindlichkeit. »Wo könnte denn ein Verdacht auf Blinddarmentzündung gelandet sein?«

»Fragen Sie doch in der Notaufnahme nach«, riet Schwester Renate und deutete auf ein aufblinkendes Licht. »Vielleicht hat sich der Verdacht ja nicht bestätigt.« Sie schob sich an Lale vorbei. »Ich muss jetzt wirklich weitermachen.«

»Was tun wir hier eigentlich?«, schimpfte Lale, als sie wieder hinaus in das Nieselwetter traten. »Wieso soll ich wegen diesem blöden Pressepaul das gesamte Uniklinikum absuchen? Als ob wir nichts Besseres zu tun hätten!«

Mandy hakte sich bei Lale unter. »Aber Lale, stell dir doch mal vor: Da liegt Paul Winter hilflos im OP-Hemdchen vor dir und jammert …«

»Das hat was!« Lale grinste breit. »Komm! Wir fragen jetzt sofort da vorne in der Notaufnahme nach.«

»Guck mal, was da für eine Schlange ist.« Mandy deutete auf die vielen Menschen, die selbst bis hinunter zum Fuß der Metalltreppe standen. »Warten die alle auf die Notaufnahme?«

»Ach du Scheiße. Da müssen wir wohl zu anderen Mitteln greifen.« Lale zückte ihren Dienstausweis. »Hallo, bitte lassen Sie uns durch! Polizei.« Sie zog Mandy mit sich, die den protestierenden Wartenden ebenfalls ihren Dienstausweis vor die Nase hielt.

Es dauerte einige Minuten, bis sie sich so zum Schalter vorgekämpft hatten, wo sie dann allerdings auf einen granitharten Pfleger trafen. »Hinten anstellen!«, schnarrte er.

»Nein.« Lale klatschte ihren Dienstausweis auf den Tresen. »Wir sind keine Patienten und wollen auch keine werden.«

Der Pfleger sah sie an und schüttelte den Kopf.

»Hören Sie, dies ist ein Notfall!« Lale schlug mit der flachen Hand auf den Tresen. »Wo finden wir den Patienten Paul Winter?«

Der Pfleger sah sie mit Pokerface an. »Nein, so nicht.«

»Gib mir mal dein Telefon«, sagte Lale zu Mandy.

Der Pfleger zeigte auf das Schild an der Wand. »Hier sind Handys verboten.«

»Das ist mir egal.« Lale drückte ein paar Tasten.

»Hey, was tun Sie da?« Der Pfleger erhob sich.

»Ich rufe den Staatsanwalt an«, erklärte Lale. »Ich werde einen Haftbefehl gegen Sie beantragen. Sie behindern meine Arbeit.«

»Wieso das denn?« Der Pfleger sah jetzt Mandy an. »Ich halte mich doch nur an die Regeln.«

»Jetzt gelten unsere Regeln.« Mandy hielt ihm nun auch ihren Ausweis hin. »Wir sind von der Kripo, Mordkommission.«

»Oh, mein Gott.« Der Pfleger wurde blass.

Lale nahm das Telefon vom Ohr. »Wir suchen den Patienten Paul Winter.«

Der Pfleger starrte sie an. »Ist der denn gefährlich? Etwa ein Mörder?«

»Was ist denn das für eine Frage?« Lale verdrehte die Augen.

»Nun ja.« Der Pfleger tippte an seinem Terminal herum und blickte auf den Bildschirm. »Er liegt immerhin in der Neurologie.«

»Ach?« Lale und Mandy sahen sich an. »Wo ist das?«

»Die Neurologie ist in Haus 4«, erklärte der Pfleger. »Immer Richtung Fiedlerstraße, dann ganz rechts außen.«

»Na, dann.« Lale setzte sich in Bewegung.

»Halt!«, rief der Pfleger. »Ihr Ausweis.« Er schaute sich den Ausweis an. »Frau … Kriminalhauptkommissarin Petersen.«

»Danke.« Lale schnappte sich den Ausweis.

Die Kommissarinnen drückten sich an den Wartenden vorbei die Treppen hinunter. Dann ging es im Laufschritt über das Klinikgelände.

Mandy hatte Mühe mit Lale Schritt zu halten. »Findest du es nicht seltsam«, keuchte sie, »dass Winter hier mit Blinddarmentzündung eingeliefert wird und jetzt …« Sie schnaufte. »Und jetzt liegt er in der Neurologie?«

»Da hinten ist es.« Lale schlug einen Seitenweg ein. »Wer weiß, was unser Pressepaul wieder für ein Theater veranstaltet hat. Ich für meinen Teil würde den Knallkopp sofort in eine Gummizelle stecken!«

»Aber …« Mandy schnaufte. »Aber das sind doch hier alles Fachleute.«

»Na und?« Lale stieß die Tür zu Haus 4 auf. »Ich bin auch Fachfrau, was Knallköppe angeht. Ich war schließlich fast zehn Jahre mit Jobst Petersen verheiratet.«

Sie hatten offenbar einen bleibenden Eindruck an der Notaufnahme hinterlassen, denn bereits auf dem Gang wurden sie von einer Schwester in Empfang genommen. »Sie sind von der Kripo?«

Lale und Mandy nickten nur.

»Kommen Sie, hier entlang! Ich bringe Sie zu Herrn Winter.« Die Schwester eilte die Treppenstufen hoch, stieß eine Tür auf und führte sie über einen langen Flur bis zu einem Glaskasten. »Da ist er.« Sie deutete auf die Glasscheibe, hinter der ein verkabeltes Häufchen Mensch in einem Bett lag. Auf verschiedenen Monitoren blinkte und zuckte es. Eine gespenstische Ruhe lag über der Szene.

»Was hat er denn?«, fragte Mandy. Sie schnaufte noch immer.

»Auskünfte erteilt nur der Arzt«, erklärte die Schwester knapp. »Und auch der spricht nur mit den Angehörigen.«

»Können wir denn mit Herrn Winter selbst sprechen?«, fragte Lale. »Er ist ein Kollege von uns.«

»So? Ein Kollege.« Die Schwester musterte sie neugierig. »Das habe ich ja gar nicht gewusst. Aber mit ihm sprechen kann derzeit niemand. Quarantäne.«

»Sie sind Kolleginnen von Paul?« Eine ältere Dame kam auf die Kommissarinnen zu. Sie hielt einen Kaffeebecher in der Hand. »Scheußliches Gebräu.«

»Mandy Schneider«, stellte sich Mandy vor. »Und das ist Frau Petersen.«

»Ach, Sie sind das ...« Die ältere Dame zog ihre Augenbrauen hoch. »Von Ihnen habe ich schon gehört, Frau Petersen.«

»Frau Winter?«, Lale musterte die Dame neugierig. »Hat man Ihnen schon gesagt, was Ihr Sohn hat?«

Die ältere Dame zog erneut die Augenbrauen hoch. »Paul Winter ist nicht mein Sohn«, erklärte sie spitz. »Er ist mein Mann.«

»Oh.« Lale räusperte sich. Da war sie mitten ins Fettnäpfchen getreten. »Das tut mir aber leid!« Sie biss sich auf die Lippe. Und nun suhlte sie sich noch zusätzlich darin herum.

Frau Winter schmunzelte. »Danke für Ihre Anteilnahme.«

»Sag jetzt einfach mal nichts, Lale!« Mandy warf ihr einen strengen Blick zu.

Frau Winter sah amüsiert von einer zur anderen. »Sie sind ja wirklich ein entzückendes Team. Genau so, wie Paul es immer erzählt.« Dann wandte sie sich dem unschönen Anblick hinter der Glasscheibe zu und ihre Gesichtszüge wurden starr. »Verdacht auf Hirnhautentzündung, sagen die Ärzte.«

Gefährlicher Kontakt

»Hören Sie, Sie wollen doch nicht etwa behaupten, dass bei einem Grippevirus die Kripo zuständig ist?« Gerste klang bedrohlich und gereizt. »Dann rufen Sie doch beim Gesundheitsamt an und löchern Sie dort die Leute!« Er legte bestimmt den Hörer auf. »Diese Pressemenschen rauben mir noch den letzten Nerv.«

Mandy nickte verständnisvoll. »So wie es aussieht, ist der Student auch von diesem Virus dahingerafft worden.«

»Wenn es denn ein Virus ist«, warf Lale ein. »Hat Kowalski sich schon gemeldet?«

»Kroko hat ihn gerade an der Strippe«, sagte Gerste. »Gleich werden wir hoffentlich mehr wissen.« Er warf einen Blick auf den Telefonapparat, an dem gerade ein grünes Lämpchen erlosch. »Aha, er hat aufgelegt.«

Alle starrten erwartungsvoll auf die Tür zu Krokos Büro. Doch es tat sich nichts.

»Ist der jetzt etwa erstmal pinkeln gegangen, oder was!« Lale ging hinüber zur Tür und riss sie auf.

Hinter dem Schreibtisch zuckte Kroko über seinen Notizen zusammen. Dann verteilte sich ein breites Lächeln auf seinem Gesicht. »Frau Petersen, Sie sind schon wieder da?«

»Allerdings!« Lale wippte ungehalten mit dem Fuß. »Wir warten nebenan alle auf Sie. Kommen Sie endlich! Wir wollen wissen, was Kowalski gesagt hat!«

Kroko sprang auf und raffte seine Notizen an sich. »Aber sicher, gerne.« Beflissen eilte er hinüber ins Chefbüro.

Lale schloss die Tür hinter ihm. »Die Untersuchungen des Labors sind also abgeschlossen?«

Kroko nickte eifrig. »Ja, das hat Kowalski gesagt.«

»Was hat Kowalski denn noch gesagt?«, fragte Gerste ungeduldig. »Nun lassen Sie mal hören!«

»Also, betroffen ist neben unserem Toten vor allem eine

Delegation aus Sankt Petersburg«, erklärte Kroko mit Blick auf seine Notizen. »Die Gruppe umfasst zwölf Leute, nunmehr allerdings nur noch sechs.«

»Was ist denn mit denen?«, ging Lale dazwischen.

»Also, alle sind im Laufe der letzten beiden Tage erkrankt. Man hat sie in die Uniklinik eingeliefert.« Kroko machte ein betrübtes Gesicht. »Und sechs von ihnen haben leider nicht überlebt.«

»Und warum?« Gerste tippte mit einem Bleistift auf seinen Schreibtisch.

Kroko nestelte nervös mit seinen Papieren herum. »Sie alle, und auch der Student, hatten offenbar Kontakt zu einer gewissen Jasmina Pesto.«

Lale runzelte die Stirn. »Wer oder was ist Jasmina Pesto?«

Kroko zuckte die Achseln. »Das wollte ich ja gerade noch herausfinden.«

»Ich kümmere mich darum«, bot sich Mandy an. »Das klingt irgendwie nach Tee und Nudeln. Vielleicht ist das ein Restaurant oder so.«

Lale runzelte die Stirn. »Man hat also gezielt Leute mit einem Virus infiziert?«, fragte sie ungläubig.

»Nein.« Kroko schüttelte den Kopf. »Es handelt sich gar nicht um ein Virus, sondern um eine Bakterien-Infektion.«

In diesem Moment klopfte es an Gerstes Bürotür. Der Chef rieb sich nachdenklich das Kinn. »Herein!«

»Von draus vom Walde komm ich her …« Eine Gestalt im rotweißen Mantel betrat das Büro. »Ho, ho, ho! Hallo allerseits!«

Lale fuhr herum. »Pit! Was machst du denn hier?«

Mandys Augen funkelten. »Bringst du wieder Geschenke?«

»Störe ich?«, fragte Pit und blieb wohlerzogen in der Tür stehen.

»Ach was, mein Junge, komm ruhig herein«, sagte Gerste.

»Ich wollte nur kurz mein Muttertier besuchen«, erklärte Pit entschuldigend.

Lale sah ihn grinsend an. »Wie komme ich denn zu der Ehre? Ich dachte, du musst jetzt auf dem Striezelmarkt stehen und Geschenke verteilen.«

Pit zog sich den Bart vom Kinn und die Kapuze vom Kopf. »Das ist es ja eben.« Er seufzte. »Man hat mir noch vor Schichtbeginn meinen Sack geklaut. Ich habe keine Geschenke mehr, die ich verteilen kann!«

Jasmina Pesto

»Das ist aber nett, dass dein Chef dich einfach so gehen lässt«, stellte Pit fest, als sie am späten Nachmittag auf dem Heimweg waren.

»Na ja, diese Jasmina Pesto werden sie auch ohne mich ausfindig machen.« Lale brachte ihren alten Audi an einer Ampel zum Stehen. »Kroko ist sowieso unser kleiner Aktenfresser, und Mandy liebt es, überall herum zu telefonieren.« Die Ampel schaltete auf Grün. »Ich hätte ohnehin nur irgendwelche Presseheinis abgewimmelt.« Sie gab Gas. »Außerdem arbeiten wir immer noch bei der Kripo und nicht beim Gesundheitsamt. Ich jage Mörder und nicht irgendwelche Bakterien.«

Pit seufzte. »Und ich darf morgen die doppelte Menge an Geschenken unter die Leute bringen. So was Blödes!«

Die Autos schoben sich im Stop-and-go-Verkehr die Striesener Straße entlang. Alle paar Meter musste Lale den Wagen wieder zum Stehen bringen. »Ich muss feststellen, eure Geschenke scheinen doch ziemlich begehrt zu sein. Die wirst du bestimmt schnell los.« Sie wuschelte ihrem Sohn durch die blonden Haare. »Ich frage mich allerdings, was an diesen Produktproben und Gutscheinen so toll sein soll, dass sich ein hochbegabter Student wie dieser Kevin auf Taschendiebstähle eingelassen hat.«

Pit zuckte die Achseln. »Vielleicht war er einfach nur Kleptomane? So was gibt es doch.«

»Stimmt.« Lale nickte. »Obwohl Kleptomanie meistens bei Frauen auftritt.«

Sie hatten sich endlich bis zur inzwischen wieder roten Ampel am Fetscherplatz vorgekämpft, als Lales Mobiltelefon klingelte.

»Sorry, aber ich muss drangehen«, erklärte sie und griff zum Telefon. »Ja? Petersen.«

»Die Mandy, hallo«, schepperte es über die wackelige Funkverbindung. »Du, also beim Einwohnermeldeamt haben sie keine Jasmina Pesto. Auch beim Standesamt … Fehlanzeige.«

»Und sonst?« Lale steuerte den Wagen über die Borsbergstraße und setzte den Blinker. »Irgendwelche anderen Hinweise?«

»Nu, ich habe noch einen Club Jasmina gefunden«, erklärte Mandy. »Die haben zumindest ein Pesto-Gericht auf der Speisekarte.«

Lale grinste. »Na, klingt doch sehr nach einem Puff. Gibt es da denn ausgefeilte Gastronomie?«

»Ja, wirkt so.« Mandys Stimme klang etwas verzerrt. »Soll ich Kroko da mal hinschicken?«

»Wieso fragst du mich das?« Lale fuhr jetzt langsam und hielt nach einem Parkplatz Ausschau. »Besprich das doch mit Gerste.«

»Der ist auch schon weg«, schepperte es aus dem Apparat.

»Gibt es denn neue Erkenntnisse über dieses Bakterium?«, fragte Lale und drehte eine Runde um den Block. »Mist! Hier gibt es aber auch keinen Parkplatz um diese Zeit!«

»Was meinst du?«, fragte Mandy.

»Ach, nichts … Weißt du etwas über diese Bakterien?« Lale brachte den Wagen in der zweiten Reihe zum Stehen.

»Nee, nichts Neues«, erwiderte Mandy. »Ich habe mich nur auf diese Jasmina gestürzt.«

»Gut, dann fahre ich noch mal bei Kowalski vorbei«, schlug Lale vor.

»Das kannst du dir schenken«, sagte Mandy. »Der hat längst Feierabend. Der hat schließlich heute im Akkord seziert.« Die Funkverbindung schnarrte. »Ich schicke Kroko mal in diesen Club und dann …«

Bsst. Die Verbindung war weg.

»Du musst noch mal los?«, fragte Pit.

»Ja.« Lale legte die Stirn in Falten. »Ich muss noch mal mit Kowalski sprechen.«

Pit grinste breit. »Dann kann ich ja endlich mal in Ruhe vorm Adventskranz sitzen und Weihnachtslieder singen.« Er öffnete die Beifahrertür.

»Ich beeile mich auch«, versprach Lale. Sie winkte Pit noch einmal zu und fuhr los. Sie wollte unbedingt von Kowalski Näheres über diese ganze Geschichte erfahren. Und wenn sie den Rechtsmediziner nicht zwischen seinen Leichen antreffen konnte, dann musste sie ihn eben heimsuchen. Sie war sich ziemlich sicher, dass er als allein lebender Witwer nichts gegen ein bisschen Gesellschaft hatte. Außerdem kam ihr diese Spur ins Rotlichtmilieu seltsam vor. Kowalski konnte ihr sicher sagen, ob die Delegation aus Sankt Petersburg wirklich ein reiner Männerverein war. Wenn nicht, so war es doch sehr unwahrscheinlich, dass man mit Frauen einen flotten Puffabend einlegte. Und wie passte dieser Student da hinein? Als Stipendiat verprasste er seine knappe Kohle doch bestimmt nicht bei irgendwelchen Prostituierten.

So in Gedanken fuhr sie weiter hinaus in Richtung Laubegast und hätte beinahe den Abzweig zur Salzburger Straße verpasst. Lale stieg in die Bremsen, blinkte und bog ab. Schon nach wenigen Metern hatte sie das Haus, in dem Kowalski wohnte, erreicht. In seiner Wohnung im Erdgeschoss brannte Licht.

Lale hatte kaum den Klingelknopf gedrückt, als sich die Tür auch schon öffnete und der alte Herr im Pyjama vor ihr stand.

»Ich will ja nicht stören. Ich tue es aber trotzdem«, sagte Lale. »Dr. Kowalski, ich muss Sie dringend sprechen!«

Der kleine Rechtsmediziner blinzelte sie aus kurzsichtigen Augen an. »Ah, die große Kommissarin. Kommen Sie herein!« Er trat zur Seite. »Verzeihen Sie, aber ich habe Sie nur an der Stimme erkannt. Ich befinde mich auf der Suche nach meiner Brille.«

Lale trat ein, betrachtete seinen Pyjama und stutzte. »Sind das Rentiere?«

Kowalski lachte. »Ihrer scharfen Beobachtung entgeht aber auch nichts! Das ist mein weihnachtliches Schlafgewand.« Er zupfte an seinem Beinkleid herum. »Es ist etwas albern, das gebe ich zu. Allerdings habe ich es im vergangenen Jahr als Weihnachtsgeschenk erhalten.«

»Lassen Sie mich raten!« Lale lächelte wissend. »Von Mandy, stimmt's?«

Der Rechtsmediziner nickte. »Bitte treten Sie doch durch in meine gute Stube. Darf ich Ihnen etwas anbieten? Ein Glas Wein vielleicht?«

Kowalski schien sich tatsächlich über ihren Überraschungsbesuch zu freuen und Lale beglückwünschte sich innerlich zu ihrer Idee. »Ich trinke gerne einen Schluck, mit der Betonung auf Schluck.«

»Nehmen Sie doch bitte einen Platz ein«, bot Kowalski an. »Ich hole noch ein weiteres Glas.«

Lale ließ sich in einen der beiden Ledersessel fallen und sah sich in dem gemütlichen Zuhause um. Zahlreiche alte Kommoden und Schränkchen füllten den Raum, und viele kleine Lampen tauchten alles in ein gemütliches Licht. Im Hintergrund vernahm Lale die dezenten Tonfolgen eines Klavierkonzerts. Auf dem Tisch standen eine offene Flasche Rotwein und ein halbvolles Glas. Daneben türmten sich allerhand dicke Bücher. Von den ganzen lateinischen Vokabeln sagte ihr nur das Wort »Sepsis« etwas.

»Sie befassen sich mit Blutvergiftungen«, fragte Lale und deutete auf das Buch, als Kowalski mit einem Glas zurückkam.

»Oh ja, ich muss mein Wissen hin und wieder etwas auffrischen.« Der Rechtsmediziner schenkte Wein ein. »Wenn man seit Jahren nur mit schweigenden Patienten und postumen Symptomen zutun hat, muss man sich manchmal die heilenden Erkenntnisse vergegenwärtigen.« Er reichte Lale das Glas. »Hier ist zum Beispiel ein Werk über die Zusammensetzung von Antibiotika.« Er deutete auf einen ziemlich abgewetzten dicken Band. »Ich bin in keiner Weise auf dem aktuellen Stand der pharmazeutischen Entwicklung, weil ich meinen Patienten natürlich keine Medikamente mehr verschreiben muss.« Kowalski blinzelte. »Dieses Buch ist allerdings so alt, dass sein Inhalt gewiss kein Leben mehr retten könnte. Da macht es wenig aus, dass ich meine Brille nicht finden kann.« Er setzte sich und prostete Lale zu. »Aber vielleicht kann ich Ihnen ja auch ohne allzu scharfen Durchblick behilflich sein.«

Lale nahm einen winzigen Schluck Rotwein. »Sie haben doch mit diesen Toten aus der russischen Delegation zu tun gehabt?«, hob sie an. »Gehören auch Frauen zu dieser Gruppe?«

»Frauen?« Kowalski lächelte. »Aber sicher. Diese Delegation scheint mir doch nahezu ausschließlich aus Frauen zu bestehen.« Sein Gesicht nahm einen bedauernden Ausdruck an. »Allerdings ist die Gruppe nun einiger Damen beraubt.«

»Deutet irgendetwas darauf hin, dass sie …« Lale überlegte kurz, wie sie sich am besten ausdrücken sollte. »Nun, dass diese Frauen im Rotlichtmilieu tätig sind oder damit zu tun haben?«

Kowalski blinzelte irritiert. »Nach allem, was ich erkennen und erfahren durfte, halte ich das für unwahrscheinlich«, erklärte er. »Die Damen, die sich leider auf meinen Tisch verirrt haben, waren allesamt in höherem Alter und hatten sich der Kunst verschrieben.« Er seufzte. »Wie Dr. Wurm, den Sie ja bereits selbst als Kunstfreund kennen gelernt haben, mir sagte, waren auch eine bedeutende Professorin sowie eine Mitarbeiterin der Eremitage darunter.« Kowalski blickte Lale über den Rand seines Weinglases hinweg an. »Ich muss Ihnen jedoch gestehen, dass ich den Lebensumständen der Leichen nicht allzu viel Bedeutung geschenkt habe. Sehen Sie denn da Zusammenhänge?«

»Hmh.« Lale rieb sich die Schläfen. Vielleicht handelte es sich bei dieser Jasmina Pesto ja lediglich um ein Delegationsmitglied. »Ich suche nach einer Verbindung zu dieser Jasmina Pesto. Wie sind Sie denn auf sie gestoßen?«

»Wie bitte?« Der Rechtsmediziner blinzelte irritiert. »Frau Petersen, Sie verwirren mich.«

»Sie haben meinem Kollegen doch diesen Namen als Hinweis genannt«, sagte Lale. »Jasmina Pesto.«

Kowalski schüttelte den Kopf. »Aber nein, diesen Namen habe ich noch nie gehört. Jasmina Pesto.« Er räusperte sich. »In der Tat, ich habe mit diesem Kommissar Krokowitz gesprochen.«

»Krokowszic«, korrigierte Lale und amüsierte sich, dass ausgerechnet ein Osteuropäer wie Kowalski sich Krokos Namen nicht merken konnte. »Sagen Sie einfach ›Kroko‹, das tun wir alle.«

»Gut.« Der Rechtsmediziner lächelte. »Nun, ich habe Ihrem Krokowiszc also seine Fragen beantwortet. Und dann habe ich ihm die Ergebnisse aus dem Labor durchgegeben. Man hat heute Yersinia pestis als Ursache allen Übels feststellen können.«

»Yersi-was?« Lale überlegte. Davon hatte Kroko allerdings nichts gesagt … Natürlich! Auf Lales Gesicht machte sich ein erkennendes Grinsen breit. »Jasmina Pesto!« Sie schlug sich mit der Hand vor die Stirn. »Kroko hat das falsch verstanden!« Sie sah den Rechtsmediziner an. »Ich hätte es wissen müssen. Das ist typisch Kroko! Er kann unter Druck schlecht konzentriert arbeiten. Was ist denn nun dieses Yasi-, Yersi-, na, Sie wissen schon?«

»Yersinia pestis?« Kowalski klang erstaunt. »Das ist der Pest-Erreger.«

»Sagen Sie das noch mal!«, entfuhr es Lale. »Ich höre ja wohl nicht richtig.«

»Yersinia pestis ist das Pest-Bakterium«, wiederholte der Rechtsmediziner.

»Sie wollen damit sagen, all diese Leute sind an der Pest gestorben?« Lale nahm jetzt doch einen kräftigen Schluck Rotwein, dann sah sie angewidert auf das Glas und stellte es zur Seite. »Wir haben die Pest in Dresden und sitzen hier und trinken in aller Seelenruhe Rotwein.« Sie sprang auf. »Dann müssen wir doch etwas tun!«

»Beruhigen Sie sich, meine liebe Kommissarin«, beschwichtigte Kowalski. »Ich habe bereits alles in die Wege geleitet. Die Landesgesundheitsbehörde ist informiert, ebenso das Robert-Koch-Institut. Wir müssen jetzt ...«

»Behörden?«, rief Lale ungläubig. »Was sollen denn irgendwelche Behörden tun? Wollen Sie einen Pest-Erreger mit einem Bußgeldbescheid einschüchtern?«

»Jetzt hören Sie mir doch erstmal zu!«, verlangte Kowalski streng. »Das Problem ist doch nicht die Behandlung ...«

»Na, Sie machen mir Spaß!«, stieß Lale empört hervor. »Diese Krankheit hat doch schon ganze Landstriche ausgerottet!«

»Im frühen Mittelalter, sicher.« Der Rechtsmediziner bedeutete Lale, sich wieder zu setzen. Dann tätschelte er großväterlich ihre Hand. »Wir haben es hier nicht mit einer Beulen- oder Lungenpest zu tun. Die hätten wir schneller erkannt. Alle meine Erkenntnisse und Untersuchungen münden in eine Pestsepsis, eine durch das Bakterium verursachte Blutvergiftung.«

Lale sah ihn verständnislos an. »Ach so? Und was heißt das?«

»Die allgemeinen Symptome der Patienten sind in solchen Fällen einer Influenza ähnlich«, erklärte Kowalski. »Die Patienten erleiden Fieber, Schüttelfrost, Kopf- und Gliederschmerzen. Wenn wir nun innerhalb von 36 Stunden in der richtigen Art und Weise medikamentös behandeln, werden sie mit an Sicherheit grenzender Wahrscheinlichkeit genesen.«

Lale atmete tief durch. »Es ist also nicht viel anders als eine Grippe – theoretisch?«

»Nein, praktisch«, korrigierte der Rechtsmediziner. »Allerdings muss auch ein erfahrener Mediziner erst wissen, wonach er sucht. Häufig führen die Symptome zu Fehldiagnosen. Der Arzt diagnostiziert eine Blinddarmentzündung oder eine Hirnhautentzündung oder …«

»Paul Winter«, sagte Lale. »Er wurde mit Blinddarmentzündung eingeliefert und landete schließlich mit einer Hirnhautentzündung in der Neurologie.«

Kowalski nickte. »Seien Sie unbesorgt, meine liebe Frau Kommissarin. Der gute Herr Winter wird für Sie bald wieder lästige Journalisten abwimmeln.«

Lale verzog das Gesicht. »Das wird auch nötig sein, wenn wir damit morgen an die Öffentlichkeit gehen.«

»Deshalb habe ich mich, natürlich in Absprache mit unserem gesamten Institut, mit all jenen offiziellen Stellen in Verbindung gesetzt.« Kowalski nahm einen Schluck Rotwein. »So werden wir sofort erfahren, wo der Pesterreger zuletzt oder gar gleichzeitig in Erscheinung getreten ist.« Er seufzte leise. »Eine weit größere Portion an Sorgen bereitet mir nämlich, woher dieses Bakterium kommt und wie es diesen bedauernswerten Menschen verabreicht wurde.« Er schenkte Lale noch etwas Wein nach. »Und da, meine liebe Frau Petersen, kommen Sie ins Spiel.«

»Sie meinen doch nicht wirklich, dass man ausgerechnet Kriminalhauptkommissarin Lale Petersen aus Dresden in so einem Fall in Ruhe ermitteln lässt«, warf Lale mit spöttischem Unterton ein. »Da kommt doch der ganz große Apparat ins Rollen!«

Kowalski nickte. »Aber bis diese Apparatschaften samt und sonders in Position gebracht sein werden, haben Sie und Ihre Kollegen den Fall doch längst gelöst, nicht wahr?« Er lächelte ihr aufmunternd zu und zwinkerte. »Sie haben doch sogar schon das Rätsel um diese Dame gelöst. Wie hieß sie noch gleich?«

»Jasmina Pesto«, erwiderte Lale und musste nun selbst lächeln. »Da habe ich mit dem guten Kroko noch ein Hühnchen zu rupfen. Obwohl ...« Sie warf einen Blick auf die Uhr. »Er sitzt jetzt sicherlich im Club Jasmina und ist der Pesto auf der Spur. Das ist Strafe genug.«

Das Dreckige Dutzend

Um fünf Uhr morgens entschied sich Lale, ihre unruhige Nacht endgültig zu beenden. An erholsamen Schlaf war ohnehin nicht mehr zu denken. Und so betrat sie bereits um sechs Uhr früh das menschenleere Kommissariat. Sie warf die Kaffeemaschine an und lief durchs Chefbüro hinüber in die kleine Kammer, in der Kroko mit all seinen Notizen und Kopien hauste. Dieser Zugang war wie vermutet nicht verriegelt. Nur die Tür zum Gang hinaus bedurfte eines Extra-Schlüssels.

Lale setzte sich hinter Krokos Schreibtisch und überflog seine Notizen. Da stand tatsächlich mehrfach ›Jasmina Pesto‹. Es bestand kein Zweifel, dass er die Auskünfte von Kowalski einfach nur falsch verstanden hatte. Lale durchforstete seufzend weiter die verschiedenen Zettel. Doch die einzig neue Information, die sie fand, waren die Angaben zur Familie von Kevin Semmler. Ganz offensichtlich war er nur zum Studium nach Dresden gekommen. Seine Eltern lebten im Spreewald. Er hatte vor eineinhalb Jahren ein Appartement in dem Haus bezogen, vor dem man ihn jetzt tot aufgefunden hatte.

Lale wollte gerade aufstehen, um sich erstmal einen frisch gebrühten Kaffee zu holen, als sie den Schlüssel im Türschloss vernahm. Das musste Kroko sein. Sie duckte sich unter seinen Schreibtisch.

Der junge Kollege stieß die Tür auf. Er hatte diverse Mappen unter den Arm geklemmt und ein Alupäckchen in der Hand. Mit der anderen zog er seinen Schlüssel aus dem Schloss und stieß die Tür mit dem Fuß zu.

Lale schmunzelte. Kroko brachte sich also sein Frühstück mit ins Büro. Was in dem Fresspaket wohl drin war? Warmer Milchreis? Schnell erhob sie sich aus ihrer Deckung. »Moin moin, Kollege!«

»Waas?!« Kroko fuhr zusammen, ließ erschrocken sein Fresspaket fallen und starrte Lale an. Er hatte einen dicken Bluterguss unter dem linken Auge.

Lale deutete schmunzelnd auf sein Veilchen. »Da war ja offenbar schon jemand schneller als ich«, sagte sie.

»Mein Gott! Haben Sie mich erschreckt.« Kroko schnaufte.

»Tut mir leid.« Lale blickte auf die verschüttete Pampe auf dem Boden und verzog das Gesicht. »Ich konnte ja nicht wissen, dass Ihr Frühstück das Opfer wird. Was ist das?«

»Pesto.« Kroko klang verärgert. »Jasminas Pesto.«

»Ach, das sind also Ihre Rechercheergebnisse vom gestrigen Abend«, stellte Lale amüsiert fest. »Sie haben offenbar ganzen Einsatz gezeigt und sich um die letzte Portion geprügelt. Oder sind Sie an die clubeigene Domina geraten?«

Kroko legte seine Mappen auf den Schreibtisch und seufzte. »Das ist tatsächlich ein sehr fragwürdiger Club«, erklärte er. »Mit seltsamen Gästen.«

»Aber Sie haben dann hart durchgegriffen.« Lale ging um den Schreibtisch herum.

»Nun ja …« Kroko warf betont lässig seine Tasche auf den Schreibtisch. Sie fiel prompt auf der anderen Seite herunter. »Manche Leute verstehen eben keine andere Sprache.«

»Oho.« Lales Grinsen wurde breiter. »Sie wollen mir aber jetzt nicht sagen, Ihr Gegner sehe viel schlimmer aus.«

»Ach was, ist alles halb so wild.« Der Kollege stützte sich mit einer Hand auf einem Papierstapel des Schreibtischs ab. »Wie kommen Sie darauf, dass es nur einer war?« Der Papierstapel geriet ins Rutschen und Kroko zog schnell die Hand zur Seite. Sofort ergoss sich ein Teil der Papiere auf den Boden und landete im grünlichen Pesto-Matsch. »Es waren nämlich zwei!«

»Na, dann.« Lale machte einen großen Schritt über die in Pesto eingelegten Papiere. »Kommen Sie, wir trinken einen Kaffee.«

Während Lale Kaffee in Glühweintassen goss, die Mandy vermutlich auf dem Weihnachtsmarkt geklaut hatte, plapperte der Kollege munter drauflos. »Also, ich sitze so an der Theke. Plötzlich höre ich hinter mir einen dumpfen Schlag. Ich drehe mich also um und stehe auf.«

»Um dazwischen zu gehen?«, fragte Lale und nahm einen Schluck Kaffee.

»Nein.« Kroko schüttelte den Kopf. »Um aufs Klo zu gehen. Da kommt auf einmal so ein Typ auf mich zugetorkelt. Ich fange ihn also auf, schubse ihn zurück, der Andere holt noch mal aus, der Erste geht zu Boden, und – bamm! – habe ich die Faust im Gesicht.«

Lale grinste in ihre Kaffeetasse. »Sie haben den Typen natürlich sofort verhaftet.«

»Nein.« Kroko lächelte etwas verlegen. »Als ich wieder zu mir kam, war er weg.«

Lale unterdrückte das aufkommende Lachen. Kroko war aber auch ein bedauernswerter Pechvogel. »Sie müssen das kühlen«, erklärte sie so sachlich wie möglich. »Sonst schwillt das komplett zu.« Sie nippte an ihrem Kaffee. »Was wollten Sie eigentlich mit dieser Pesto?«

»Ins Labor geben, zur Untersuchung«, erklärte Kroko prompt.

»Lassen Sie das besser«, riet Lale ihm, als Mandy, ein fröhliches »Jingle Bells« auf den Lippen, hereinspazierte.

»Hey, ihr seid schon da.« Sie rümpfte ihre Stupsnase. »Und Kaffee gibt's auch schon. Große Klasse!«

Lale nahm die nächste ehemalige Glühweintasse vom Regal und füllte sie mit Kaffee.

Mandy griff erfreut zu. »Der Chef ist auch schon im Anmarsch.«

In diesem Moment flog die Tür auf und Gerste betrat sein Büro. »Haben wir heute Weihnachtsfeier?«, fragte er irritiert.

»Nein, Besprechung.« Lale warf einen Blick auf die Uhr. »Heute schon um sieben.«

Gerste hängte seinen Mantel an den Garderobenständer. »Wie ungewöhnlich«, sagte er mit einem skeptischen Blick auf Lale. »Aber ich will Ihren Arbeitseifer nicht bremsen.«

»Och, wie süß!« Mandy schaute verzückt auf ein kleines Schokoladenengelchen, das sie gerade aus dem Adventskalender neben ihrem Schreibtisch nestelte.

Lale drückte Kroko eine weitere Kaffeetasse für Gerste in die Hand und zischte ihm zu: »Und Sie lassen mich jetzt reden. Hinsetzen, Mund halten!«

Kroko nickte nur und dackelte ins Chefbüro, um dem Chef schnell den Kaffee zu bringen.

Gerste machte es sich mit einem zufriedenen Lächeln in seinem Sessel bequem. »Es sind alle vor mir da, ich bekomme sofort einen Kaffee gereicht. Warum nur werde ich das Gefühl nicht los, dass gleich der Wecker klingelt und ich das alles nur träume?«

»Iiih!«, kreischte Mandy in diesem Moment und deutete durch die offene Tür in Krokos Büro. »Hat dir einer ins Büro gekotzt, Kroko?« Dann verzog sie ihr Gesicht. »Und wie siehst du überhaupt aus? Habt ihr hier heute Nacht Verdächtige gefoltert?«

Lale schloss schnell Krokos Bürotür. »Alles halb so wild«, beruhigte sie. »Kroko und ich haben herausgefunden, was hinter Jasmina Pesto steckt.«

Kroko nickte eifrig.

Lale hoffte, dass er jetzt einfach nur die Klappe hielt. »Jasmina Pesto ist lediglich ein Deckname für Yersinia pestis.«

»Na, toll«, warf Mandy ein. »Und wer ist das nun wieder? Die Dolmetscherin der Russen-Delegation?«

»Frau Schneider, ich muss doch sehr bitten!«, wies Gerste sie zurecht. »Unterlassen Sie bitte solche geschmacklosen Scherze!« Er rieb sich das Kinn. Dann sah er Lale ernst an. »Wir haben es also tatsächlich mit Pest-Erregern zu tun?«

»Genau, Chef«, warf Kroko sich in die Brust, stutzte dann und sah Lale fragend an. »Oder?«

»Wie jetzt, Pest?« Mandy stellte ihre Kaffeetasse ab. »Die Pest?«

Lale nickte. »Kowalski hat bereits alle offiziellen Stellen informiert«, erklärte sie. »Kritisch bleibt allerdings, woher die Pest-Erreger stammen und wie sie übertragen werden.«

»Yersinia pestis.« Gerste macht ein sorgenvolles Gesicht. »Dieser Erreger gehört zu den biologischen Kampfmitteln, zum sogenannten Dreckigen Dutzend.«

»Das Dreckige Dutzend?« Kroko sah auf. »Aber das ist doch dieser Film aus den 60ern …«

»Nein«, fuhr Gerste ihn an. »Das sind zwölf mögliche Kampfstoffe, die von Bioterroristen genutzt werden. Und Pest-Erreger gehören dazu.«

»Wir sollten schnell handeln.« Lale schob unwillkürlich ihre Ärmel bis zu den Ellbogen hoch. »Bevor das BKA hier anrückt und die Sache unnötig in die Länge zieht.«

Allein bei Kevin zuhause

Mandy parkte den Dienstwagen im Wendehammer der Hochschulstraße. Dann zog sie den eingeschweißten Anzug vom Rücksitz und schickte sich an ihn auszupacken.

»Was treibst du da?«, fragte Lale, schnappte sich ihr Paket von der Rückbank und öffnete die Beifahrertür.

»Na, ich ziehe den Schutzanzug an«, erklärte Mandy.

»Doch nicht hier.« Lale schüttelte unwirsch den Kopf und stieg aus. »Sollen wir etwa in dieser Astronautenmontur da reingehen?«

»Warum denn nicht?« Mandy sah sie aus erstaunten Kulleraugen an. »Seit wann bist du denn so eitel?«

»Ich bin nicht eitel«, entgegnete Lale. »Ich will bloß kein unnötiges Aufsehen erregen. Was meinst du, was hier los ist, wenn wir in Schutzanzügen anrücken?«

»Da ist was dran.« Mandy stieg ebenfalls aus.

Die Schutzmonturen unter dem Arm, betraten sie das Studentenwohnheim und fuhren mit einem der winzigen Aufzüge hoch in den 13. Stock. Vor dem Appartement Nummer 1310 sahen sie sich um.

»Die sind jetzt sowieso alle in der Uni«, meinte Mandy. »Bestimmt wohnen hier nur die Superstreber.«

Lale grinste und schlüpfte in ihren Schutzanzug. Bevor sie die Tür öffnete, legte sie noch den Mundschutz an.

Kaum hatten sie das Appartement von Kevin Semmler betreten, klingelte es in Lales Jackentasche.

»Dein Handy«, murmelte Mandy hinter ihrem Mundschutz.

Lale zuckte die Achseln und ließ es klingeln. »Da komme ich jetzt nicht dran. Dann muss ich mich wieder ausziehen.« Sie sah sich in dem Raum mit Küchenecke um. »Ganz schön aufgeräumt für eine Studentenbude«, stellte sie fest.

Mandy ging durch die Tür in das kleine Duschbad. »Es riecht auch furchtbar sauber. Schlimmer als in einer Klinik.«

Lale riss zwei Schranktüren der kleinen Küchenzeile auf. »Na, viel Geschirr hat der Junge aber nicht. Da muss man ja immer gleich abwaschen.« Sie öffnete die nächste Tür. »Hey, schau dir das an!«

Mandy kam aus dem Bad. »Also, hier ist nichts als Zahnbürste und Klopapier.«

Lale öffnete die Unterschränke und Schubladen. »Jetzt

guck dir das an! Wieder lauter Weihnachtsgeschenke mit Dresden-Logo!«

»Das ist aber schon komisch.« Mandy rümpfte die Stupsnase. »Und die meisten hat er nicht mal ausgepackt.« Sie seufzte. »Dabei fällt mir ein, was ich noch alles besorgen muss.«

Lale warf einen Blick unter das Bett und zog einen Koffer hervor.

»Aufmachen!« Mandy sah ihr erwartungsvoll über die Schulter und war dann enttäuscht. »Ooch, nur Schuhe.«

Lale schob den Koffer zurück unter das Bett und öffnete die kleine Tür des Nachttischs. »Hier hat er Medikamente.« Sie zog ein paar Schachteln und Fläschchen heraus. »Na ja, Schmerztabletten, Nasenspray, Aspirin und eine Wundsalbe. Das ist wohl die Standardausrüstung von Mutti. Das Meiste ist nicht mal angebrochen.«

»Komm mal hierher!« Mandy winkte vom Schreibtisch herüber. Sie zog ein Buch aus dem Regal. »Biokampfstoffe im 20. Jahrhundert.«

Erneut meldete sich lautstark Lales Mobiltelefon. Sie sah seufzend an sich herunter und beschloss, das Geklingel zu ignorieren. »Guck mal, sein Studienbuch.« Sie schlug die kleine Kladde auf. »Jede Menge Einser-Nachweise von Professor Blum, und schau mal, hier, von Professor Schildfuchs hat er sogar mal eine Vier kassiert.« Lale legte das Buch wieder zurück. »Ist doch komisch für einen Stipendiaten.«

»Vielleicht kann er mit dem Professor nicht so gut. Oder er ist gar nicht so ein Überflieger«, vermutete Mandy. »Vielleicht hat er ja auch selbst diese Versuche mit Pesterregern gemacht. Er wäre nicht der erste Student, der Opfer seines eigenen Forschungsdrangs wird.«

»Ich weiß nicht.« Lale schnaufte hinter ihrem Mundschutz. »Was ich noch immer seltsam finde, ist die Jagd auf diese Geschenke.« Sie hob die Schreibunterlage auf dem Schreibtisch an. »Was haben wir denn da?« Sie zog ein rot- goldenes Werbeblatt hervor. »Ein Flyer für den Weihnachtsmann-Service!«

Erneut klingelte Lales unerreichbares Handy. Sie seufzte. »Weißt du was, wir nehmen den Flyer mal mit«, schlug sie vor. »Und auch ein paar von den Geschenken. Das KTI soll sich die mal genau ansehen.«

Häuptling Kalter Krieger

Als Lale und Mandy im vierten Stock des Polizeipräsidiums aus dem Aufzug stiegen, glaubten sie ihren Augen nicht zu trauen. Überall auf dem Gang lungerten Beamte in dunkler Kluft herum. Auf einigen Rücken prangten drei Buchstaben: BKA.

Mandy sah Lale mit großen Kulleraugen an. »Was machen die denn hier?«

Lale zog die Augenbrauen hoch. »Ich nehme an, die gehören zu den Bussen mit Wiesbadener Kennzeichen, die den ganzen Parkplatz verstopfen.« Sie schüttelte den Kopf und stürmte in Gerstes Büro. »Warum tätowieren Sie den Jungs da draußen nicht gleich eine Zielscheibe auf die Stirn?«

»Hallo, Frau Petersen«, sagte Gerste. »Ich bin sehr froh, dass Sie da sind!«

»Nanu?« Lale grinste. »Das klingt ja richtig echt.«

Gerste schmunzelte dezent. »Hat Ihr … ähm, hat der Herr Staatsanwalt Sie denn nicht informiert?«

Lale zog ihr Mobiltelefon aus der Jackentasche und warf einen forschenden Blick aufs Display. »Doch. Vielmehr, er hat es versucht.« Sie grinste. »Vergeblich – der Arme.«

Hinter sich vernahm Lale ein deutliches Räuspern.

»Ach so, das ist übrigens Kommissar Fleischer aus Wiesbaden.« Gerste deutete auf einen athletisch gebauten Herrn mittleren Alters, der mit den Händen in den Hosentaschen auf sie zukam. »Er ist der Einsatzleiter.«

Lale nickte knapp und reichte ihm die Hand. »Petersen.«

»Fleischer, BKA.« Er ließ seine Hände in den Taschen und sah auf Lales ausgestreckte Hand. »Infektionsgefahr.«

Lale musterte ihn schmunzelnd. »Als Einsatzleiter sollten Sie aber nicht derart ängstlich an die Sache herangehen.« Dann drehte sie sich um. »Mandy?« Wo war denn ihre Kollegin abgeblieben? Lale ging zur Tür und sah hinaus auf den Flur. Da stand Mandy inmitten der uniformierten BKA-Leute und quatschte und kicherte. »Frau Schneider, bei Fuß!«

»Also dann …« Mandy kam grinsend angelaufen und plapperte munter weiter. »Weißt du, warum die alle da sind? Sie sind extra aus Wiesbaden gekommen, um …« Sie stutzte und sah Fleischer an. »Ja, aber Hallöchen!« Sie reichte ihm eine Hand.

»Nicht anfassen«, mahnte Lale. »Pest-Gefahr.«

Fleischer warf ihr einen vernichtenden Blick zu. »Ich werde Ihnen jetzt unser Vorgehen erläutern. Wenn Sie Fragen haben, stellen Sie diese bitte«, erklärte er. »Wir gehen von einer akuten Gefahrenlage aus. Bereits seit Jahren rechnet das Bundesinnenministerium mit einem bioterroristischen Anschlag. Deshalb gibt es konkrete Szenarien für jede denkbare Krisenlage.«

»Ich hätte da eine Frage«, meldete sich Lale zu Wort.

»Ja, Frau Petersen.« Fleischer sah sie gleichmütig an.

Lale räusperte sich. »Wer genau ist denn ›wir‹?«

Fleischers Augen verengten sich zu Schlitzen. »Meine Männer und ich. Also, zurück zur Sache: Wir haben a) das Pest-Bakterium und b) insgesamt etwa zehn Tote, deren Hauptanteil aus Russen besteht. Daher müssen wir – c) – von einer politischen Motivation ausgehen, die d) auf den KGB hinweist.«

»Das ist doch Quatsch«, entfuhr es Mandy. »Wieso denn KGB?«

Fleischer würdigte sie keines Blickes. »Wir werden also gemäß der vorbereiteten Krisenszenarien wie folgt vorgehen.«

»Moment, Moment«, ging Lale dazwischen. »Warum gehen Sie von einer politischen Motivation aus?«

»Ohne einen politischen Hintergrund wären wir nicht hier«, erwiderte Fleischer. »Also, ich und meine Männer.«

»Nee, ist vollkommen klar.« Lale unterdrückte nur mühsam ihr Grinsen. »Sage ich auch immer, wenn ich vor einem Toten stehe: Dich muss einer ermordet haben, denn sonst wäre ich ja nicht da.« Sie dachte an Kevin Semmler. So ganz falsch lag der BKA-Heini vielleicht gar nicht. Sie arbeiteten immer nur aus Verdachtsmomenten heraus.

Gerste hüstelte. »Wie dem auch sei … Herr Fleischer, fahren Sie bitte fort.«

»Sie müssen mir nicht das Wort erteilen, ich bin der Einsatzleiter«, sagte Fleischer schroff. »Die Russen haben Ende der 1980er Jahre Experimente mit sprühbaren Pest-Erregern durchgeführt. Dabei wurden Erreger entwickelt, die resistent gegen Antibiotika sind. Wir sind davon überzeugt, dass die Todesfälle innerhalb dieser russischen Delegation kein Zufall sind.«

»Wenn das so ist«, sagte Lale, und ihr Gesichtsausdruck ließ keinen Zweifel an ihrer Skepsis. »Warum suchen sich diese Leute dann eine Stadt wie Dresden aus? Warum nicht gleich Berlin, Frankfurt, Köln, München? Oder sind in Deutschland noch weitere Fälle aufgetaucht?«

Fleischer kniff die Augen zusammen. »Nein, es sind bislang keine weiteren Fälle aufgetreten«, erklärte er. »Allerdings passt gerade Dresden als Puzzleteil exakt ins Bild. Hier existieren noch die alten Verbindungen, hier kennt man sich aus, hier haben die Agenten leichtes Spiel. Und nicht zuletzt hat Dresden eine für den Osten ungewöhnlich hohe Akzeptanz im Westen. Besonders die Amerikaner sind ganz versessen auf Striezelmarkt und Frauenkirche.«

Mandy stemmte die Hände in die Hüften. »Sie wollen doch wohl nicht behaupten, dass unser schönes Dresden eine neue Achse des Bösen ist!«

Fleischer sah sie an wie ein lästiges Insekt. »Sie verwechseln da etwas. Ich rede nicht von islamistischem Terror. Ich spreche von alten Seilschaften und kommunistischen Umtrieben.«

»Sicher doch.« Lale beobachtete, wie Gerste nach Luft schnappte und bemühte sich um einen ernsten Tonfall. »Wenn man so im Zentrum der Welt in Wiesbaden sitzt, hat man natürlich einen ganz anderen Durchblick als wir hier an der Ostfront.« Sie zwinkerte der entsetzt dreinblickenden Mandy kurz zu, als Krokos Bürotür aufflog.

»Auf dem Striezelmarkt ist schon wieder ein Tourist zusammengebrochen!«, rief Kroko aufgeregt.

Fleischer schien ihn gar nicht zu bemerken. »Wir müssen uns jetzt erstmal einen Überblick über die Lage verschaffen.«

»Na, dann begeben wir uns doch direkt ins Zentrum der Umtriebe«, schlug Lale vor.

»Genau. Auf den Striezelmarkt!« Mandy bekam sogleich glänzende Augen.

Fleischer riss die Bürotür auf. »Männer! In die Busse! Es geht los!«

»Herr Fleischer«, meldete sich Mandy etwas verschüchtert zu Wort. »Der Striezelmarkt ist hier gleich um die Ecke. Da können wir hinlaufen.«

Fleischer sah sie mürrisch an. »Hinlaufen? Meinen Sie, in Afghanistan bin ich irgendwohin gelaufen? Wie sieht denn das aus!« Er verließ grußlos Gerstes Büro.

»Ich wollte doch nur …« Mandy ließ die Schultern hängen.

Lale grinste Gerste breit an. »Na, die letzten zwanzig Jahre hat der aber verpasst! Der ist ja noch ein echter ›Kalter Krieger‹.«

Gerste seufzte verhalten. »Sie haben es gehört. Er ist der Einsatzleiter.«

»Der?« Kroko schaute entgeistert von einem zum andern. »Ich glaube, mein Auge schmerzt fürchterlich. Ich muss dringend zum Arzt.«

»Nix da!« Lale feixte. »Da fangen Sie sich sowieso nur Pest-Bakterien ein. Sie kommen mit!« Sie schlug sich die flache Hand vor den Mund und machte johlende Indianergeräusche. »Wir folgen jetzt Häuptling ›Kalter Krieger‹ auf seinem Kriegspfad über den Striezelmarkt.«

Gerste schüttelte den Kopf. »Also, Ihr Humor, Frau Petersen, ich weiß nicht, ich weiß nicht.«

Meine Männer, deine Männer

»Prima, da komme ich ja vielleicht noch dazu, die Mütze für meinen Neffen zu besorgen, oder ein Paar Ohrringe für Mutti«, freute sich Mandy, als sie vom Neumarkt zum Kulturpalast abbogen. Dann hielt sie inne. Dic kleine Zufahrt zum Parkplatz hinter dem Kulturpalast war zugeparkt von den BKA-Bussen.

»Seine Männer«, sagte Lale und lief schneller zwischen den Bussen hindurch.

An allen Zugängen zum Altmarkt standen BKA-Beamte und filzten die Besucher. Nicht wenige zogen angesichts dieser Maßnahmen weiter. Lale, Mandy und Kroko marschierten munter auf die Beamten zu und ließen sich ebenfalls kurz durchsuchen.

»Was bitte suchen Sie?«, fragte Lale. »Meinen Sie, hier laufen Ex-KGBler herum mit Päckchen in den Taschen, auf denen steht ›Vorsicht, Pest-Erreger‹?«

Der Beamte ließ von ihr ab. »Sie gehören zum Team?«

»Ich weiß nicht«, gab Lale zu. »Der Häuptling spricht immer nur von seinen Männern. Also, was soll das Ganze?«

Der Beamte lächelte gequält. »Wir zeigen Präsenz.«

»Wow.« Lale nickte ihm zu. »Das ist ja genau das, wovor sich die Bakterien dieser Welt schon lange gefürchtet haben.

Aber eines Tages musste es ja so weit kommen. Weiter so, Männer!«

»Schneeflöckchen, Weißröckchen« schepperte es ihnen aus Lautsprechern über den Markt entgegen. Lale schaute in den Himmel. Es sah tatsächlich so aus, als würde es noch vor Weihnachten Schnee geben. Sie zog sich den Schal enger um den Hals. Kälter als an den Tagen zuvor war es jedenfalls schon.

»Ist es nicht schön hier?« Mandy ging mit verzücktem Gesichtsausdruck neben ihr her.

Kroko machte ein besorgtes Gesicht unter seiner dicken Mütze. »Ich finde es ziemlich leer. Guckt mal, die ersten machen schon ihre Stände zu.«

Lale blieb abrupt stehen. »Nun seht euch den an. Mit Sonnenbrille.« Sie marschierte auf Fleischer zu, der vor der Striezelmarktbühne zwischen zwei BKA-Männern stand. »Sagen Sie mal, soll ich Ihnen vielleicht etwas Sonnencreme besorgen? Hier im Osten ist selbst die Sonne heimtückisch, vor allem um diese Jahreszeit.«

Fleischer hob seine Brille kurz an. »Sparen Sie sich Ihren Sarkasmus«, verlangte er steif. »Ich will auf Fotos nicht erkannt werden. Hier rennt überall die Presse herum.«

»Ich verstehe«, sagte Lale grinsend. »Und? Wie beurteilen Sie die Gefahrenlage?«

Fleischer wippte auf die Zehenspitzen und zurück. »Wir müssen die Öffentlichkeit steuern. Wir fangen bei der Presse an.«

Lale beobachtete, wie Mandy sich an einem Stand Ohrringe zeigen ließ. Kroko stand hinter ihr und sah sich ständig unruhig nach links und rechts um. »Haben Sie da ein konkretes Konzept? Ich meine, unser Pressechef liegt mit Pestsepsis im Krankenhaus.« Sie dachte an Paul Winter und verspürte direkt Sehnsucht nach dem überspannten Kommunikationsclown. Fleischer schien stur geradeaus zu blicken hinter seiner dunklen Brille. »Ich nehme doch an, eine Angelegenheit von solcher Tragweite ist Chefsache?«

»Selbstredend.« Fleischer wippte erneut vor und zurück. »Ich werde das in die Hand nehmen. Und Sie arbeiten mir zu.«

»So machen wir das, großer Häuptling«, sagte Lale. »Darf ich dann gehen?«

Fleischer legte seine Stirn in Falten. »Na gut, aber lassen Sie mir einen Ihrer Männer hier.«

Lale nickte und rief nach Kroko. Der kam sofort angerannt. »Was gibt es?«, fragte er und duckte sich in seinen Mantelkragen. Panik schwappte im Blick seines unversehrten Auges.

»Da haben Sie ihn!« Lale klopfte Kroko auf die Schulter und sah Fleischer auf die Sonnenbrille. »Mein bester, da einziger Mann.«

Flohzirkus

»Guck dir nur unser Pest-Paulchen an!« Lale deutete auf Paul Winter, der theatralisch gestikulierend in seinem verglasten Quarantäne-Raum auf und ab lief. Sie klopfte energisch an die Scheibe.

Paul Winter fuhr herum, zurrte den Gürtel seines roten Bademantels fest und strich sich durch die Föhnwelle. Er winkte und deutete auf einen Telefonhörer, der offensichtlich dem Dialog mit dem abgeschirmten Patienten diente.

Lale nahm den Hörer von der Wand. »Hallo, Herr Winter, na üben Sie schon wieder für Ihre nächste Pressekonferenz?«

Der Wortschwall, der jetzt losbrach, schien Lale fast über den Flur aus der Klinik zu spülen. »Nun stellen Sie sich das einmal vor, die Pest, und das hier in Dresden, und dann ich, und niemand, der die Öffentlichkeit informiert … Es ist ein Skandal von schier unermesslichem Ausmaß, irreversibel, unfassbar, einfach unbegreiflich.«

»Nun beruhigen Sie sich mal wieder.« Lale zwinkerte Mandy zu. »Sie sollen sich hier erholen, schließlich sind Sie ...«

»Das ist ja überhaupt der größte Skandal!«, echauffierte sich der Polizeipressesprecher. »Mir wird dieses tödliche Virus untergeschoben ...«

»Bakterium.« Lale verdrehte die Augen und hielt den Hörer ein Stück von ihrem Ohr weg.

»Ja, genau. Dieses Bakterium.« Winter zeigte an der Glasscheibe ein wahres Gewittergesicht. »Und was meinen Sie, was dieser Arzt zu mir sagt? Na, was meinen Sie? Raten Sie mal!«

Lale seufzte. »Vermutlich hat er gesagt, dass Sie ein Rad ab haben. Das sage ich ja auch immer.«

Winter schien ihr gar nicht zuzuhören. »Ich sage nur: Flöhe. Er behauptet, ich hätte Flöhe! Rattenflöhe! Ich! Nun stellen Sie sich das einmal vor!«

»Kann ich nicht, tut mir leid«, erklärte Lale. »Mit Ihrem Gelaber schlagen Sie jeden Floh sofort in die Flucht.«

»Ich habe die Pest.« Paul Winter legte eine halbe Andachtssekunde ein. »Und dieser unsägliche Oberarzt erzählt, ich hätte Rattenflöhe!«

»Er meint sicher, dass das die Überträger des Bakteriums sein könnten.« Lale legte die Stirn in Falten. Ob sich die Leute tatsächlich über irgendwelches Ungeziefer infiziert hatten? »Herr Winter, wir brauchen Ihren kompetenten Rat als absoluter Ober-Presseheini. Das BKA muss die Öffentlichkeit informieren.«

»Natürlich, ganz klar.« Winter nickte beflissen in den Hörer. »In der Pressestelle finden Sie alle notwendigen Kontaktdaten.« Er schien kurz nachzudenken. »Dort finden Sie auch ein paar Experten als Ansprechpartner.«

Lale blinzelte irritiert in die Scheibe. »Was denn für Experten?«

Winter schob sich seine rote Brille zurecht. »Nun ja, Wissenschaftler, Psychologen, Verbandsvorsitzende ... Alles Fachleute, mit denen man von uns ablenken kann.«

»Wieso wollen Sie denn von uns ablenken?«, fragte Lale.

»Ich bitte Sie, wir dürfen doch nie wirklich etwas sagen!« Er lächelte sie gönnerhaft durch die Scheibe an. »Deshalb habe ich eine ganze Palette von Experten, die für mich um den heißen Brei herumreden.«

»Und wer ist Ihr Pest-Profi?«, fragte Lale prompt.

»Sprechen Sie doch mal mit diesem Professor von der TU«, schlug Paul Winter vor. »Mit diesem Schilffuchs, oder nein, Schildfuchs. Der hat vermutlich überhaupt keine Ahnung, aber immer etwas zu sagen. Und ein echter Professor wirkt beruhigend auf die Öffentlichkeit. Wissen Sie, er setzt sich einfach gerne in Szene, dieser Schildfuchs!«

»Was Ihnen ja nicht passieren könnte!« Lale hängte den Hörer ein und musterte amüsiert wie Winter hinter seiner Scheibe weiterquatschte.

Mandy seufzte. »Können wir jetzt mal zu Onkel Kowalski? Ich könnte einen ordentlichen Kaffee vertragen.«

Lale nickte. »Ist ja hier gleich um die Ecke.«

Schnell liefen sie von Haus 4 durch die schmalen Seitenwege hinüber ins Gebäude der Rechtsmedizin. Erleichtert stellte Lale fest, dass hier offenbar wieder Normalität eingekehrt war. Der breite Flur gähnte leer in den Nachmittag hinein und Kowalski stand unvermummt in der kleinen Küche.

»Oh, meine Lieblingskommissarinnen, ich grüße Sie!« Er umarmte Mandy und schüttelte herzlich Lales Hand.

»Kaffee«, japste Mandy und ließ sich auf einen Stuhl sinken. Dann bemerkte sie eine Schale mit Lebkuchen auf dem Tisch. »Sind das Pulsnitzer?«

Der Rechtsmediziner nickte lächelnd. »Bedient euch«, sagte er und goss kochendes Wasser durch den Kaffeefilter in eine Kanne. Er hangelte nach Tassen im Schrank.

»Warten Sie, ich mache das.« Lale griff lässig ins oberste Schrankfach und holte drei Tassen hervor. »Bin ich richtig informiert, dass es keine weiteren Pestfälle in Deutschland gibt?«

»Ja, so teilte man es auch mir mit«, erklärte Kowalski. »Allerdings häufen sich die Erkrankungen seit gestern enorm. Das halbe Klinikum steht bereits unter Quarantäne.«

»Oje, wo soll das noch hinführen?«, fragte Mandy besorgt und verspeiste einen weiteren Lebkuchen. »Da kann einem ja glatt der Appetit vergehen.«

Kowalski lächelte. »Du kannst ganz beruhigt weiter essen, mein Engel. Es ist bereits eine Delegation des Robert-Koch-Instituts eingetroffen. Sie werden eine Epidemie zu verhindern wissen.«

»Apropos Delegation.« Lale verteilte die Tassen auf dem Tisch. »Das BKA ist gleich in Busladungen angerollt. Und dieser Einsatzleiter ist ein kompletter Vollidiot.«

Der Rechtsmediziner, der gerade Kaffee eingoss, hielt in seiner Bewegung inne. »Ist das nicht eine ausgesprochen despektierliche Formulierung angesichts dieser anspruchsvollen Situation?«

»Es ist schlimm«, sagte Lale. »Aber dieser Fleischer ist schlimmer als jedes Bakterium.«

Mandy nickte kauend. »Schrecklischschlimm.«

»Wenn wir nicht schnell sind, zettelt dieser Kalte Krieger noch einen internationalen Konflikt an«, prognostizierte Lale. »Er ist ganz versessen darauf, dass irgendwelche russischen Ex-Geheimdienstler den Bakterienanschlag ausgerechnet in Dresden geplant haben, wo hier doch überall noch kommunistische Gruppen im Untergrund lauern, um amerikanische Touristen und den gesamten Westen plattzumachen.«

Kowalski stellte die Kaffeekanne ab und setzte sich. »Sie belieben zu scherzen, große Kommissarin?«

»Aber nein.« Lale ergriff die Kanne und füllte weiter die Tassen. »Im Augenblick ist der Striezelmarkt von BKA-Beamten umstellt. Und Häuptling Kalter Krieger erwägt die sture Umsetzung irgendwelcher Krisenszenarien gegen Bioterrorismus.« Sie stellte die fast leere Kanne ab. »Wir müssen handeln, bevor die GSG 9 auftaucht.«

Mandy ergriff ihre Tasse und nahm einen großen Schluck. »Dieser Typ ist ja so was von cool ... Ätzend.«

»Cool?« Kowalski schaute irritiert.

»Der Agent, der aus der Kälte kam«, ergänzte Lale. »Jedes Bakterium muss in seiner Gegenwart einfach vor Schreck erfrieren.«

»Die kalten Temperaturen sind übrigens ein weiterer Umstand, der gegen wahrhaften Bioterrorismus spricht.« Kowalski strich sich nachdenklich über den Kopf. »Ich habe mir unseren toten Biologiestudenten noch einmal näher betrachtet. Sein Körper weist Stiche auf, besonders in der Bauchgegend.«

»Man hat ihm das Bakterium gespritzt?«, fragte Mandy und schnappte sich noch einen Lebkuchen vom Teller.

»Nein, es sind wohl vielmehr Flohstiche«, erklärte der Rechtsmediziner. »Die Übertragung des Pesterregers durch den so genannten Pest- oder Rattenfloh ist nicht ungewöhnlich. Ich möchte sogar sagen, sie ist der übliche Weg, aber bei tropischen Temperaturen.« Er sah Lale fragend an. »Haben Sie denn meinen Bericht nicht erhalten?«

»Den hat sicher unser neuer Häuptling aus Wiesbaden.« Lale seufzte. »Aber das passt ohnehin nicht in sein Konzept. Er geht ja von russischen Sprühbakterien aus.« Sie seufzte vernehmlich. »Und nach Ungezieferbefall sah die Bude vom toten Kevin so gar nicht aus!«

»Igitt, bei mir juckt es schon überall.« Mandy rutschte auf ihrem Stuhl hin und her und kratzte sich.

Kowalski rührte nachdenklich in seiner Kaffeetasse.

»Doch selbst wenn es Flöhe sind ...« Lale schüttelte den Kopf. »Irgendwo müssen die Viecher doch herkommen!«

»Nun, nichts spricht dagegen, eine Flohpopulation aufzubauen«, sagte der Rechtsmediziner. »Wenn allerdings von einem Anschlag auszugehen ist, so sind Rattenflöhe meines Wissens wenig effektiv. Ich bin natürlich kein Veterinärmediziner, bin mir jedoch sicher, dass der Rattenfloh, wie der

Name schon nahe legt, als Wirt die Nagetiere bevorzugt. Den Menschen würde er nur im Notfall heimsuchen.«

Lale sah Kowalski aufmerksam an. »Sie meinen, selbst wenn jemand Pestflöhe gezüchtet hat, könnte er nicht sichergehen, dass die kleinen Biester sofort Menschen anzapfen, um die Erreger zu verteilen?«

Kowalski nickte. Dann stand er unvermittelt auf, sagte: »Ich bin sofort wieder da!«, und verschwand hinaus auf den Flur.

»Was hat er denn?«, fragte Mandy mampfend.

Lale runzelte die Stirn. »Egal, Hauptsache, er hat etwas!« Sie griff jetzt ebenfalls nach einem Lebkuchen, legte ihn aber gleich wieder weg. »Pestpaulchen murmelte eben doch auch etwas von Rattenflöhen. Ich finde diese Flohtheorie gar nicht so blöde.«

Mandy zuckte die Achseln, als Kowalski auch schon wieder die Küche betrat. »Meine Damen, ich habe eine neue Erkenntnis zu verkünden.« Er grinste zufrieden. »Ich habe auch an den Fußgelenken unseres bedauernswerten Studenten Flohstiche gefunden. Und ich erinnere mich an einen Fachartikel …« Er rieb sich den kahlen Kopf. »Vor 60 oder 70 Jahren gab es eine Pest-Epidemie in Marokko.«

»Ich kann Ihnen noch nicht ganz folgen«, gab Lale zu und musterte den Rechtsmediziner neugierig.

»Menschenflöhe«, sagte Kowalski. »Forscher haben zu jener Zeit, meines Wissens zum ersten Mal, festgestellt, dass es auch Menschenflöhe waren, die die Erreger verteilt haben. Die Einstiche an den Fußgelenken unseres Toten sind charakteristisch für diese etwas größeren und kältebeständigeren Flöhe.«

»Sie meinen also, jemand hat pestinfizierte Menschenflöhe in Dresden ausgesetzt?«, fragte Lale.

Der Rechtsmediziner nickte. »Der Menschenfloh kann besonders gut springen und besitzt eine außergewöhnlich hohe Vektoreffektivität, was so viel heißt wie gründliche Bakterienübertragung mit großem Infektionspotenzial.« Er hob entschuldigend die Arme. »Genaueres müssten Sie allerdings mit einem Experten besprechen.«

Lale warf einen Blick auf die Uhr. »Winter sagte doch etwas von einem TU-Professor, Schildfuchs oder so. Den soll ich sowieso unserem Kalten Krieger auf den Hals hetzen.«

»Schildfuchs?« Kowalski rückte seine Brille zurecht. »Ist das dieser Mensch, der immer zu allem etwas zu sagen hat?«

»Vermutlich.« Lale grinste. »Selbst Pressepaule meinte, der würde sich nur gerne in Szene setzen.«

»Schildfuchs ... Den Namen habe ich heute schon mal gehört, oder nein, gelesen«, erinnerte sich Mandy. »Das ist doch dieser Professor, der unserem Studenten den Notendurchschnitt versaut hat!«

Einer zu viel

»Danke.« Kollege Krokowszic schlich neben Lale her. »Vielen, vielen Dank!«

»Nun hören Sie schon auf, sich zu bedanken!«, verlangte Lale ungehalten. »Fleischer ist ein Idiot! Der soll sich um die Öffentlichkeit kümmern und Szenarien sortieren.« Sie schmunzelte. »Und Mandy kann endlich in Ruhe shoppen. Das BKA hat die City ja quasi leergefegt.«

Sie erreichten die alte Turnhalle, vor der ein paar Weihnachtsmänner standen und rauchten.

»Zum Chef?«, fragte Lale den Nächstbesten.

»Immer der Fahne nach!« Der Weihnachtsmann grinste. »Wenn wir Glühwein verteilen müssten, wären die Vorräte längst erschöpft.«

Lale marschierte durch den schmalen Gang in die muffige Halle. Ein offenbar stark alkoholisierter alter Mann stopfte Geschenke in Säcke mit Dresden-Logo. »Kripo Dresden.

Petersen. Mein Kollege Krokowszic. Wir brauchen eine Aufstellung Ihrer Mitarbeiter!«

Der Mann schielte auf ihren Dienstausweis, nickte grinsend und reichte ihr ein paar zerknickte Blätter.

Lale gab sie an Kroko weiter. »Schauen Sie mal, ob Kevin Semmler draufsteht!«

»Brauchen Sie auch die Tageslisten?« Für seine immense Fahne artikulierte sich der Alte erstaunlich gut.

»Immer her damit!« Lale griff zu. Es waren Unterschriftenlisten der angetretenen Mitarbeiter.

»Kevin Semmler steht nicht drauf«, erklärte Kroko. Er sah ihr über die Schulter. »Hey, da stimmt was nicht!«

»Wieso?« Lale sah auf die Liste in ihrer Hand.

»Na, schauen Sie doch mal.« Kroko deutete auf die letzte Zeile. »Da steht immer einer zuviel drauf. Darf ich mal?« Kroko nahm Lale die Listen aus der Hand und studierte sie aufmerksam. »Hier, an jedem Tag steht einer zuviel drauf. Ist aber jedes Mal eine andere Unterschrift.«

»Komisch.« Lale runzelte die Stirn und zählte einmal die Liste durch. »Wie viele von diesen Weihnachtsmännern laufen denn so am Tag für Sie durch die Stadt?«, fragte Lale den Alten.

»Fuffzich unter der Woche«, gab er Auskunft. »Am Wochenende sind es mehr.«

»Sie haben also mehr Kostüme im Fundus als gebraucht werden?«, schaltete Kroko sich ein.

Der Alte nickte. »Wieso?«

»Na, hier auf der Liste stehen 51 Unterschriften«, erklärte Lale. Da war es ja kein Wunder, dass zwischendurch ganze Säcke mit Geschenken fehlten.

»Is mir wurscht.« Der Alte zuckte die Achseln.

Lale dachte nach. Hier mogelte sich jemand dazwischen, der gar nicht dazugehörte. »Sagen Sie mal, wo finde ich denn Pit Petersen?«

»Pitty is 'n Netter«, sagte der Alte.

»Ja, er ist …« Lale winkte ab. »Sagen Sie mir einfach, wo ich ihn finden kann!«

»Hat heute die Stadtrundfahrt-Tour, zusammen mit zwei Kollegen«, gab der Alte Auskunft. »Schicke immer nur drei auf die Strecke.«

»Teilen Sie das genau auf?« Kroko sah ihn neugierig an.

Der Alte nickte. »Klar. Wir könn' ja auf der Stadtrundfahrt nich' dieselben Geschenke verteilen wie aufm Markt.«

»Ach, und warum?« Kroko ließ nicht locker.

»Die Gutscheine.« Der Alte sah ihn mit glasigem Blick an. »Auf der Rundfahrt gibt 's welche fürs Arnoldbad.«

Kroko sah Lale begeistert an. »Da könnten wir doch jetzt unsere Gutscheine einlösen, Frau Petersen!«

»Mmh«, machte Lale geistesabwesend. Hier stimmte doch etwas nicht. Der Flyer bei dem toten Studenten, die geklauten Geschenke, und dann gab es einen Weihnachtsmann zuviel … »Da ist doch was faul«, murmelte sie.

»Nee, junge Frau.« Der Alte grinste weinselig. »Leeehmsmittel ham wer nich dabei!«

Kleine Pestrundfahrt

Am Theaterplatz erwischten sie gerade noch den letzten Bus zur Großen Stadtrundfahrt. Lale krabbelte die schmale Wendeltreppe nach oben. Kroko folgte ihr zu den hinteren Plätzen.

»Ganz schön voll hier«, stellte Kroko fest.

Um sie herum plapperten die Touristen in allen möglichen Sprachen, während der Bus sie schaukelnd durch die Altstadt trug. Lale hörte, wie zwei Frauen leise über das Grippevirus sprachen, das in Dresden grassiere. Zufrieden stellte sie fest, dass sich das mit der Öffentlichkeitsarbeit offenbar hinzog.

Immer wieder hielt der Bus, Leute stiegen aus und ein.

»Der Weihnachtsmann!«, freute sich Kroko plötzlich und deutete auf eine rot-weiße Gestalt, die die Treppe heraufkam. »Ist das Ihr Sohn?«

Lale kniff die Augen zusammen. Sie war sich sicher, dass dieser Rotmantel nicht ihr Sohn war. Pit bewegte sich auf eine andere, schlaksigere Art. Sie beobachtete, wie der Mann die typischen kleinen Geschenke aus dem Sack zog und an einige der Fahrgäste verteilte. Er wirkte ziemlich matt. Bald darauf ließ er sich auf einen freien Sitz sinken.

»Gucken Sie mal, der ist aber müde«, sagte Kroko. »Ist ja auch bestimmt anstrengend, den ganzen Tag so herum zu schenken.«

Was machte er denn jetzt? Sie stupste Kroko mit dem Ellenbogen an und deutete mit dem Kinn nach vorne. Der Weihnachtsmann zog eine Packung aus seiner Tasche und nahm etwas heraus.

»Der nimmt eine Pille«, raunte Kroko ihr zu. »Ist ja krass, dass der sich krank auf Arbeit schleppt.«

In Lales Jackentasche klingelte es. Schnell kramte sie ihr Handy hervor. »Pit? Wo bist du denn?«

»Ich habe gerade meine Sachen abgegeben«, erklärte Pit. »Habe schon gehört, dass wir uns nur knapp verpasst haben.«

»Sag mal, geht es dir gut?« In Lale meldete sich die Muttersorge. »Hier sitzt ein Kollege von dir, dem es gar nicht gut zu gehen scheint.«

»Nee, das ist kein Kollege«, erklärte Pit. »Da musst du dich täuschen. Ich war der Letzte, der Feierabend gemacht hat.«

»Ach?« Lale überlegte. »Das ist ja interessant.«

»Du, soll ich mich noch um ein Geschenk für Mandy kümmern?«, fragte Pit. »Wir sind heute bei ihr eingeladen. Und du hast doch bestimmt noch nichts besorgt, wie ich dich kenne.«

»Ups«, machte Lale. »Du kennst mich gut, Sohn.«

»Zwangsläufig, seit über 17 Jahren.« Pit klang amüsiert. »Also, was willst du ihr schenken?«

»Einen Krimi«, erwiderte Lale prompt. »Irgendeinen neuen, damit sie ihn auf keinen Fall schon hat.«

»In Ordnung, ich gebe mein Bestes – und tschüs!« Pit hatte aufgelegt.

Als Lale gerade ihr Telefon zurück in die Jacke stopfte, gab es einen dumpfen Schlag. Sie sah sich um. War jemand in dem schaukelnden Bus hingefallen?

»Da, der Weihnachtsmann!« Kroko deutete auf den am Boden liegenden Körper und sprang auf. »Wir müssen …«

»Hände weg!«, rief Lale und verwehrte sogleich zahlreichen Helfern den Zugang. »Nicht anfassen!« Sie sah in verschreckte Augenpaare. »Please do not touch this guy! His disease may be quite dangerous«, versuchte sie es in unbeholfenem Spontan-Englisch. »Please do not help yet!«

Kroko starrte sie aus großen Augen an. »Sie sind echt stark, Frau Petersen!«

Lale atmete tief durch. »Kroko, halten Sie sich und alle anderen von diesem Mann fern«, verlangte sie streng. »Ich kümmere mich um den Rest.« Mit zwei gezielten Sprüngen überwand sie zügig die enge Wendeltreppe. Zum Glück saßen im unteren Teil des Busses keine Fahrgäste.

Lale lief zum Fahrer vor. »Nicht fragen! Zuhören!«, kommandierte sie. »Sie fahren jetzt so schnell wie möglich zur Medak! Nicht anhalten! Keiner steigt ein! Keiner steigt aus!«

»Häh?« Der Fahrer grinste. »Nu gloar, du misch ooch!«

Lale tippte die 110. »Kommissarin Petersen. Zwei Einsatzwagen als Eskorte zum Großen Garten. Sofort! Wir sind im Stadtrundfahrtbus und haben einen Infizierten. Pest-Erreger. Der Bus muss komplett in die Uniklinik. Over.«

Der Fahrer bremste. »Sache mal Mädel, biste uff Droge?«

»Nicht anhalten!« Lale zückte ihren Dienstausweis. »Los abbiegen!«

In diesem Moment kam ein Einsatzwagen mit Blaulicht von hinten. Ein weiterer kam ihnen von der Fetscherstraße entgegen und drehte knapp vor dem Bus. Lale gab den

Kollegen im Wagen ein Zeichen. Sogleich gingen die Sirenen an.

»So, nun man immer hinterher«, sagte Lale zu dem verdutzten Busfahrer. »Wir fahren nonstop in die Notaufnahme.«

Der Busfahrer schien endlich zu begreifen und trat das Gaspedal.

Als sie über eine tiefrote Ampelkreuzung fuhren, meldete sich endlich Mandys Stimme. »Hallöchen und hallo. Hier ist die Mailbox von Mandy Schneider. Bitte sprechen, wenn's bei mir piept.«

»Och nee.« Lale setzte sich schnell auf einen der vorderen Sitze, um nicht umzufallen. »Mandy, mach mal beim KTI Dampf! Ich vermute, dass mit diesen Geschenken irgendwas nicht stimmt. Vielleicht werden die Flöhe ja über diese Präsente verteilt. Ich bin auf dem Weg in die Uniklinik. Melde dich!«

Dann glaubte sie ihren Ohren nicht zu trauen.

»Meine Damen und Herrn«, plauderte der Busfahrer gut gelaunt in sein Mikrofon. »Weil wir uns für unsere letzde Rundfahrt am Tache immer was Besonderes für Sie ausdengn, erläbn Sie heude unsere genioale Dräsdner Bolizei im Einsatz. Nu, reschts haldn mer ni an, sondern fahrn diräkt in die Medak, die Sie sischer vom Fernsähn kennen, damals bei der groosn Jahrhundärtfluud …«

»Sie sind ein echter Dresdner, was?«, fragte Lale amüsiert.

Der Fahrer hatte sein Mikro wieder stumm geschaltet. »Nu, gloar!«

Verdächtiger Pulex irritans

Missmutig sah sich Lale in dem Glaskasten um. Sie fand diese Maßnahme absolut übertrieben. Aber der Oberarzt ließ sich nicht erweichen. Ein sturer Brocken.

Lustlos betätigte Lale die Fernbedienung des Fernsehers. Sie sah Pit über den Gang kommen. Sie griff zum Hörer: »Hallo, hallo! Mutter an Sohn, bitte melden.«

»Lala-Mama, wie geht es dir?« Pit klang besorgt.

»Alles in Ordnung!« Lale bemühte sich um eine besonders fröhliche Stimme. »Ehrlich.«

»Ich habe ein Buch für Mandy gekauft.« Pit hielt ein Taschenbuch an die Glasscheibe. »›Schneewehen‹ von Samson Perowski.«

Lale zuckte die Achseln. »Sagt mir nichts.«

»Soll ein echter Geheimtipp sein«, erklärte Pit. »Auf der Rückseite steht: ›Ein Mord erschüttert die Einwohner von Sankt Josef. Der Pfarrer wird am Morgen tot in einer Schneewehe gefunden. Privatermittlerin Milla Pabst macht sich auf die Suche nach dem Mörder und gerät bald selbst in Gefahr. Denn das Tauwetter bringt noch mehr Tote zum Vorschein. Schafft Milla es, dem Morden ein Ende zu bereiten?‹«

»Mandy steht ja auf so was.« Lale grinste. »Geschenkpapier findest du übrigens in der Kommode im Wohnzimmer.«

»Du meinst das mit den Hasenmotiven?«, fragte Pit. »Ich habe schon etwas Passenderes besorgt, mit Schneeflocken.«

»Gutes Kind«, sagte Lale. »Und? Wann gehst du zu Mandy?«

»Später«, erklärte Pit. »Sie will erst noch hier bei dir vorbeikommen. Sie hat noch irgendwas mit dir zu besprechen wegen Geschenken.«

Lale deutete auf den Gang. »Da naht auch schon der Schichtwechsel.« Sie sah Mandy den Gang entlang eilen. »Halte dich wacker, mein Lütter. Und bei irgendwelchen Krankheitsgefühlen bist du postwendend wieder hier!«

Pit verstaute schnell das Buch in seinem Rucksack. »Bin schon weg!«

Mandy plapperte aufgeregt gegen die Glasscheibe an. Lale deutete grinsend auf das Telefon. »Ach so«, meldete sich Mandy durch den Hörer. »Du hattest recht! Die haben teilweise die Geschenke mit Ungeziefer präpariert und verteilt. Eine Sauerei, so was!«

Lale warf einen kurzen Blick zum Fernseher, wo gerade Werbung lief. »Wer sind ›die‹? Fleischers KGB-Phantome?«

»Das ist noch nicht klar«, sagte Mandy. »Dieser falsche Weihnachtsmann ist wohl auch ein Student.« Sie schnaufte. »Der hatte zwar Medikamente, hat sie aber nicht regelmäßig genommen. Vermutlich wusste er selbst nicht genau, was er da verteilt. Angeblich hat er es auch nicht für Geld getan, sondern für eine Prüfungsnote.«

»Kannte er denn Kevin Semmler?«, fragte Lale.

»Ich weiß nicht.« Mandy zuckte die Achseln. »Er ist morgen erst voll vernehmungsfähig.« Sie kramte ein Geschenk aus ihrer Tasche hervor. »Ich habe hier übrigens etwas für dich, damit es dir nicht langweilig wird.«

»Warte mal«, winkte Lale ab. »Da ist unser Häuptling im Fernsehen. Ohne seine Sonnenbrille hätte ich ihn fast nicht erkannt.« Sie stellte den Fernseher lauter und hielt den Hörer in den Raum.

»… Können wir Teil-Entwarnung geben, weil es sich nicht um antibiotikaresistente Sprühbakterien handelt«, sagte Fleischer mit unbewegter Miene in die Kamera. »Festgestellt wurde vielmehr, dass als Überträger nur der so genannte Rattenfloh in Betracht kommt.«

»So ein Hirni«, schimpfte Mandy.

»Psst!« Lale legte den Finger an die Lippen.

» … hat sich Professor Schildfuchs, Biologe von der TU Dresden bereit erklärt, uns den Sachverhalt genauer zu erläutern«, erklärte der Moderator.

»Ja, ich freue mich, dass ich hier die Gelegenheit bekomme,

mich und mein Institut in so wichtigen gesellschaftlichen Zusammenhängen einzubringen«, erklärte der Professor selbstgefällig. »Meines Erachtens handelt es sich hier um folgendes Problem …«

»Erklären Sie uns doch bitte, wie ein Rattenfloh die Pest-Erreger überträgt«, ging der Moderator dazwischen.

Schildfuchs stutzte. »Ähm, ja, nun, allgemein ist davon auszugehen, dass der Pulex irritans seinen Wirt …«

»Entschuldigung«, unterbrach ihn der Moderator erneut. »Aber der Pulex irritans ist doch der Menschenfloh! Wir sprechen hier vom Rattenfloh. Das ist doch etwas ganz Anderes!«

Lale sah Mandy an. Die schaute mit weit aufgerissenen Kulleraugen durch die Glasscheibe.

»Oh ja, natürlich!« Schildfuchs wurde sichtlich nervös. »Ich spreche natürlich vom Xenopsylla cheopis, dem so genannten Rattenfloh …«

»Woher weiß der das mit den Menschenflöhen?« Mandy sah Lale durch die Scheibe an. »Das kann der doch gar nicht wissen!«

»Doch.« Lale nahm den Hörer wieder ans Ohr. »Aber nur, wenn er diese Biester gezüchtet hat.«

»Na klar, der Student!«, rief Mandy. »Ich muss zu Gerste! Dein Geschenk lasse ich dir da.«

»Schnappt euch diesen miesen Professor!«, rief Lale hinter ihr her. Dann klingelte sie nach der Schwester.

»Ich werde Ihnen gleich mal Blut abnehmen«, sagte die Schwester.

»Besser Sie als irgendein Floh.« Lale nahm Mandys Geschenk entgegen.

Während die Schwester ihre Armbeuge desinfizierte, packte Lale schnell das Geschenk aus. Es war ein Buch. Schmunzelnd blickte sie auf den Titel: ›Schneewehen‹ von Samson Perowski. »Aua! Passen Sie doch auf!«

»Nun seien Sie mal nicht so zimperlich«, verlangte die

Schwester. Sie deutete auf das Buch. »Sonst brauchen Sie damit gar nicht erst anzufangen.«

Schneeweh

Was für ein Baum!

»Frohe Weihnachten, meine liebe Lale!« Vor der Tür stand Lales Nachbarin Brigitte, klimperte mit Glöckchen-Ohrringen und hielt ihr ein bunt verpacktes Päckchen unter die Nase. »Hier, das ist für dich.« In diesem Moment quetschte sich bereits Pit Bull schwanzwedelnd an Lale vorbei und rannte aufgeregt schnüffelnd in die Wohnung. »Pit Bull, bei Fuß«, kommandierte Brigitte. Der Hund reagierte kein bisschen, sondern sprang quietschvergnügt im Wohnzimmer auf das Sofa und nahm das Keksangebot auf dem Tisch unter die Lupe.

Lale sah ihm grinsend nach. »Gehorcht wie immer aufs Wort. Komm' doch herein! Tee oder Glühwein?«

»Och, Glüh muss nicht sein, aber Wein ist immer gut«, erklärte Brigitte, während Lale bereits in der Küche nach Wein und Gläsern kramte.

»Was ist denn das?« Brigitte blieb wie erstarrt mitten im Raum stehen. Sie deutete auf den Weihnachtsbaum und schüttelte den Kopf, dass die Glöckchen-Ohrringe nur so klingelten.

»Das ist ein Baum«, erklärte Lale amüsiert. »Ein Nadelbaum, schau, mit grünen Zweigen und einem Stamm. Und weil gerade erst Weihnachten war, sind auch noch Lichter dran.«

»Ja, aber …« Brigitte legte den Kopf schief. »Der Schmuck.«

Lale goss Wein in ein Glas und reichte es Brigitte. »Lass ihn einfach auf dich wirken. Das Thema lautet …«

»Watte«, stellte Brigitte fest.

»Nun ja, für etwas phantasiereiche Menschen ist das Schnee«, erklärte Lale gut gelaunt und griff nun selbst zum Glas. »Wünsche frohe Weihnachten gehabt zu haben!«

»Und was sind das da für Ketten?« Brigitte betrachtete den Baum von Nahem. »Büroklammern?«

Lale nickte. »Und bevor du weiter fragst, ja, das sind Papierflieger, und ja, dieser Kugelersatz besteht aus zusammengeknüllter Alufolie.« Sie ließ sich aufs Sofa sinken. »Ich bin erst am 23. aus der Klinik gekommen. Und ich war froh, dass ich an Heiligabend überhaupt noch einen Baum bekommen habe.«

»Hast du denn keinen Weihnachtsschmuck?«, fragte Brigitte.

»Ja, sicher«, erklärte Lale lachend. »Ich habe natürlich auch einen Karton voller Weihnachtskrempel, aber leider in der hintersten Ecke meines Kellers. Unmöglich, den auch nur zu betreten, geschweige denn, eine Kiste aus der Ecke zu ziehen.«

Pit Bull schubste enttäuscht eine inzwischen leere Keksschale vom Tisch. Es schepperte.

»Pitty, du böser Hund«, schimpfte Brigitte wenig überzeugend. »Nur bei dir benimmt er sich immer so.«

Lale zog Pit Bull zu sich und knuddelte ihn kräftig. »Komm, wir holen mal das Weihnachtsgeschenk für den kleinen Kläffer und auch das für Frauchen.« Der Hund folgte Lale hinüber ins Schlafzimmer. Hinter der Türschwelle blieb er jedoch abrupt stehen, klemmte den Schwanz ein und winselte leise. »Katinka liegt auf dem Bett«, erklärte Lale der besorgt dreinblickenden Brigitte. Sie schnappte sich einen Stapel Geschenke und schloss schnell die Tür, da die Katze sich schon zu doppelter Größe aufgeplustert hatte und fauchte.

Lale legte die Päckchen für Brigitte aufs Sofa und hielt dann Pit Bull ein raschelndes Paket vor die Nase. »Na, schnupper' mal!« Sie warf das Paket durch den Raum, und der Hund stürzte sich begeistert knurrend darauf. Lale sah Brigitte an. »Na, was ist? Auspacken!«

Brigitte begann, die Geschenke auszupacken, während Lale sie aufmerksam beobachtete. »Eine Backmischung?« Brigitte schaute fragend.

»Weiter«, drängelte Lale.

»Noch eine Backmischung«, stellte Brigitte fest. »Und da, noch eine Backmischung … Alle für Lebkuchen.«

»Hier, nimm gleich die letzte Packung!« Lale reichte sie ihr. »Da ist die komplette Anleitung dabei.«

Brigitte entfaltete einen großen Bogen Papier, auf den der Umriss eines Lebkuchenmannes gezeichnet war. »Ich soll Lebkuchenmänner backen?«

»Einen«, erklärte Lale. »Du sollst dir einen Lebkuchenmann backen. Dann hast du genau das, was du dir schon immer gewünscht hast: ein knackiges Kerlchen, so richtig zum Anbeißen.«

Der Hund hatte sein Geschenk inzwischen vom Papier befreit und kaute begeistert auf einem quietschenden Gummiknochen herum.

»Danke.« Brigitte grinste breit. »Und jetzt dein Geschenk!«

»Oh, das habe ich in der Küche liegen lassen.« Lale lief schnell hinaus in die Küche, um ihr Geschenk zu holen. Es fühlte sich weich an. Noch im Gehen riss sie das Papier auf. Zum Vorschein kamen ein selbst gestrickter Schal und eine passende Pudelmütze. »Klasse!« Sie stülpte sich die Mütze auf den blonden Schopf und wickelte sich den Schal um den Hals. Sofort wedelte Pit Bull fröhlich um sie herum und fiepste mit seinem Gummiknochen um die Wette. »Ich glaube, da möchte einer Gassi gehen.«

Brigitte nickte. »Lass uns doch an der Elbe durch den Schnee stapfen.«

Lale grinste. »Genau. Du führst deinen Kläffer aus und ich Schal und Mütze.«

Schneespaziergang

Pit Bull rammte die Schnauze in den Schnee, wirbelte etwas weiße Pracht auf und kläffte übermütig. Dann rannte er wie verrückt die Elbwiesen hinunter, stürmte auf einen Pudel zu und jagte ihn um ein paar Bäume bis hinunter zum Bootshaus.

Brigitte legte sich die Hundeleine um die Schultern und beobachtete Pit Bull mit verzücktem Lächeln. »Ist er nicht süß?«, seufzte sie in die winterlichen Sonnenstrahlen.

Lale grinste. »Du weißt, dass ich deinen kleinen Kläffer inzwischen echt gerne mag.« Sie dachte an ihre erste Begegnung im Treppenhaus und wie sie sich ängstlich an dem Hund mit dem mächtigen Gebiss vorbeigedrückt hatte. »Aber ich weiß nicht, ob ›süß‹ die passende Bezeichnung für einen ausgewachsenen Pit Bull ist.«

»Guck doch mal, wie schön die spielen!«, rief Brigitte und winkte einem sichtlich hektisch auf und ab laufenden Pudelhalter zu. »Der macht nix!«

»Na, ich fürchte, der Pudel sieht das nicht so«, stellte Lale fest und beobachtete, wie der andere Hund sich jetzt zähnchenfletschend zu seinem Herrschen hinflüchtete. »Pit Bull ist vielleicht etwas sehr offensiv mit seinen Sympathien.«

Die ließen offenbar gerade nach, denn Brigittes Hund ließ den Pudel Pudel sein und stürmte in die andere Richtung davon. Als Lale seiner Spur mit dem Blick folgte, bemerkte sie weiter unten auf der Schneewiese jemanden, der einen beachtlichen Schneemann baute. Pit Bull hielt aufgeregt kläffend auf ihn zu, stoppte und schnupperte wild um den Schneemann herum.

»Pit Bull, bei Fuß!«, rief Brigitte. Doch der Hund ignorierte ihren Befehl. Er beschnupperte jetzt kläffend den Schneemannarchitekten. »Pitty, kommst du wohl hierher!« Brigitte nahm die Leine von den Schultern und winkte damit. »Keine Angst, der macht nix!«

»Bist du sicher?«, fragte Lale.

»Na klar«, erwiderte Brigitte. »Sonst hätte er sich längst in ihn verbissen. Aber sieh doch, Pit Bull mag ihn sogar. Sonst mag er Männer doch gar nicht.«

»Im Gegensatz zu Frauchen!« Lale grinste breit und duckte

ihr Gesicht tiefer in den Schal. Es war ganz schön eisig, trotz des Sonnenscheins.

»Komm, wir gehen mal hin«, säuselte Brigitte und Lale bemerkte sofort ihren unvermittelt einsetzenden Balztonfall.

»Untersteh dich«, sagte Lale und schlug die entgegengesetzte Richtung ein. »Du wirst dich hier jetzt nicht an den nächstbesten vermummten Wichtel ranschmeißen!«

»Wieso denn nicht?« Brigitte sah sie verwundert an. »Sooft treffe ich schließlich keine interessanten Männer.«

»Zu oft, wenn du mich fragst«, entgegnete Lale. »Und eigentlich endete es bisher immer nur in Katastrophen.« Sie nahm Brigitte die Leine aus der Hand. »Du siehst doch überhaupt nicht, was für ein Typ in diesen Klamotten steckt. Womöglich ist der ganz schrecklich!«

Brigitte zog einen Schmollmund. »Kein Wunder, dass du seit Jahren Single bist! Man muss seinem Glück eben stets ein bisschen nachhelfen.«

»Genau das tue ich gerade«, erklärte Lale bestimmt. »Ich helfe deinem Glück nach, indem ich dich von diesem Unsinn abhalte.« Sie wandte sich dem Hund zu. »Pit Bull, hierher!« Der Hund blickte auf, fegte noch eine Runde um den Schneemann und kam dann mit hängender Zunge angelaufen. »Im Übrigen darf ich dich daran erinnern, dass du trotz deiner ewigen Herumbalzerei auch seit Jahren Single bist.«

»Aber ich muss mir nicht vorwerfen, untätig zu sein«, erwiderte Brigitte beleidigt.

»Und ich muss mir nicht vorwerfen, ständig denselben Fehler zu machen«, konterte Lale.

»Aber trotzdem«, meinte Brigitte stur. »Dass du so jemanden wie deinen Ex-Mann hast laufen lassen. Der ist doch ein toller Typ!«

»Jobst?« Lale lachte auf. »Das würdest du kaum behaupten, wenn du zehn Jahre mit ihm verheiratet gewesen wärst.«

»Also, ich finde ihn umwerfend.« Brigitte seufzte. »Und der würde dich doch jetzt auf Händen tragen.«

»Na klar«, Lale lachte. »Und dann hätte er einen akuten Bandscheibenvorfall!«

In diesem Moment stupste Pit Bull sie ans Bein und ließ freudig wedelnd etwas in den Schnee fallen. »Was hast du mir denn da gebracht?« Lale beugte sich zu dem Hund hinunter, doch der stürzte sich sofort wieder auf seine Beute.

Brigitte griff Pit Bull in den Nacken. »Aus!«, kommandierte sie. Pit Bull knurrte leise. »Aus!« Sie drückte ihm leicht auf die Lefzen, sodass der Hund die Schnauze öffnen musste und etwas kleines Schwarzes in den Schnee fallen ließ.

Lale zog einen Handschuh aus und bückte sich. »Guck mal, ein Knopf.« Sie hielt Pit Bulls Beute in die Höhe. »Das ist aber nichts für dich, mein Kläffer, den könntest du verschlucken.«

»Wo hast du den denn her?« Brigitte schaute auf den Knopf. »Den muss wohl jemand verloren haben.«

Lale kniff ein Auge zu und musterte den Knopf eingehend. »Der ist aber nicht von einem Wintermantel«, stellte sie fest. »Sieht nach feiner Abendgarderobe aus. Mit so was rennt man doch nicht hier im Schnee herum.«

»Stimmt.« Brigitte fröstelte. »Allein bei dem Gedanken wird mir kalt. Wir könnten übrigens auch langsam zurückgehen, meinst du nicht?«

Sie traten den Rückweg an und stapften quer über die Elbwiesen durch den tiefen Schnee. »Schau mal, der Schneemann ist jetzt fertig.« Lale deutete auf das große Gebilde weiter hinten zwischen den Bäumen. »Wollen wir mal gucken?«

Pit Bull stürmte voran und wirbelte etwas Schnee auf. Er drehte erneut ein paar Runden um den Schneemann, setzte sich davor und erwartete Brigitte und Lale.

»Dem Schneekünstler ist wohl auch kalt geworden«, mutmaßte Lale.

»Ja, schade eigentlich.« Brigitte mühte sich, mit Lale Schritt zu halten. »Nun renn doch nicht so.«

Doch Lale war bereits vor der Schneefigur angekommen. Dann bemerkte sie, dass dem Gesicht der Schneefigur ein

Auge fehlte. »Hey, hier gehört unser Knopf hin.« Sie hielt Pit Bulls Beute neben das eine Schneemann-Auge. »Es ist genau der gleiche Knopf.«

Brigitte war jetzt auch vor der Schneefigur angelangt. »Dann sollten wir ihm sein Auge zurückgeben«, schlug sie vor.

Lale versuchte mit ihren Handschuhfingern den Knopf an die passende Stelle in die Schneekugel zu drücken, doch er wollte zunächst nicht halten. »Na komm schon«, murmelte sie und drückte den Knopf tiefer in die Kugel. Jetzt hielt er, aber die Schneefigur schielte erheblich. »Dann müssen wir wohl auch dein anderes Auge korrigieren.« Sie bohrte ihren Handschuh in die Schneekugel, um an das zweite Knopfauge zu gelangen. »Na, wirst du wohl …« In diesem Moment rutschte sie ab und klammerte sich an die Schneefigur, um nicht umzufallen. Der zweite Knopf kullerte zu Boden und Pit Bull nahm sofort begeistert die Jagd auf. Lale wandte sich um und blieb an der Wurzelnase des Schneemannes hängen. »Mist!« Sie strauchelte.

»Hey, du machst ja das ganze Gesicht kaputt!«, schimpfte Brigitte, denn in diesem Moment brach eine Gesichtshälfte der Schneefigur weg.

»Ich repariere das ja wieder«, erklärte Lale, als sie plötzlich Brigittes entsetzten Blick sah. Stumm deutete sie auf den Schneemannkopf.

Lale sah auf und zuckte zusammen. Aus dem Inneren der Schneekugel starrten sie zwei Augen an. Sie wich kurz zurück, fasste sich jedoch wieder und kratzte behutsam weiteren Schnee weg. Was zum Vorschein kam, war ein vollständiges, menschliches Gesicht.

»Brigitte?« Als sie sich umwandte, lehnte ihre Nachbarin leichenblass an einem der Bäume. Lale überlegte kurz, ob sie den Schneemann weiter freilegen sollte, verzichtete jedoch angesichts der schockierten Brigitte darauf. Sie zückte ihr Mobiltelefon. Alles Weitere war hier Aufgabe der Spurensicherung.

In diesem Moment warf Pit Bull die zwei Knopfaugen vor Lale in den Schnee und knurrte abenteuerlustig. Als die Kommissarin nach den beiden Knöpfen greifen wollte, war der Hund schneller und schnappte sich erneut seine Beute.

Starker August

»Und der Hund hat die Beweismittel gefressen?«, rief Lales Kollegin Mandy ungläubig ins Telefon. »Wie kann so was passieren?«

»Ach, Mandy, du kennst doch Pit Bull«, sagte Lale seufzend. »Er ist verspielt und verfressen. Die Knöpfe werden sicher in den nächsten Tagen wieder zum Vorschein kommen.«

Mandy kicherte kurz. »Da könntest du Recht haben. Igitt!«

»Allerdings mache ich mir Sorgen um Brigitte«, erklärte Lale und warf einen Blick auf ihre Nachbarin, die stocksteif auf dem Sofa saß. »Sie starrt nur noch vor sich hin und sagt keinen Ton.«

»Na ja, der Normalbürger entdeckt auch nicht alle Tage einen Toten.« Mandy machte eine Pause. »Die Leiche war doch … ähm, vollständig?«

»Ja, wenigstens das.« Lale warf erneut einen Blick auf Brigitte. »Ich dachte ja im ersten Moment auch, da habe vielleicht jemand nur einen Kopf …« In diesem Moment schrillte die Klingel, und Pit Bull stürmte zur Tür. »Wir sprechen uns später, ich muss Schluss machen.« Lale folgte dem Hund und öffnete. »Du?« Pit Bull knurrte leise und kniff den Schwanz ein.

»Eigentlich wollte ich ja nach dir sehen, bevor uns wieder irgendein Fall dazwischen kommt«, erklärte Jobst. »Aber der Alltag ist wieder mal schneller.«

Er tätschelte Lales Schulter, und sie wich automatisch zurück. »Spar dir dein Gesülze, Petersen!« Pit Bulls Knurren wurde lauter.

»Darf ich reinkommen?«, fragte Jobst und deutete auf den Hund. »Ist der abgerichtet auf Staatsanwälte?«

Lale hielt Pit Bull am Halsband fest. »Ja, und vor allem auf Ex-Männer.« Sie trat einen Schritt zurück. »Es ist also nicht ungefährlich, wenn du mir auf die Nerven gehst. Na, komm schon rein! Vielleicht kannst du ja unsere Brigitte etwas aufheitern.«

Jobst machte einen großen Bogen um Pit Bull, der ihn misstrauisch beobachtete, und ging ins Wohnzimmer, »Hast du Schnaps im Haus?«

»Fängst du jetzt auch noch mit dem Saufen an?«, fragte Lale. »Du bist doch sicher im Dienst?«

Jobst deutete mit einem Kopfnicken auf Brigitte. »Ich denke, sie könnte einen vertragen.«

»Na gut.« Lale ließ endlich Pit Bulls Halsband los. »Ich glaube, wir haben irgendwo noch eine Flasche, die ich geschenkt bekommen habe.« Sie verschwand in der Küche, wühlte in der kleinen Speisekammer, zog eine Flasche zwischen den Vorräten hervor und schnappte sich auf dem Weg ins Wohnzimmer ein Wasserglas vom Regalbrett. »Hier, einmal hochprozentiger ›August der Starke‹.« Sie entkorkte die Flasche, goss das Wasserglas halb voll und reichte es Brigitte. »Komm, trink mal einen Schluck!«

Brigitte nahm automatisch das Glas entgegen, führte es zum Mund und trank einen großen Schluck.

»Hey, nicht so hastig!«, mahnte Lale und nahm ihr schnell das Glas wieder aus der Hand.

Brigitte schüttelte sich. »Was ist das denn für ein Zeug?« Sie griff erneut zum Glas und trank. »Das schmeckt ja widerlich!« Sie leerte auch den letzten Rest und setzte das Glas auf dem Tisch ab. »Mehr.«

Lale schenkte stirnrunzelnd nach. »Aber nicht, dass du dich von deinem Schock direkt ins Koma begibst.«

»Geht's wieder besser?«, fragte Jobst mit Schmusestimme.

Sofort sprang Pit Bull aufs Sofa und legte demonstrativ den Kopf auf Brigittes Schoß.

»Ja, danke, Herr Dr. Petersen.« Brigittes Augenaufschlag wirkte auf Lale schon wieder recht genesen. »Was für ein Glück, dass Sie da sind!«

Lale schnaubte. »Ich kann mir auch nichts Schöneres vorstellen.«

»Sag mal, Lale, was soll das denn?« Jobst zeigte grinsend auf den Weihnachtsbaum. »Ich wusste ja schon immer, dass du etwas eigenwillig bist, aber das.« Er schüttelte amüsiert den Kopf. »Einfach schräg.«

»Und was würdest du sagen, wenn das Pits Werk wäre?«, fragte Lale angriffslustig zurück.

»Nun, dann wäre es natürlich höchst originell, wenn nicht sogar künstlerisch wertvoll«, entgegnete Jobst.

»Siehst du.« Lale goss erneut etwas ›August der Starke‹ in das Wasserglas und nahm nun selbst einen Schluck. »Igitt!« Sie keuchte. »Dann kannst du dir ja aussuchen, ob es das Werk deines genialen Sohnes ist oder das deiner völlig durchgeknallten Ex-Frau.«

Brigitte kicherte. »Ihr seid echt wie ein altes Ehepaar.« Sie trank erneut von dem Schnaps. »Och, jetzt geht's. Man gewöhnt sich dran.«

»So, Petersen, nun mach dich mal nützlich«, verlangte Lale. »Was wissen wir denn über die Leiche?«

Jobst warf einen skeptischen Blick auf Brigitte, die jedoch breit grinsend auf dem Sofa saß. »Nun, eine weibliche Leiche, um die vierzig, vollständig unbekleidet und tiefgekühlt.« Er nahm Kurs auf einen Sessel, doch als er sich setzen wollte, hob Pit Bull den Kopf und knurrte laut.

Brigitte tätschelte den Hundekopf. »Nehmen Sie das nicht persönlich, Herr Dr. Petersen«, sagte sie lächelnd. »Pittyplatsch mag einfach keine Männer, das hat mit Ihnen selbst gar nichts zu tun.«

»Na dann.« Jobst setzte sich vorsichtig, ohne den Blick von Pit Bull zu wenden.

»Wenn du ihn so anstarrst, fühlt er sich provoziert«, erklärte Lale. »Aber unseren Täter mochte Pit Bull doch ziemlich.«

»Oh ja.« Brigitte seufzte. »Und ich wollte noch mit dem reden ...«

Lale sah Brigitte an. »Vielleicht war es ja auch eine Frau«, mutmaßte sie. »Und vielleicht war diese Person gar nicht der Täter. Vielleicht wollte sie nur den Schneemann ein bisschen verschönern.« Sie sah Jobst an. »Oder meinst du, jemand schleppt mitten am Tag eine Tote ans Johannstädter Elbufer und baut seelenruhig einen Schneemann drum rum? Ich meine, da sind doch ständig Leute unterwegs.«

Jobst zuckte die Achseln. »Die Spurensicherer meinten, die tiefgekühlte Tote müsste wohl als Eisblock dorthin gebracht worden sein, sonst wäre der Schnee nicht festgefroren. Sie hatte einen massiven Eissockel.«

Brigitte goss sich Schnaps nach. »Eis wäre übrigens gut«, sagte sie. »Mit Eiswürfeln würde der echt besser schmecken.«

»Dir schmeckt unser ›August‹ ja offenbar auch so recht gut«, stellte Lale fest. »Wo ist die Tote denn jetzt?«

»Man hat sie zum Auftauen in die Rechtsmedizin gebracht«, erklärte Jobst.

»Mikrowellllle«, warf Brigitte ein. »Auftaun geht am schnellstn inner Mikrowellle. Mach ich immer so.«

Lale nahm ihr energisch das Glas aus der Hand. »Also, ich glaube kaum, dass sie eine so große Mikrowelle in der Rechtsmedizin haben.«

In diesem Moment schrillte Jobsts Mobiltelefon. Er sah Lale an. »Wer kann das denn jetzt noch sein?«

»Bestimmt eine deiner glühenden Verehrerinnen«, sagte Lale.

Jobst griff zum Handy. »Ja, Petersen.« Er lehnte sich im Sessel zurück und schlug lässig ein Bein über das andere. »Ach, Frau Schneider! Schön, dass Sie sich melden.«

Brigitte sah Lale fragend an. Ihr Blick war inzwischen glasig. »Mandy«, erklärte Lale leise. »Ich sag doch: Verehrerin.«

»Wie? Nicht schön?« Jobst setzte sich wieder aufrecht hin. »Ja, sicher habe ich das angeordnet. Und?« Er sprang auf. Pit Bull stand plötzlich in Habachtstellung auf dem Sofa. »Nein! Echt?« Jobst begann, vor dem Weihnachtsbaum auf und ab zu gehen. »Im Alaunpark also, und auch im Großen Garten. Und sonst?« Er wandte sich um. »Gut, danke, Frau Schneider, ganz hervorragende Arbeit!«

Neben sich vernahm Lale ein leises Grollen aus der Hundekehle. »Pscht«, machte Brigitte und tätschelte dem Hund unbeholfen auf dem Hintern herum.

Lale sah Jobst gespannt an. »Was ist los? Was sagt Mandy?«

Der Staatsanwalt machte ein ernstes Gesicht. »Deine Kollegen haben alle Schneemänner im Stadtgebiet überprüfen lassen. Im Großen Garten und im Alaunpark fand man dabei ebenfalls tiefgekühlte Frauenleichen.«

»Oh Gott.« Brigitte leerte das Glas mit Schnaps erneut. »Pitty, wir müssn Gassi gehen.« Pit Bull wedelte mit dem Schwanz.

Lale sah Jobst aufmerksam an. »Irgendetwas zur Identität der Toten?« Sie erwartete nicht wirklich eine positive Antwort.

Jobst schüttelte den Kopf.

»Also, was machen wir?«, fragte Lale und sprang auf. Pit Bull hopste ebenfalls vom Sofa.

»Du machst gar nichts«, verkündete Jobst streng. »Du hast Urlaub und mit diesem Fall nichts zu tun.«

»Wer sagt das?«, fragte Lale ungläubig.

»Dein Chef«, erklärte Jobst. »Und ich sage das auch. Schließlich bin ich der ermittelnde …«

»Idiot«, zischte Lale ungehalten.

In diesem Moment hörte man den Schlüssel im Schloss der Wohnungstür. Kurz darauf stand Pit in dicker Winterjacke im Wohnzimmer. Pit Bull rannte auf ihn zu und begrüßte ihn überschwänglich. Über Pits Schulter baumelte ein Paar

Schlittschuhe. »Das ist arschkalt da draußen!« Er zog seine dicken Handschuhe aus und rieb sich die Hände. »Hi, Papa.« Dann sah er auf Brigitte, die inzwischen auf dem Sofa zur Seite gekippt war und gerade begann, leise zu schnarchen. »Was ist mit ihr?«

»Es geht ihr nicht so gut«, erklärte Lale.

»Mal wieder Liebeskummer?« Pit warf die Schlittschuhe in die Ecke und knuddelte den aufgeregten Hund.

Lale schüttelte nur den Kopf. »Erzähle ich dir später. Jetzt gehe ich mal eine Runde mit dem kleinen Kläffer.« Sie warf einen Blick auf Brigitte. »Das schafft die Arme heute nämlich nicht mehr. Könntest du einen Moment lang auf sie aufpassen?«

»Klar.« Pit grinste, ging zum Sofa und fischte eine Decke von der Armlehne, um Brigitte zuzudecken. »Wenn sie das alles getrunken hat, schläft sie bis übermorgen durch.«

Lale schlüpfte in ihren Wintermantel und griff zu Schal und Mütze. »Bis später.«

»Halt!«, rief Jobst. »Ich komme natürlich mit. Unter den gegebenen Umständen lasse ich dich bestimmt nicht alleine durch den Schnee stapfen.«

»Na, wenn es sein muss.« Lale musterte den Staatsanwalt amüsiert. »Hast du deine Einweghandschuhe dabei?«

Jobst zog zwei dünne blassgelbe Gummihandschuhe aus der Manteltasche. »Ja, sicher. Wieso?«

Lale leinte Pit Bull an und kraulte ihm den Kopf. »Unser kleiner Kläffer hat heute zwei Beweismittel verschluckt. Nun müssen wir natürlich genau nachschauen, wann sie wieder auftauchen!«

Jobst sah Pit Bull argwöhnisch an. »Du meinst, wir müssen seine Geschäfte kontrollieren?«

Lale nickte. »Na, nun stell dich mal nicht so an!«, verlangte sie schmunzelnd. »Schließlich hattest du schon mit weitaus schmutzigeren Geschäften zu tun.«

Schmutzige Geschäfte?

Als Lale aus der Bäckerei trat, grinste sie breit. Pit Bull hockte auf dem Bürgersteig und setzte ein Häufchen. Neben ihm stand ein sichtlich verunsicherter Staatsanwalt und sprach auf den Hund ein. Der freute sich offenbar über soviel Ansprache, denn nach seinem erledigten Geschäft wedelte er Jobst voller Stolz an.

Als Lale nun sah, dass Jobst seine Einweghandschuhe aus der Manteltasche zog, blieb sie, mit einem Paket Eierschecken in der Hand, im Eingang der Bäckerei stehen. Sie beobachtete amüsiert wie Jobst sich hastig umsah, dann die Handschuhe überstreifte und in die Hocke ging. Erneut blickte er sich um. Dann begann er, vorsichtig Pit Bulls Häufchen zu untersuchen. Lale konnte sich gar nicht satt sehen an diesem Anblick und hätte die letzten Eierschecken, die sie kurz vor Ladenschluss noch ergattert hatte, sofort gegen einen Fotoapparat eingetauscht. Jobst hockte im Schneematsch und durchwühlte einen Haufen Hundescheiße.

»Was machen denn Sie da?« Eine ältere Dame mit Pelzmütze und einem zitternden Yorkshire-Terrier trat hinzu. »Sie müssen doch das Häufschen nur in een Tütschen tun.«

»Rein in die Tüte, Tüte zu und ab in den Müll.«

»Ähm.« Jobst sah verdattert zu ihr hoch. »Ähm, ich suche etwas, also ich muss etwas herausfinden.« Er wandte sich wieder dem Hundekot zu.

Lale kicherte hinter ihrer Kuchenverpackung.

»Kann man denn da drin etwas erkennen?«, fragte die Frau und beugte sich neugierig hinunter. »Ist das so was wie Astrologie oder Lesen aus dem Kaffeesatz?«

»Aber nein.« Jobst schüttelte den Kopf. »Ich suche einen Knopf, genauer gesagt zwei Knöpfe, die dieser verfressene Hund verschlungen hat.«

»Ach, das kenne ich«, winkte die alte Dame ab. »Das kann

dauern, bis die wieder rauskommen. Meiner erwischt schon mal ein Spielsteinchen oder einen Würfel. Aber dann …« Sie fasste sich demonstrativ an den Hals. »Dann würgt er das meistens heraus … Etwa so.«

Fasziniert sah Lale Jobsts Gesichtszüge entgleisen. Ganz offensichtlich kämpfte er ohnehin mit der Übelkeit.

In diesem Moment bekam Lale einen Schubs von hinten. Jemand trat aus der Bäckerei hinaus. Eilig machte sie ein paar Schritte nach vorne zu Jobst. Lale zog einen Gefrierbeutel aus der Tasche und stülpte ihn mit der rechten Hand über Pit Bulls Häufchen. Sie befühlte kurz die in Plastik gehüllte weiche Masse. »Da ist nichts drin«, stellte sie fest und verknotete die Tüte. »Das kann in den Müll.«

Jobst richtete sich auf und sah sie verwundert an.

»Die solltest du übrigens auch sofort wegwerfen.« Lale deutete auf seine verschmierten Einweghandschuhe. »Komm mit!« Sie schnappte sich Pit Bulls Leine, ging über die Straße und deutete auf einen Mülleimer am Eingang zum Uniklinikum.

Jobst folgte ihr keuchend, um dann sichtlich genervt die Handschuhe über dem Mülleimer abzustreifen. »Also mir ist der Appetit vergangen.«

»Nun stell dich mal nicht so an«, ermahnte Lale ihn lachend und erklomm die rutschigen Stufen zur Rechtsmedizin. »Hier wühlt man den ganzen Tag über in ganz anderen Substanzen herum und hat trotzdem noch Appetit.«

Jobst folgte ihr über den Gang zu der kleinen Küche, in der Dr. Kowalski und sein Kollege Dr. Wurm gerade eine Kaffeepause machten.

»Ah, die große Frau Kommissarin!«, rief Kowalski erfreut. »Und der noch größere Herr Staatsanwalt. Und ich dachte schon, Sie seien privat hier, liebe Frau Petersen.« Er nahm Lale den Kuchen ab und schnupperte genussvoll an der Verpackung. »Genau das, was uns noch gefehlt hat, nicht wahr, Kollege Wurm?«

Wurm erhob sich und schüttelte erst Lales und dann Jobsts Hand. Dann wich er vor Pit Bull ängstlich zurück. »Was ist das?«

»Aber Wurm, ich bitte Sie!«, rief Kowalski fröhlich. »Das ist ein Hund!« Er knuddelte Pit Bull liebevoll.

»Der darf aber nicht hier herein«, ermahnte Wurm, gönnte dem Tier jedoch auch sogleich ein paar Streicheleinheiten.

»Ich denke, Pit Bull mag keine Männer«, sagte Jobst misstrauisch.

Lale grinste Jobst an. »Seit er seine Abscheu gegen dich überwunden hat, ist der Hund wie ausgewechselt. Wenn ich nur schon so weit wäre wie unser guter Pit Bull.« Sie nahm die von Kowalski dargebotene Kaffeetasse entgegen.

»Bilden Sie jetzt unsere vierbeinigen Spürnasen aus?«, erkundigte sich Kowalski lächelnd.

»Sicher.« Lale zwinkerte. »Dieser bekommt beim Staatsanwalt eine zusätzliche juristische Qualifikation, damit er die legalen und illegalen Gerüche sofort unterscheiden kann.« Sie nippte an ihrer Kaffeetasse. »Allerdings ist das gar nicht so weit hergeholt.«

Jobst nickte. »Dieser Hund scheint den Täter von uns allen am besten zu kennen.«

»Na ja«, warf Lale ein. »Ihr kennt ihn ja alle schon mal gar nicht. Und ich habe ihn nur von Weitem gesehen. Wenn es denn der Täter war. Wie geht es denn unseren Leichen?«

»Oh, wir müssen die Eisklötze langsam auftauen«, erklärte Kowalski. »Sonst werden unter Umständen Spuren verwischt und wir sind nicht mehr in der Position, eine Todesursache erkennen zu können.«

»Aber soweit ich weiß, sind Sie doch gar nicht mit diesem Fall befasst, Frau Petersen«, sagte Wurm.

»Na hören Sie mal«, entgegnete Lale. »Ohne mich hätten Sie doch gar keine Toten hier! Womöglich würden Sie nur herumsitzen und Kaffee trinken.«

»Stimmt.« Kowalski hielt seine Kaffeetasse in die Höhe.

»Das wäre einfach schrecklich. So haben wir sogar köstliche Eierschecke.« Er griff zum Kuchen.

»Außerdem bin ich ja auch noch da«, meldete sich Jobst zu Wort. »Immerhin leite ich diese Ermittlungen. Und Frau, ähm, Petersen ist eine wichtige Zeugin.«

»Was für ein Glück im allgegenwärtigen Unglück.« Kowalski biss beherzt in ein Stück Eierschecke.

»Sie sagen es«, bekräftigte Jobst. »Die andere Zeugin ist nämlich kaum vernehmungsfähig.« Er sah Wurm an. »Und wie lange wird das Auftauen der toten Frauen dauern? Wann können wir mit ersten Ergebnissen rechnen?«

»Nun, die erste Tote werden wir wohl morgen früh obduzieren können«, erklärte Wurm.

»Und die anderen?«, fragten Lale und Jobst gleichzeitig.

»Sie arbeiten nicht nur im Team, sondern im Chor.« Kowalski grinste breit. »Leider müssen wir Ihnen mitteilen, dass wir nur eine Leiche nach der anderen auftauen können. Sie stecken allesamt in Eisquadern, die einer geräumigen Wanne bedürfen.« Er rieb sich den kahlen Schädel. »Darauf sind wir selbst in diesem modernen Institut nicht eingerichtet.«

»Eisquader?«, fragte Jobst ungläubig. »Wie darf man sich so was denn praktisch vorstellen? Wie sind sie denn da hinein gekommen?«

Lale runzelte die Stirn. »Vermutlich wie eine Erdbeere in einen Eiswürfel.«

»Jawohl.« Kowalski nickte. »Vermutlich hat der Täter die Damen in einem mit Wasser gefüllten Behälter eingefroren. Daher spricht vieles dafür, dass die bedauernswerten Damen zu jenem Zeitpunkt bereits tot waren.«

»Wir können davon ausgehen, dass es mehrere Täter oder Täterinnen waren«, ergänzte Wurm. »Ein einzelner Mensch kann kaum einen tiefgekühlten Leichnam transportieren, und erst recht nicht in einem massiven Eisklotz.«

»Nun gut.« Lale stand auf. »Dann melde ich mich morgen wieder.«

»Du?« Jobst warf ihr einen strafenden Blick zu.

»Dann eben wir.« Sie reichte den beiden Rechtsmedizinern die Hand und scheuchte Pit Bull auf, der es sich unter dem Tisch gemütlich gemacht hatte.

»Ach, hätten Sie wohl ein Paar Einweghandschuhe für mich?«, fragte Jobst.

»Aber sicher.« Wurm zog einen Karton aus dem Küchenschrank und hielt ihn Jobst hin. »Bitte, bedienen Sie sich.«

Jobst schnappte sich die Handschuhe und reichte Wurm die Hand. »Auf Wiedersehen, Herr Dr. Wurm.«

»Auf Wiedersehen, Herr Dr. Petersen«, erwiderte Wurm.

»Auf Wiedersehen, Herr Dr. Petersen«, echote Kowalski und erntete ein wohlerzogenes »Auf Wiedersehen, Herr Dr. Kowalski«.

Lale verdrehte die Augen. »Sind die Herren Doktoren dann mal fertig? Gut, dass ihr nicht noch mehr Titel habt, sonst stünden wir morgen noch hier.«

Millas Tipps

»Oh nein! Oh nein«, wimmerte Brigitte leise im Schlaf und strampelte auf Lales Sofa herum. Schnell griff Lale zu der zu Boden gefallenen Decke und breitete sie fürsorglich über Brigitte aus. Brigitte jammerte leise.

»Alles gut«, raunte Lale ihr zu und strich ihr vorsichtig über die langen roten Haare. »Alles gut.«

Dann griff sie erneut zu dem Krimi, den Mandy ihr zu Weihnachten geschenkt hatte, »Schneewehen« von Samson Perowski. Da war doch irgendwo diese Stelle, an der diese Privatdetektivin, diese Milla Pabst, etwas über den Erfrierungstod sagte. Es hatte mehrere Tote gegeben, die allesamt in Schneewehen gefunden worden waren, nachdem das Tauwetter begonnen hatte. Und zunächst dachte man, diese Toten seien erfroren. Wo war das denn noch gleich? Lale blätterte in dem Buch herum. Brigitte seufzte abgrundtief in ihr Kissen. Lale sah kurz auf, um sich dann wieder ihrem Buch zu widmen. Ah, da war die Stelle: »Hier bei uns in den Bergen kam es fast in jedem Winter einmal vor, dass einer draußen auf die Nacht sein Leben ließ. Das war dann ein Zecher, der sich spät in der Nacht auf den Heimweg aus dem Wirtshaus machte und im Schnee einschlief. Denn der Alkohol trübt die Sinne, außerdem beschleunigt er das Auskühlen eines Körpers.«

Brigitte schreckte hoch. »Oh, mein Gott!« Sie sah sich verwirrt um. »Was …?«

»Psst«, machte Lale. »Leg dich wieder hin und schlaf weiter.«

»Du?«, fragte Brigitte schläfrig und ließ den Kopf wieder aufs Kissen sinken.

»Ja, ich bin es«, erklärte Lale sanft. »Ich bin da, du kannst in Ruhe weiterschlafen.«

Brigitte seufzte und Lale deckte sie noch mal zu. Dann nahm sie wieder das Buch zur Hand und las weiter: »Wenn du erfrierst, dann ist das ein bisschen wie im Rausch. Erst bist du müde, außerordentlich müde. Du willst nichts mehr als schlafen. Erst zitterst du noch, das heißt eigentlich sind es deine Muskeln, die zittern, bis der Körper auf 32 Grad Celsius abgekühlt ist. Danach hört das Muskelzittern auf. Die Energie ist futsch und die Muskeln werden steif. Schmerzen hast du übrigens keine, denn die Kälte betäubt die Nervenenden. Du fühlst dich taub und kannst gar nichts mehr tun, nicht mal mehr sprechen. Der Stoffwechsel ist völlig dahin, wie in einem Vollrausch. Sobald die Temperatur unter 30 Grad Celsius sinkt, verlierst du dein Bewusstsein und bist wie tot. Obwohl dein Herz dann noch schlägt, aber nur noch ein paar Mal in der Minute. Wenn dich dann einer findet, denkt der gewiss, du bist schon tot.« Lale fröstelte. Brigitte murmelte irgendetwas Unverständliches im Schlaf vor sich in. Lale wandte sich wieder Milla Pabst zu: »Wenn sich einer auskennt, dann bist du jetzt noch zu retten. Hier in den Bergen kennen wir das. Einen Gefrorenen musst du ganz langsam erwärmen. Wenn du ihn schnell erwärmst, in die warme Badewanne steckst und ihm gar einen Schnaps gibst, dann bricht sofort sein Kreislauf zusammen. Denn die Körpertemperatur geht weiter herunter, auch wenn der Körper im Warmen ist. Ungefähr eine Viertelstunde lang geht sie immer weiter runter. Langsam musst du ihn warm machen, mit Schnee einreiben, vorsichtig in den Windschatten bringen, vielleicht einen Tee, gefrorene Kleidung langsam entfernen. Als ich klein war, da hat die Großmutter mal einen Mann aus einer Lawine gezogen. Es hat zwei Tage gedauert, bis der wieder voll da war. Glück hat er halt gehabt, dass die Großmutter ihn gefunden hat, und dass sie gewusst hat, was zu tun ist. Ich glaube, der wollte ihr am Ende sein ganzes Geld geben. Aber sie hat's nicht gewollt. Er hat dann alles der Kirche gegeben. Der Herr Pfarrer hat das bei der Beerdigung von der Großmutter erzählt, also wird's wohl stimmen. Sonst tät ein Pfarrer so was ja nicht sagen. Nun ist er tot, der Herr Pfarrer. Eine ganz schreckliche Geschichte, das …«

Plötzlich gab es einen lauten Rumms, Lale fuhr auf und ließ vor Schreck das Buch fallen. Das Sofa war leer und Brigitte lag mitsamt der Decke davor. Lale schob den kleinen Tisch zur Seite. »Hast du dir wehgetan?«

Brigitte blinzelte sie verwirrt an. »Neiiin!«, schrie sie plötzlich. »Oh nein!«

»Hey, ist ja gut.« Lale legte die Decke wieder aufs Sofa und reichte Brigitte die Hand, um ihr aufzuhelfen.

Mühsam rappelte sich Brigitte auf und ließ sich aufs Sofa fallen. »Mir ist irgendwie schlecht«, sagte sie und stieß ein leichtes Bäuerchen hervor.

Lale warf einen Blick auf die halb leere Schnapsflasche, die auf dem Tisch stand und nickte. »Komm, wir gehen zum Klo.«

Brigitte erhob sich bereitwillig und ließ sich von Lale führen. »Danke, geht schon«, murmelte Brigitte und verschwand hinter der Toilettentür.

Lale lauschte kurz auf die ziemlich eindeutigen Geräusche hinter der Tür und hoffte inständig, dass Brigitte nicht direkte Hilfe dabei brauchte. Wahrscheinlich war es einfach der Alkohol, den sie nicht vertrug. Sie überlegte, ob die Frauen, die jetzt nacheinander in der Rechtsmedizin vor sich hintauten, auch so gestorben waren, wie die Privatdetektivin es in diesem Krimi beschrieb. Lale hatte schon mal gehört, dass Erfrieren rechtsmedizinisch heikel war, weil es nicht nachgewiesen werden konnte. Man konnte bei Vermutung auf Fremdeinwirkung nur Ausschlussdiagnosen stellen. Allerdings waren die drei tiefgekühlten Frauenleichen so seltsam inszeniert, dass hier wohl niemand seine Morde wirklich vertuschen wollte. Ob sie einen Psychologen zu Rate ziehen sollten? Vielleicht handelte es sich ja um irgendwelche Ritualmorde.

In diesem Moment rauschten zunächst die Toilettenspülung und dann das Wasser. Kurz darauf trat eine leichenblasse Brigitte aus der Tür. Ihre Wimperntusche war verlaufen und verlieh ihrem Gesicht den Ausdruck eines Pandabären.

»Komm, leg dich lieber in mein Bett«, schlug Lale vor. »Das ist groß genug für uns beide. Wenn du wieder schlecht träumst, weckst du mich einfach.« Sie gähnte verhalten.

Brigitte nickte und hielt sich den Kopf. »Ich habe so fiese Sachen geträumt. Und ständig jagt mich dieser Killer!«

Brigittes Krise

Ein plötzlicher Schrei ließ Lale im Bett hochfahren. Sie blinzelte in das Halbdunkel ihres Schlafzimmers. »Wer da?«, entfuhr es ihr. Dann vernahm sie ein Schluchzen neben sich im Bett und knipste die Nachttischlampe an.

Brigitte saß im Bett und hielt sich die Hände vors Gesicht. Sie schluchzte weiter vor sich hin.

Ein Blick auf den Wecker zeigte Lale, dass es noch früh am Morgen war. Sie strich Brigitte behutsam über den Rücken, doch die zuckte sofort zusammen. »He, beruhige dich. Ich bin es, Lale.«

»Oh, mein Gott!« Brigitte nahm die Hände herunter und fuhr sich durch die langen roten Haare. »Ich werde im Schlaf immerzu verfolgt.« Sie schüttelte den Kopf, als könne sie die Erinnerung an ihren Traum damit abschütteln. »Das ist einfach grauenhaft realistisch.« Dann sprang sie unvermittelt aus dem Bett. »Wo ist Pit Bull?« Ihre Stimme quietschte leicht.

»Er schläft ganz friedlich nebenan im Sessel«, erklärte Lale. »Pit hat die Katze mit in sein Zimmer genommen, damit Pit Bull seine Ruhe hat.« Sie schwang sich ebenfalls aus dem Bett. »Alles in Ordnung.«

Offensichtlich noch immer besorgt riss Brigitte die Schiebetür zum Wohnzimmer auf und stürzte auf den Sessel zu. Pit Bull knurrte und stieß einen entsetzten Kläfflaut aus. Wahrscheinlich hatte er noch tief und fest geschlafen und einen gehörigen Schrecken bekommen angesichts der frühen und heftig ausgedrückten Liebe seines Frauchens. Lale grinste, als sie sah, wie Pit Bull sich aus Brigittes Umarmung wand und vom Sessel sprang. Er schüttelte sich, als sei er gerade aus einem See gesprungen und trollte sich dann ins Schlafzimmer, wo er mit lang gestreckten Hinterbeinen unter das Bett kroch.

Brigitte hatte Tränen in den Augen. »Was ist nur mit ihm?«

»Nichts«, sagte Lale grinsend. »Lass den armen Kerl doch noch ein bisschen schlafen. Bestimmt liegen ihm die Knöpfe schwer im Hundemagen.«

Zwei Kaffeetassen und ein paar Toasts später war Brigitte noch immer reichlich blass um die Nase.

»Komm, wir gehen mal eine schöne Schneerunde mit Pit

Bull«, schlug Lale vor, in der Annahme, dass die frische Winterluft Brigittes Katerstimmung vertreiben könnte.

Die Nachbarin nickte matt und verpackte sich lustlos in Mantel, Schal, Mütze und Handschuhe.

»Nun komm schon!«, verlangte Lale. »Gib dir einen Ruck.« Sie stülpte sich die Mütze auf und wickelte sich den von Brigitte gestrickten Schal um den Hals. Dann leinte sie den inzwischen munter gewordenen Pit Bull an und schob Brigitte vor sich her aus der Tür.

Über Nacht hatte es schon wieder geschneit. Die am Straßenrand parkenden Autos verschwanden unter einer dicken Schneedecke. Alles war weiß und unnatürlich ruhig, irgendwie gedämpft. Pit Bull steckte aufgeregt die Nase in den Schnee und pflügte schwanzwedelnd über den Bürgersteig. Lale atmete tief ein und genoss die Ruhe. Brigitte stapfte wortlos neben ihr her.

»Wollen wir rechts runter Richtung Elbe?«, fragte Lale, als sie an der nächsten Straßenecke ankamen und Pit Bull erstmal sein Beinchen hob.

Brigitte sah sie an und schüttelte stumm den Kopf.

»Na gut, dann links herum in Richtung Großer Garten«, entschied Lale und setzte sich in Bewegung. Trotz des Werktages waren kaum Leute unterwegs. Zum einen, weil viele bei diesem Wetter vermutlich das Auto stehen ließen, zum anderen nahmen wohl auch viele Menschen die Tage zwischen Weihnachten und Neujahr frei. Selbst an der sonst so belebten Borsbergstraße mussten sie nur kurz warten, bis sie die Straße überqueren konnten.

»Sehr gesprächig bist du heute wirklich nicht«, stellte Lale fest.

Brigitte schien unter ihrem dicken Mantel mit den Achseln zu zucken.

Lale zog Pit Bull von einer verschneiten Wiese, auf der ein Verbotsschild für Hundegeschäfte prangte. »Nun sieh dir das an«, sagte sie grinsend. Auf dem Schild war tatsächlich ein kackender Hund zu sehen, der von einem roten Kreis umrahmt und von einem roten Balken durchgestrichen wurde. »So was kann es nur in Deutschland geben.«

Brigitte lächelte matt.

»Ist dir noch schlecht von unserem ›Starken August‹?« Sie sah ihre Nachbarin erwartungsvoll an.

»Nein, nein. Ich sehe nur ständig diese Augen vor mir.« Brigitte schüttelte den Kopf. »Wie machst du das nur?«

»Wie mache ich was?«, fragte Lale eher beiläufig, denn sie war damit beschäftigt zu beobachten, ob Pit Bulls aufgeregtes Schnüffeln an dem Verbotsschild nicht doch eines der hier unerlaubten Geschäfte ankündigte. »Sag mal, was macht er da? Will er jetzt ausgerechnet direkt vor das Schild kacken?«

Brigitte winkte ab. »Na klar, da machen immer alle Hunde hin.«

Lale grinste. »Würde ich ja auch machen. Ich meine, wenn ich Hund wäre.«

Als sie den Stresemannplatz erreichten, begann es wieder zu schneien. Die Flocken wurden schnell immer dichter.

Plötzlich blieb Brigitte wie angewurzelt stehen. »Ich will hier weg«, sagte sie mit rauer Stimme.

»Warum das denn?« Lale blieb stehen und drehte sich um. Dann folgte ihr Blick dem von Brigitte. Links auf einer Freifläche zwischen Bänken stand eine Gruppe aus kleinen Schneefiguren, die aussahen wie eine Minifamilie. »Die sind doch nur von ein paar Kindern gebaut«, versuchte sie zu beschwichtigen.

Brigitte schüttelte den Kopf. »Ich will hier weg.«

»Gut.« Lale hakte Brigitte unter. »Dann gehen wir zurück.«

Stocksteif stakste Brigitte neben ihr her. Sie starrte stur geradeaus.

Kaum passierten sie wieder die Schneewiese mit dem Verbotsschild, hockte sich Pit Bull direkt davor, als wolle er den abgebildeten Hund tatsächlich nachahmen. Lale stupste Brigitte an und deutete auf den Hund. Ein flüchtiges Lächeln huschte über Brigittes starres Gesicht. Lale zückte einen der Gefrierbeutel aus ihrer Manteltasche, stülpte es über die Hand und griff nach dem Häufchen. Interessiert beobachtete Pit Bull, was sie da tat. Lale knetete die warme Masse in der durchsichtigen Tüte, rümpfte unwillkürlich die Nase, knetete erneut herum, konnte jedoch keinen Knopf oder ähnliches erfühlen. Sie war froh, als sie an der nächsten Ecke einen Abfalleimer fand.

»Es ist wie mit Pit Bulls Hundehäufchen«, erklärte Lale und strich Brigitte über den Mantelärmel. »Man gewöhnt sich daran. So ist es auch mit Leichen. Tägliches Geschäft.«

Brigitte seufzte abgrundtief. »Wie kann man sich daran gewöhnen? Diese toten Augen!« Sie schüttelte sich. »Wie kann man sich damit abfinden, dass Menschen so etwas tun?«

»Damit kann ich mich auf gar keinen Fall abfinden!«, erklärte Lale grimmig. »Weiß Gott nicht! Aber genau deshalb mache ich diesen Job.«

»Die ganze Nacht habe ich diesen Killer vor mir gesehen! Mit einem schrecklichen Mördergesicht!« Brigittes Stimme zitterte.

Lale seufzte. »Siehst du, und genau das hätte ich gerne: Einen Mörder vor Augen, damit ich weiß, wen ich suche.« Sie bogen wieder in ihre Straße ein.

»Er könnte doch hier überall lauern …« Brigitte klang ängstlich. »Vielleicht saß er bei meinem letzten Theaterbesuch nur ein paar Plätze weit von mir entfernt. Vielleicht fahre ich fast täglich mit ihm in derselben Straßenbahn. Vielleicht wohnt er da, oder da, oder dort vorne!« Brigitte deutete auf die erleuchteten Fenster in einem der Häuser.

Lale atmete tief durch. Wie gut sie diese Überlegungen kannte. Und sie waren keineswegs naiv oder weit hergeholt. Selbst nach ungefähr zwanzig Jahren bei der Polizei fragte sie sich auch immer wieder solche Dinge. Vielleicht war auch dieser Krimi um die Privatdetektivin Milla Pabst gar nicht so seltsam, wie er ihr vorkam. Milla lebte in einem kleinen Nest. Sie kannte jeden der Toten und sie kannte höchstwahrscheinlich auch deren Mörder. Mord war und blieb in den meisten Fällen eine Beziehungstat.

Brigitte schnaufte. »Ich weiß, was den ganzen Tag so in der Welt geschieht. Schließlich arbeite ich bei der Zeitung!«

Oje. Lale sah sie mitfühlend an. »Du darfst dich aber jetzt nicht in den Gedanken verrennen, dass hier überall Killer herumlaufen«, erklärte sie. »Morde sind fast immer Beziehungstaten. Ein solches Verbrechen hat eine Geschichte. Meist ist das keine schöne, aber es ist eine.« Was redete sie denn da? Lale seufzte über ihre eigene Unbeholfenheit. Sie starrte in die wirbelnden Schneeflocken. »Weißt du, wenn ich ein Patentrezept gegen all das hätte, ich würde es sofort anwenden. Nichts wäre mir lieber als eine Welt, in der ich arbeitslos wäre!«

»Ach herrje!«, entfuhr es Brigitte. »Ich will dich doch nicht für das kritisieren, was du tagtäglich ertragen musst.«

»Weiß ich doch.« Lale stieß die Haustür auf. »Jetzt gönnen wir uns erstmal ein schönes zweites Frühstück.«

Als sie im zweiten Stockwerk ankamen, erwartete Pit sie schon in der Wohnungstür. »Mama! Brigitte! Na, Gott sei Dank!« Er klang atemlos. Dann hielt er Lales Handy in die Höhe und fiel seiner Mutter um den Hals. »Wir hatten uns schon solche Sorgen gemacht! Ich konnte dich gar nicht erreichen!«

Lale befreite sich irritiert aus der festen Umarmung. »Sorgen? Warum denn?« Dann sah sie ihren Sohn an. »Und wer ist wir?«

»Nun lass sie doch erst einmal herein, Pit«, hörte sie aus dem Hintergrund Jobsts sonore Stimme.

Lale warf einen verärgerten Blick auf ihren Ex-Mann während sie sich aus ihren dicken Klamotten schälte. Dann sah sie wieder Pit an. »Was will er denn hier?« Pit Bull knurrte leise.

Brigitte versuchte es mit einem etwas verunglückten Lächeln. »Herr Dr. Petersen, wie nett Sie zu sehen.«

»Allerdings«, erwiderte Jobst. »Ich bin auch froh, Sie wohlbehalten wiederzusehen.« Dann wandte er sich an Lale. »Sag mal, was geht eigentlich in deinem Kopf vor? Bist du von allen guten Geistern verlassen?«

Lale sah ihn spöttisch an. »Was willst du denn von mir?« Sie griff zur Kanne mit frisch aufgebrühtem Kaffee.

»Was ich von dir will? Na, erlaube mal!« Jobst schüttelte verärgert den Kopf. »Wie kommt ihr dazu, einfach so da draußen herumzuspazieren, während ein Killer durch Dresden schleicht? Der hat es doch jetzt auf euch abgesehen!«

Brigitte sah Jobst entsetzt an. »Sie meinen, der sucht uns?«

»Zumindest erkennt er den Hund sicher sofort wieder«, erklärte Jobst streng. »Und davon abgesehen, ist es viel zu gefährlich, wenn da draußen ein Frauenmörder sein Unwesen treibt!«

Lale goss sich Kaffee ein, sah Pit mit Verschwörerblick an und wischte sich mit der Hand vor dem Gesicht herum. »Dein Vater hat offenbar Paranoia gefrühstückt.«

Pit schmunzelte, sah dann jedoch besorgt auf Brigitte, die mit offenem Mund dasaß und Jobst anstarrte.

»Verdammt noch mal!« Jobst schlug mit der Faust auf den Tisch, dass die Teller schepperten. »Hier ist ein Monster unterwegs, und du nimmst das auf die leichte Schulter!« Er deutete auf die Fenster im Wohnzimmer, die man vom Esstisch aus sehen konnte. »Bitte, schau dort raus! Was siehst du? Jede Menge Fenster, hinter denen Menschen leben, von denen wir nichts wissen!« Jetzt sah er Brigitte eindringlich an. »Menschen, von denen wir nicht wissen, ob sie abends ihre Kinder schlagen oder ihre Haustiere quälen! Menschen, von denen wir nicht wissen, welche dunklen Geheimnisse sie mit sich herumtragen. Kranke Menschen, perverse Menschen, sadistische Menschen, völlig verzweifelte Menschen, Menschen, von denen wir nicht einmal wissen, welche Seiten sie gerade im Internet besuchen!«

»Wow!« Lale grinste schief. »Wir stellen deine Ansprache

bei YouTube rein, dann werden alle nur noch deinen gehaltvollen Warnungen lauschen. Damit hätten wir das mit den Internetseiten schon mal geklärt.« Sie schlürfte am Kaffee. »Sag mal, hast du bei irgendeiner Sekte angeheuert, Dr. Petersen?«

Brigitte war kreidebleich. »Sie meinen also, wir müssen doch damit rechnen, dass er es auf uns abgesehen hat? Und nicht nur er! Überall ticken menschliche Zeitbomben, in der Straßenbahn, im Theater, in der Nachbarschaft.«

»Vor allem in der Nachbarschaft«, warf Lale ein. »Ich gehe auch gleich hoch wie eine Bombe. Wer hier allerdings nicht ganz richtig tickt, ist der Herr Staatsanwalt!«

Pit warf Lale einen eindringlichen Blick zu und schüttelte fast unmerklich den Kopf. Er nickte hinüber zu Brigitte.

»Wie?« Lale sah ihren Sohn irritiert an. Dann spürte sie einen kräftigen Tritt an ihrem Schienbein. »Aua!«

Pit verdrehte die Augen.

Jobst schien sich wieder etwas beruhigt zu haben. »Ich möchte dir ja nur klarmachen, liebe Lale, dass die Situation ernst ist«, sagte er mit leicht gönnerhaftem Unterton.

»Danke.« Lale faltete dramatisch die Hände über ihrer Kaffeetasse. »Danke, großer Jobst, der du uns so großzügig und uneigennützig warnst. Letzte Woche hatten wir ja nur die Pest in Dresden. Wir wären ohne dich gar nicht darauf gekommen, dass es einmal ernst werden könnte.«

»Lale!«, rief Jobst erbost. »Du bist einfach unmöglich! Kannst du nicht ein Mal etwas ernst nehmen!« Er sprang von seinem Stuhl auf. Pit Bull ging in Lauerstellung.

»Dich jedenfalls kann ich nicht ernst nehmen!«, schnauzte Lale zurück. »Warum hängst du eigentlich hier herum und gehst uns auf die Nerven, anstatt einfach mal deinen Job zu machen? Du bist der ermittelnde Staatsanwalt. Geh da raus und schnapp den Typen statt mich mit deinen blöden Volksreden anzuöden!«

»Ach, daher weht der Wind.« Jobst warf einen vernichtenden Blick über den Tisch. »Du willst diesen Killer provozieren und ihn dir schnappen, obwohl du gar nicht an dem Fall dran bist!«

»Das ist doch Blödsinn!«, schimpfte Lale.

»Natürlich«, triumphierte Jobst. »Du kannst es einfach nicht ertragen, dass andere diese Arbeit machen! Du willst diesen Fall unbedingt lösen, weil es dich schrecklich wurmt, dass er vor deinen Augen …« Er machte eine abfällige Geste.

»Schluss jetzt!« Pit war aufgesprungen und deutete auf Brigitte. »Seht ihr beiden Idioten denn überhaupt nicht, was ihr mit der armen Brigitte macht?«

Jetzt warf Lale einen erschrockenen Blick auf Brigitte, die wie ein Häufchen Elend auf ihrem Stuhl zusammengesunken war. Ihre Schultern zuckten verräterisch. Als Lale ihr die Hand auf den Arm legte, sah Brigitte auf. Sie weinte.

Lale sah Jobst böse an. »Fresse halten, Petersen! Brigitte geht es richtig schlecht wegen dieser Geschichte.«

»Genau.« Pit reichte Brigitte ein Glas Wasser. »Und das einzige, was ihr schafft, ist, ihr noch mehr Angst zu machen.«

»Sie muss in psychologische Betreuung«, stellte Jobst fest.

Lale nickte. »Das ist dein erster konstruktiver Satz heute.«

»Moment.« Jobst kramte in seiner Tasche. »Ich habe hier die Adresse von der psychologischen Beratungsstelle«, erklärte er. »Da kann man jederzeit einfach hingehen, auch zwischen Weihnachten und Neujahr. Es ist nur ein paar Straßen weiter.« Er griff nach seinem Autoschlüssel. »Ich bringe euch eben um die Ecke.«

Bei Dr. Psycho

Mit einem Gesichtsausdruck, den man fast als Lächeln auffassen konnte, kam Brigitte aus dem Sprechzimmer der psychologischen Beratungsstelle. »Jetzt bist du dran.« Sie nickte Lale aufmunternd zu. »Die Frau ist echt gut.«

Lale erhob sich träge. »Sie kann nur besser sein als der Kaffee aus diesem Automaten.« Schleppenden Schrittes betrat sie das Sprechzimmer der Psychologin.

»Also, eigentlich begleite ich nur …« Lale stutzte. »Guten Morgen!« Sie sah die Psychologin erstaunt an. Sie kannte die Frau.

»Hallo!« Sie reichte ihr die Hand. »Ich weiß, das ist jetzt ein bisschen gemein, aber durch Ihre Nachbarin bin ich vorbereitet. Anabel Gerste. Wir sind uns bereits begegnet.«

»Lale Petersen.« Lale lächelte. Dresden war auch mit seinen fünfhunderttausend Einwohnern ein Dorf. Vor ihr saß doch tatsächlich die Frau ihres Chefs. »Hallo, Frau Dr. Gerste.«

»Nennen Sie mich Anabel, wenn es Ihnen recht ist.« Die Psychologin lächelte.

»Nur, wenn Sie mich Lale nennen.« Sie setzte sich auf den angebotenen Platz.

»Gerne. Also, Lale, Sie haben eine Tote gefunden«, stellte Anabel Gerste fest. »Wie geht es Ihnen denn jetzt?«

»Gut«, gab Lale unumwunden zu. »Ich stolpere eigentlich ständig über Tote, und die sah im Vergleich zu den meisten noch recht lecker aus.«

»Das klingt, als gewöhne man sich an solch eine Situation?« Die Frage der Psychologin klang mehr überrascht als professionell. »Immer diese ermordeten Menschen …«

Lale sah sie verwundert an. »Na, das müssen Sie doch kennen. Ich meine, natürlich nicht unbedingt persönlich, Sie haben es ja eher mit durchgedrehten Lebenden zu tun. Aber bei Ihrem Mann …« Als Anabel Gerste verschmitzt lächelte, fügte Lale hinzu: »Jeder neue Fall, den wir bearbeiten, beginnt mit einer Leiche. Das bringt der Job so mit sich.«

»Fühlen Sie sich oft ausgebrannt? Leer? Emotionslos?«, fragte die Psychologin.

»Nein, ganz und gar nicht«, entgegnete Lale. »Offen gestanden ist mein größtes Problem mit dem aktuellen Fall, dass man mich davon ausschließt. Ich habe Urlaub.«

Anabel Gerste sah sie überrascht an. »Ihr größtes Problem ist, dass Sie Urlaub haben? Haben Sie so was öfter?«

»Nö.« Lale schüttelte den Kopf. »Ich habe selten Urlaub. Und wenn, bin ich meist nicht in Dresden. Aber wissen Sie, ich war vor Weihnachten erst ein paar Tage im Krankenhaus, und da fand ich dieses zwanghafte Herumfaulenzen schon ätzend. Und jetzt will ich mitermitteln!«

»Darf ich fragen, warum Sie im Krankenhaus waren?« Die Psychologin sah sie aufmerksam an.

»Klar, ich weiß nur nicht, ob ich darüber sprechen darf«, sagte Lale. »Da gibt es ja so was wie ein Dienstgeheimnis.«

Anabel Gerste nickte. »Allerdings habe ich auch eine ärztliche Schweigepflicht.«

»Ich war in Quarantäne wegen der Pest-Bakterien«, erklärte Lale. Dann sah sie Anabel forschend an. »Ich kann Ihnen also alles über die Arbeit Ihres Mannes erzählen, und Sie dürfen mit ihm nicht darüber sprechen?«

»So ist es.« Die Psychologin seufzte.

»Das ist ja eine schräge Situation.« Lale biss sich auf die Unterlippe. »Dann kann ich Ihnen jetzt schon mal sagen, dass ich mich in den aktuellen Fall ganz sicher einmischen werde.«

Die Psychologin zog die Augenbrauen hoch. »Meinen Sie nicht, ein bisschen Abstand täte Ihnen vielleicht gut?«

»Mir vielleicht«, gab Lale zu. »Aber nicht meiner Nachbarin, nicht dem Staatsanwalt und auch nicht der Aufklärungsrate unserer Mordkommission.«

»Verstehe.« Anabel Gerste schmunzelte. »Lale, ich finde, wir sollten einen weiteren Gesprächstermin vereinbaren.«

»Aber sicher.« Lale erhob sich.

»Gut, ich habe noch bis einschließlich Neujahr hier Dienst«, erklärte die Psychologin. »Kommen Sie doch einfach morgen um neun Uhr vorbei. Zeit haben Sie ja.«

Lale verabschiedete sich von der sympathischen Anabel und verließ das Sprechzimmer. Draußen wurde sie schon von Brigitte erwartet, und zu ihrer Überraschung wartete da noch jemand.

»Lale, hallo! Ich soll euch wohlbehalten nach Hause bringen«, erklärte Mandy. »Auftrag vom ermittelnden Staatsanwalt. Ich soll mich um die beiden Zeuginnen kümmern.«

Lale freute sich, die Kollegin zu sehen. »Na, dann schieß mal los, Frau Schneider! Was wissen wir denn über unsere drei toten Damen aus dem Eis?«

Silvester-Versprechungen

Mandy kicherte. »Na, das nenne ich mal einen kreativen Christbaum. Vor allem diese Papierflieger.« Sie deutete auf die Flasche »August der Starke«, die noch auf dem Tisch stand. »Gib's zu, du trinkst ihn dir jeden Abend schön.«

»Sehr gut interpretiert.« Lale ließ sich aufs Sofa sinken. Sofort sprang Katinka auf die Rückenlehne und suchte Lales Nähe. Sie nutzte offenbar die Gelegenheit, da gerade mal nicht der Nachbarshund das Wohnzimmer belagerte. Lale streichelte die grau getigerte Katze. »Ich bin davon überzeugt, dass der ganze Weihnachtsschnickschnack in erster Linie dazu dient, das Spirituosengeschäft anzukurbeln. Oder willst du etwa behaupten, dass all diese Räuchermännchen und Nussknacker attraktiv sind?«

»Kannst du nicht mal aufhören mit deiner Weihnachtsmuffelei?«, seufzte Mandy. »Was machst du eigentlich an Silvester?«

»Übermorgen?« Lale zuckte die Achseln. »Keine Ahnung, habe ich noch gar nicht drüber nachgedacht.« Dann horchte sie auf. »Willst du vielleicht deinen Dienst tauschen?«

»Du musst dich ja schrecklich langweilen«, stellte Mandy fest. »Man könnte fast denken, du freust dich über euren Leichenfund.«

»Apropos.« Lale schnappte sich Katinka und legte sie sich in den Nacken. »Nun mal raus mit der Sprache! Was habt ihr bislang herausgefunden?«

»Du weißt doch, dass ich nicht mit dir darüber sprechen darf«, erklärte Mandy. »Gerste killt mich.«

»Macht nichts«, sagte Lale. »Dann bekomme ich doch noch deinen Silvester-Dienst. Also los, sag schon! Ich erfahre es sowieso von Jobst.«

»Jobst?« Mandys Wangen erglühten in zartem Rosa. »Kommt der auch zum Essen?« Sie deutete in die Küche, wo Brigitte mit ein paar Töpfen herumklapperte. Pit Bull saß gottergeben zu ihren Füßen und ließ keinen ihrer Handgriffe aus den Augen.

»Wer weiß, vielleicht kann ich da ja was arrangieren«, warf Lale vage in den Raum. »Vielleicht könnten wir ja alle zusammen gemeinsam an Silvester …«

»Okay.« Mandy strahlte. »Ich nehme dich beim Wort. Also: Über deine spezielle Leiche wissen wir noch nichts. Sie scheint nicht aus Dresden zu kommen. Aber eine der anderen tiefgekühlten Damen konnten wir identifizieren. Und ihre Familie hat dann auf Grund eines Fotos auch die dritte Tote erkannt. Die beiden sind wohl seit ihrer Schulzeit befreundet.«

Lale sah Mandy aufmerksam an. »Und wie seid Ihr da drauf gekommen? Ich denke, sie waren alle nackt.«

Mandy machte es sich im Sessel bequem. »Eigentlich war das nur ein dummer Zufall«, erklärte sie. »Oder eben nicht so dumm. Einer der Spurensicherer meinte die Frau zu kennen. Er hielt sie für eine frühere Lehrerin seines Sohnes, kannte natürlich den Namen nicht mehr …«

»Und?«, ging Lale ungeduldig dazwischen.

»Nun, er hat die alten Zeugnisse seines Sohnes durchgeguckt und den Namen gefunden.« Mandy zuckte die Achseln. »Ich sage ja: reiner Zufall. Sie hat zum Glück nicht geheiratet.«

»Ist ja immer mein Reden, dass das besser ist.« Lale schmunzelte. »Und dann seid ihr mit diesem Zeugnis-Zufall und dem Spurensicherer bei der Familie aufgetaucht?«

Mandy nickte. »Ja, und Kroko schleppte mal wieder all seine Unterlagen mit, und ihm ist das Foto der anderen Toten aus dem Stapel gerutscht. Bingo!«

»Habt ihr denen auch das Foto der ersten Toten gezeigt?« Lale sah Mandy lauernd an.

»Ja, Kroko selbst war so pfiffig«, berichtete Mandy grinsend. »Du hättest Gerstes Gesicht sehen sollen! Er stand daneben und schämte sich in Grund und Boden.«

»Na ja, er hat ja zu Hause einen Psycho-Profi.« Lale kraulte Katinka. »Anabel wird ihn sicher allabendlich aufbauen.«

»Anabel?«, fragte Mandy mit großen Kulleraugen. »Ist das seine Frau oder was?«

Lale nickte. »Ja, und sie ist Psychologin. Ausgesprochen sympathische Frau. Hätte ich dem Chef gar nicht zugetraut.«

»Und woher kennst du sie?« Mandy sprang pure Neugier aus dem Gesicht.

»Das erzähle ich dir nur, wenn du mich weiter mit den wichtigen Infos fütterst«, erklärte Lale. »Morgen.«

Mandy verzog das Gesicht. »Du miese Erpresserin. Dann frage ich ihn eben selbst.«

»Vorsicht«, mahnte Lale lachend. »Denk an die Silvesterfeier mit unserem Herrn Staatsanwalt.«

»Wir können in zwei Minuten essen!«, rief Brigitte vom Esstisch in der Diele herüber. »Kommt ihr?« Sie erschien in der Tür zum Wohnzimmer. »Isst Pit eigentlich auch mit?«

»Glaube ich nicht«, sagte Lale. »Ich denke, der ist noch beim Schlittschuhlaufen.« Dann beugte sie sich zu Mandy hinüber. »Sie ist schon viel besser drauf«, flüsterte Lale. »Du hättest sie mal heute Morgen erleben müssen.«

»Mmh, Tortellini!« Mandy schnüffelte genießerisch und wollte gerade am Tisch Platz nehmen, als ihr Handy Töne absonderte. »Och nee, doch nicht jetzt«, maulte sie. »Schneider.«

Lale sah Mandy erwartungsvoll an. Die Kulleraugen ihrer Kollegin wurden noch größer. »Bin sofort da!« Sie warf einen seufzenden Blick auf die Schüssel mit dampfenden Tortellini. »Mist, ich muss los.«

»Was ist denn?«, begehrte Lale zu wissen.

Mandy zwinkerte ihr zu. »Das verrate ich dir später, aber nur, wenn ihr mir eine große Portion Tortellini übrig lasst!«

Hummeln im Hintern

Unbekannte Leiche. Lale lief vor dem erleuchteten Weihnachtsbaum auf und ab. Es musste doch irgendwelche Anhaltspunkte geben. Sie sah den Milla-Pabst-Krimi auf dem Tisch liegen und griff nach dem Buch. Unter den Toten war doch hier auch einer, der zunächst nicht identifizierbar war. Und da kam diese Milla auf eine Idee … Lale blätterte in dem Buch. Da war die Stelle: Milla zog los und fragte in den paar Gasthöfen und den wenigen Pensionen von Sankt Josef nach. Na klar! Wenn jemand von auswärts kam, musste er eine Unterkunft haben. Ein Hotel! Vielleicht hatte die unbekannte Tote ein Hotelzimmer gebucht? Allerdings hatte Dresden mehr als ein paar Gasthöfe und einige wenige Pensionen.

In diesem Moment klingelte ihr Mobiltelefon. Lale zuckte regelrecht zusammen, weil sie dieses Klingeln schon seit Tagen nicht mehr gehört hatte.

»Petersen«, meldete sie sich. Sollte sich Gerste doch überlegt haben, sie sinnvoller Weise in die Ermittlungen mit einzubeziehen?

»Mama, hallo!« Pit schien hocherfreut, sie tatsächlich zu erreichen. »Das ist ja toll, dass ich dich erwische!«

»Was liegt denn an?«, erwiderte Lale.

Pit stöhnte auf. »Ich stehe seit einer halben Stunde an der Bushaltestelle herum, aber es tut sich nichts«, erklärte er. »Langsam wird es kalt. Meinst du, du kannst mich abholen?«

»Aber sicher, mein Großer. Ich habe ja leider sonst nichts zu tun.« Lale lief mit dem Telefon am Ohr in den Flur und schlüpfte in ihre Stiefel. »Wo bist du denn genau?«

»Ostragehege, auf Höhe der Eishalle«, gab er Auskunft. »An der Pieschener Allee, kurz vorm Messegelände.«

»Gut, warte auf mich, ich bin gleich da«, sagte Lale. Dann schlüpfte sie in ihre dicke Winterjacke, warf sich den Schal um und schnappte Mütze und Schlüssel.

Als sie die Treppe hinunter hüpfte, dachte sie mit Befremden daran, dass sie richtig froh war, einen Grund zum Rausgehen zu haben. Sie hatte einfach Hummeln im Hintern.

Draußen schneite es schon wieder leicht. Lale ließ den Blick die Straße hinunter wandern. Wo hatte sie nur zuletzt geparkt? Die meisten Autos waren komplett zugeschneit, und es war über eine Woche her, dass sie zuletzt mit ihrem alten Audi unterwegs gewesen war. Entschlossen zog sie die dicken Handschuhe über und machte sich ans Werk. Das da war schließlich ihr Stammparkplatz. Doch bereits nach einigen energischen Schaufelzügen stellte sie fest, dass das unter diesem Schneehaufen nicht ihr Auto sein konnte. Mist! Lale keuchte. Beim nächsten Wagen nahm sie zunächst die Nummernschilder in Angriff. Nee, der war es nicht … der auch nicht, aber der! Ha, sie hatte endlich ihr Auto gefunden! Wie eine Besessene schaufelte sie den Schnee von Dach und Scheiben. Schließlich wartete der arme Pit in dieser Eiseskälte. Warum hatte sie nur den Handfeger im Auto liegen? Der Schal war inzwischen nass vom umherwirbelnden Schnee. So, jetzt hatte sie eine Tür frei. Sie zückte den Schlüssel, schloss auf und zog am Türschloss. Nichts. Sie trat einmal kräftig gegen die Tür. Das Auto wackelte, und von der Heckscheibe bröselte eine halbe Schneewehe. So, jetzt aber mit Kraft. Klack! Ha, die Tür war offen. Leise rieselte ein Schwall Schnee auf den Fahrersitz. Na toll! Sie krabbelte ins Wageninnere und suchte im Fußraum des Beifahrersitzes nach dem Handfeger. War er unter den Sitz gerutscht? Sie zog einen Flip Flop unter dem Sitz hervor. Hey, den hatte sie doch gesucht! Na ja, im August ... Da war schon mal der Eiskratzer. Vom Handfeger fehlte jede Spur. Also nahm sie den Gummilatschen und schaufelte damit den Schnee von der Frontscheibe. Das war zwar nicht so gut wie ein Handfeger, aber immer noch besser als gar nichts. Lale schwitzte. Jetzt noch ein bisschen kratzen. Sie schabte auf den Scheiben herum, bis sie vom Eis befreit waren. Scheißwetter! Scheißwinter! Lale schimpfte wie ein Rohrspatz vor sich hin, bis das Auto vom Eis befreit war.

Sie ließ sich erleichtert auf den Fahrersitz fallen und steckte den Schlüssel ins Zündschloss. Plopp machte der Wagen. Lale drehte den Schlüssel erneut im Zündschloss. Plopp. »Nun komm schon«, sagte Lale. Doch ihr Auto antwortete erneut mit dem nicht sehr originellen Plopp. Och nee! Lale schlug mit der flachen Hand aufs Lenkrad.

Genervt griff sie zum Mobiltelefon. »Pit? Nimm dir ein Taxi auf meine Kosten! Das Auto will nicht.«

Als sie wieder zurück in die Wohnung kam und ihre nassen Klamotten auf der Heizung im Bad drapierte, stand Brigitte vor der Tür.

»Darf ich reinkommen?«, fragte Brigitte. »Ich halte das alleine da drüben nicht aus.« Sie rauschte in einem Traum aus smaragdgrünem Taft herein.

»Na klar!« Lale grinste. »Planst du heute noch einen Besuch in der Semperoper?« Sie deutete auf Brigittes glamouröses Outfit.

Brigitte zupfte etwas verlegen an ihren hochgesteckten Haaren herum. »Frau Dr. Gerste hat gesagt, in einem psychischen Tief sei es sehr wichtig, sich nicht gehen zu lassen und auf sein Äußeres zu achten.«

Lale verkniff sich eine weitere Bemerkung. Vermutlich war Brigittes Aufmachung Ausdruck ihrer seelischen Pein. »Geht es dir denn ein bisschen besser?«

»Ich denke schon.« Brigitte seufzte. »Ich habe nur Angst vorm Alleinsein.«

Als Lale die Tür gerade schließen wollte, kam Pit die Stufen hoch gehastet. Über seiner Schulter baumelte ein Paar Schlittschuhe. »Hi, große Gönnerin! Ich bekomme zwölf Euro von dir.« Er drückte seiner Mutter einen flüchtigen Kuss auf die Wange. »Hu, ist mir kalt.«

»Na, das ging aber schnell«, stellte Lale fest. »War das ein Flugtaxi?«

Pit schälte sich aus seinen dicken Klamotten. »Ach, direkt an der Pieschener Allee ist ein Taxistand. Und auf den Straßen ist heute absolut nichts los.« Er zog die Füße aus den Winterstiefeln und massierte seine kalten Zehen. »Aber im Ostragehege war was los«, verkündete er. »Während ich auf dich gewartet habe, sauste ein Peterwagen nach dem anderen da lang. Sah nach einem Großeinsatz aus.«

»Ein Peterwagen?«, fragte Brigitte. »Was ist das denn?«

Lale grinste. »Jedenfalls ist es kein Wagen voller lediger Männer namens Peter«, erklärte sie. »Er meint Polizeiwagen. Die nennt man in Hamburg auch Peterwagen.«

»Genau.« Pit nickte. »Jedenfalls war der totale Auflauf hinten kurz vorm Messegelände. Ich glaube, Mandys Auto stand auch da herum – quer auf der Straße!«

»Hmh«, machte Lale nachdenklich. »Die gute Mandy konnte ja vorhin nicht mal zum Essen bleiben, nachdem sie diesen Anruf bekommen hat.«

»Du hast gekocht?«, fragte Pit argwöhnisch. »Dann muss das nicht an dem Anruf gelegen haben, sondern war vermutlich ein Fluchtreflex.« Er grinste Lale spitzbübisch an und sie schnitt ihm eine Grimasse.

»Nein, ich habe gekocht«, erklärte Brigitte. »Tortellini.«

»Oh, Klasse! Ist noch etwas da?« Pit sprang auf und lief in die Küche. »Oh, das sieht aber lecker aus, mit Sahnesauce …«

Brigitte freute sich sichtlich. »Bedien dich ruhig! Aber lass noch ein bisschen was für Mandy übrig.«

»Oder auch nicht«, ergänzte Lale. »Jetzt wissen wir ja, was los ist.« Sie griff zu ihrem Mobiltelefon und drückte die Kurzwahl für Mandys Nummer. Es meldete sich allerdings nur die Mailbox. »Hallo Mandy, ich bin's, Lale. Ruf mich an, wenn du das abhörst und erzähl mir alles über die neue Leiche, die ihr heute im Ostragehege gefunden habt!«

As time goes by

»Und Sie haben alle Hotels in der Innenstadt gecheckt?«, fragte Lale und ließ den Blick durch die mondäne Hotelhalle schweifen. Sie konnte nicht auf Anhieb sagen, wie viele Stockwerke die gläsernen Aufzüge hier zu bewältigen hatten, doch es waren einige.

Kollege Krokowszic schnaufte durchs Telefon. »Ja, alles, was gehobene Kategorie ist. So, wie Sie gesagt haben. Kempinsky, Hilton, Radisson, Westin Bellevue, Steigenberger und wie sie alle heißen …«

»Na gut, Kroko«, erwiderte Lale. »Dann machen Sie mal Feierabend. Und kein Wort zum Chef!« Sie klappte das Mobiltelefon zu, ließ es in ihre Handtasche gleiten und verließ die Hotelhalle.

Als sie die Pianobar betrat, war plötzlich alles um sie herum in schummriges Licht getaucht. Lales Augen brauchten einen Moment, um sich an die neue Umgebung zu gewöhnen. Die

Möblierung war in Schwarz gehalten, nur Fußboden und Wände wurden von einem dunklen Rot bestimmt, und ein paar Messingbilderrahmen reflektierten das spärliche Licht. Das einzige Helle in dieser Bar waren die weißen Tasten, die sanft von Pianistenhänden gestreichelt wurden. Von wegen Piano … Das war ein ausladender schwarzer Flügel, dem der Pianist leise Hintergrundklänge entlockte.

Hier war alles so schummrig-dezent, dass sich Lale augenblicklich zu ihrer Idee beglückwünschte, Brigittes Kleiderschrank ein elegantes schwarzes Seidenkleid entlockt zu haben. Die blöden Pumps waren zwar unpraktisch bei dem Wetter. Auf dem weichen Teppichboden der Bar jedoch konnte sie sich darin einwandfrei bewegen. Dann gewahrte Lale an der ausladenden schwarzen Theke Jobst und beobachtete einen Moment lang amüsiert, wie er auf den Barkeeper einredete.

»Na, führst du schon wieder ein Verhör durch?« Lale klopfte auf die Theke.

»Da bist du ja.« Der Staatsanwalt erhob sich. »Du hast gesagt, ich soll sofort kommen. Hier bin ich.« Dann sah er sie von oben bis unten an. »Du siehst phantastisch aus!«

»Das klingt ja fast, als hättest du jemals daran gezweifelt.« Lale krabbelte auf einen Barhocker.

»Was möchtest du trinken?«, fragte Jobst und reichte ihr die Karte. »Einen Cocktail? Schau mal, sie haben sogar einen ›Sazerac‹. Das ist einer der ersten Cocktails, die überhaupt kreiert wurden. Ich glaube, im Savoy …«

»Ja, ja, du alter Angeber«, unterbrach Lale ihn grinsend. »Ich weiß, dass du während deines Studiums Barkeeper warst, und dass du auch mal die Hamburger Cocktail-Meisterschaften gewonnen hast.«

Jobst schmunzelte. »Alles, was ich je gesagt habe, wirst du wohl immer wieder gegen mich verwenden.« Er legte die Karte zur Seite. »Aber ich habe mich inzwischen damit abgefunden. Also, was nimmst du?« Er sah sie erneut von oben bis unten an. »Einen ›Cosmopolitan‹?«

Lale schüttelte den Kopf. »Nee, ich passe mich gerne dem Anlass an.« Dann wandte sie sich an den Barkeeper. »Einen ›Zombie‹ bitte!«

»Ich nehme den ›Sazerac‹, aber mit Cognac, nicht mit Whiskey«, erklärte Jobst fachmännisch.

»Gute Wahl, der Herr.« Der Barkeeper lächelte herablassend.

Lale verdrehte die Augen. Männer und ihr Expertengehabe!

»Ich muss mit dir reden, und zwar allein«, erklärte Lale. Der Barkeeper stellte ihr einen ›Zombie‹ mit Fruchtspießchen vor die Nase.

Jobst griff zu seinem vergleichsweise unspektakulären Glas mit einem Kringel aus Zitronenschale am Rand. »Na dann, nur zu, liebe Lale. Nur ein ›Zombie‹ steht zwischen uns.«

»Nein, kein Zombie, sondern eine echte Tote«, entgegnete Lale. »Nämlich die, die Brigitte und ich gefunden haben. »Warum seid ihr so sicher, dass sie keine Dresdnerin ist?«

Jobst nahm sein Glas zur Hand. »Nun, sie hat eindeutig amerikanische Jacketkronen, und zwar einige. Außerdem sind ihre Haare mit einem amerikanischen Produkt gefärbt.« Er prostete Lale zu.

Lale griff nun ebenfalls zum Glas. »Prost.« Sie nahm einen Schluck von ihrem Cocktail. »Bisher wird sie in keinem der gehobenen Hotels vermisst.«

»Ach?« Jobst wirkte überrascht. »Gerste checkt die Hotels? Gute Idee. Na, er war ja schon bei der Identifizierung der anderen Toten sehr schnell. Guter Mann!«

Lale grinste. »Nicht er checkt die Hotels. Ich habe Kroko losgeschickt«, erklärte sie. »Und der Erfolg bei der Identifikation der anderen Toten … Sagen wir: Ich weiß, wie das Ganze zustande gekommen ist.« Sie zog erneut am Trinkhalm. »Wie dem auch sei. Hast du Fotos dabei?«

»Fotos?« Jobst sah sie überrascht an. »Etwa von den Toten?«

Lale nickte. »Ja, vor allem von unserer reichen Amerikanerin.«

»Was willst du denn mit einem Foto von ihr?«, fragte Jobst. Dann sah er sich kurz um. »Du meinst, sie hat hier …?«

»Genau das meine ich«, erklärte Lale. »Sie hat Geld, und sie ist um diese Zeit in Dresden. Da nimmt sie doch ein Hotel der gehobenen Kategorie in der City. Und alle anderen waren Fehlanzeige.«

»Moment, das haben wir gleich.« Jobst schnappte sich seine edle lederne Aktentasche. »Rühr dich nicht vom Fleck! Ich regle das.«

Lale nuckelte zufrieden an ihrem ›Zombie‹. Das lief doch bestens! Das Kleid von Brigitte war zwar etwas unbequem, um auf diesem Hocker herumzuhocken, aber der Aufwand schien sich zu lohnen. Lale zückte ihr Mobiltelefon und drückte die Kurzwahl für Mandys Nummer.

Sie klang verschlafen. »Ja, hallo, Milla hier, ähm, Mandy.«

»Ich bin es, Lale.« Lale sah, dass der Mann hinter der Bar sie verärgert musterte und mit einem autoritären Zeigefinger wedelte. »Gut, dass ich dich noch erreiche.«

Der Barkeeper kam näher und bedeutete ihr, dass das Telefonieren hier nicht erwünscht sei.

»Wir haben doch schon wieder eine neue Leiche!« Lale erhob die Stimme. »Der Staatsanwalt ermittelt gerade im Maritim Hotel!«

Der Barkeeper stutzte und sah sie fragend an.

»Wer ermittelt wo?«, fragte Mandy blöde. »Du bist mit, ähm, dem Staatsanwalt …?«

»Ja genau!«, rief Lale in den Apparat. »Der Staatsanwalt will das ganze Hotel filzen!«

Der Barkeeper schaute entsetzt und legte seinen autoritären Zeigefinger auf die Lippen.

»Warum das denn?« Mandy gähnte. »Sag mal, hast du was getrunken, Lale?«

»Sicher, das auch.« Lale grinste den Barkeeper breit an. »Sollen wir denn wirklich die ganze Belegschaft mit aufs Präsidium bringen?«

»Jetzt hör doch mal auf«, verlangte Mandy. »Was immer du da treibst … Ich habe gerade noch mal in diesem Krimi gelesen.«

»Ach, du auch?« Lale war überrascht.

»Wie? Du auch?« Mandy klang verwundert. »Ich denke, du bist mit Jobst im Hotel?«

»Andere Geschichte«, meinte Lale beiläufig. »Was weißt du denn über unsere Tote im Ostragehege?«

»Woher weißt du das denn schon wieder?«, fragte Mandy. »Ja, also die konnten wir identifizieren. Sie ist seit dem zweiten Feiertag als vermisst gemeldet.«

»Gibt es denn irgendwelche Gemeinsamkeiten zwischen den Toten?« Lale fixierte amüsiert den Barkeeper, der ihr jetzt den Rücken zuwandte, jedoch betont unauffällig Gläser polierte.

Mandy schien einen Moment lang zu überlegen. »Sie sind alle Frauen, und sie sind alle ungefähr in einem Alter.« Sie zögerte. »Drei davon sind genau genommen ein Jahrgang, 1970 geboren. Von der ersten wissen wir noch nicht viel.«

»Die Amerikanerin?«, fragte Lale. »Da bin ich dran.« In diesem Moment sah sie Jobst nahen. »Du, ich muss Schluss machen. Der Staatsanwalt.« Sie steckte eilig das Telefon weg. »Und?«

Jobst lächelte. »Du hattest echt einen guten Riecher«, lobte er. »Sie wollten zwar nicht recht rausrücken mit den Informationen. Der Empfangschef murmelte etwas von rechtlicher Absicherung und so weiter.« Er lachte. »Aber als er das Foto der toten Frau gesehen hat, wurde er schwach.«

»Sie hat also hier im Hotel gewohnt?«, fragte Lale. »Seit wann ist sie verschwunden? Warum haben sie die Frau nicht als vermisst gemeldet?«

»Sie wurde am Sonntagabend zuletzt gesehen«, erklärte Jobst. »Marita Bakerman. Sie sprach übrigens Deutsch.«

»Akzentfrei?« Lale griff nach den Papieren in Jobsts Hand, doch er zog sie weg. »Zeig doch mal!«

»Nein, nicht wirklich akzentfrei«, erklärte Jobst grinsend und reichte ihr das Foto der Toten. »Sie sprach mit sächsischem Akzent. Sie muss hier aus der Region stammen.«

Lale betrachtete das Foto. Die Tote war darauf bereits aufgetaut und sah weniger schrecklich aus als in Eis auf den Elbwiesen. Nichtsdestotrotz konnte man erkennen, dass sie mit dem Leben abgeschlossen hatte, wenn man genau hinschaute.

»Ich werde gleich morgen die Staatsanwaltschaft in New York kontaktieren«, sagte Jobst. »Dort ist sie laut ihren Angaben gemeldet. Mal sehen, was wir so herausfinden.«

Lale riss sich vom Anblick der Toten los. »Sie ist vermutlich 1970 in Dresden geboren, oder zumindest hier aufgewachsen.« Sie sah Jobst an. »Wie die vierte Tote.«

Jobst sah sie mit einem seltsamen Gesichtsausdruck an. Dann zeigte er fragend auf die Gläser.

Lale nickte. »Ja, ich weiß mehr als du«, sagte sie schmunzelnd. »Ja, und ich nehme auch noch einen.«

Er winkte den Barkeeper heran. »Wir hätten gerne noch mal das Gleiche.«

»Und dann habe ich noch eine Frage«, schloss Lale an. Sie hielt dem Barkeeper das Foto der Toten vor die Nase. »War diese Frau am Sonntagabend hier in der Bar? Wahrscheinlich in Begleitung?«

Der Barkeeper musterte eingehend das Foto. »Ja, die war hier.« Dann wandte er sich ab und widmete sich mit demonstrativer Geschäftigkeit den Cocktails zu.

Lale und Jobst wechselten einen professionellen Blick.

»Bringen Sie dem Pianisten doch bitte auch ein Getränk seiner Wahl!«, rief Jobst über den Tresen.

Der Barkeeper nickte ihm zu und widmete sich weiter den Getränken.

»Chloroform.« Jobst sah Lale herausfordernd an.

»Was ist mit Chloroform?«, fragte Lale. »Ist das auch ein neuer Cocktail?«

»Nein.« Jobst schüttelte grinsend den Kopf. »Aber ich bin

froh, dass ich dir auch mal etwas Neues erzählen kann. Kowalski ist sich sicher, dass sie alle mit Chloroform betäubt worden sind.«

Der Barmann servierte ihnen die Cocktails. »Das hat er auch gesagt.«

»Was?«, fragten Lale und Jobst im Chor.

Der Barkeeper grinste. »Ihr Begleiter. Er hat auch gesagt, ich soll dem Pianisten etwas bringen. Aber die waren schon ein paar Cocktails weiter. Wenn Sie wissen, was ich meine?« Er verschwand mit einem undefinierbaren Getränk in Richtung Flügel.

»Weißt du, was er meint?«, fragte Lale.

Jobst schüttelte den Kopf, während er beobachtete, wie der Barkeeper dem Pianisten das Glas hinstellte. Der Pianist nickte ihnen zu und klimperte ein paar improvisierte Töne, um schnell zu einer Melodie überzugehen, die Lale irgendwie bekannt vorkam. Jobst grinste breit und prostete Lale zu. Sie griff zum zweiten ›Zombie‹.

»Das ist aus Casablanca«, sagte Jobst amüsiert. »As time goes by …«

»War das nicht der Beginn einer wunderbaren Freundschaft?« Lale grinste breit. »Tja, wie die Zeit vergeht.« Sie fixierte den Barkeeper, der jetzt direkt zu ihnen kam.

»Beschreiben Sie uns bitte den Mann«, verlangte Jobst höflich, aber bestimmt. »Sie müssen sich gar nicht erst herausreden. Ich muss das fragen, ich bin Staatsanwalt.«

Der Barmann sah von einem zum anderen. »Ich weiß, das hat Ihre …« Er zögerte. »Na ja, sie hat es schon gesagt. Ihre Kollegin oder Frau?«

»Kollegin«, beeilte Lale sich zu sagen, während Jobst »Das ist meine Frau!« tönte.

Der Barkeeper schmunzelte. »Sie sehen, das ist so eine Sache mit der Menschenkenntnis. Also, die Frau war attraktiv, sehr attraktiv.«

»Und?«, drängelte Lale. »Der Typ, der bei ihr war? Klein,

groß, dick, dünn? Haare, Glatze, Toupet?« Sie sah, dass der Barkeeper zögerte. »Sah er so aus wie er?« Lale tippte Jobst auf die Schulter. »Oder vielleicht besser?«

Jobst warf ihr einen verärgerten Blick zu, sagte jedoch nichts.

»Nein, nicht besser«, erklärte der Barkeeper. »Anders. Er war dunkelhaarig und trug eine Brille. Sah ziemlich teuer aus, das Gestell.« Er schien zu überlegen. »Ein Womanizer war er nicht, aber ziemlich gepflegt. Schien Geld zu haben.«

»Wohnte er denn hier im Hotel?«, fragte Lale und nahm einen kräftigen Schluck von ihrem ›Zombie‹.

Der Barkeeper zuckte die Achseln. »Das weiß ich nicht. Eher nicht, nehme ich an, denn er hat bar bezahlt. Die meisten Hotelgäste lassen sich die Getränke aufs Zimmer schreiben.«

»Konnten Sie sehen, ob er einen Ehering trug?« Jobst warf Lale einen süffisanten Blick zu.

»Nein. Ganz sicher trug er den nicht«, erwiderte der Barkeeper und deutete auf seine rechte Hand. »Ihm fehlten zwei Finger.« Er zeigte auf seinen kleinen Finger und den Ringfinger.

»Aha, und wie lange sind er und diese Frau geblieben?«, fragte Jobst.

»Schwer zu sagen«, erklärte der Barkeeper. »Jedenfalls waren sie eine ganze Weile da, haben viel getrunken, vor allem sie.«

»Was haben sie denn getrunken?« Jobst schaute missbilligend auf Lales fast leeres Glas.

»Sie hat sich einen ›Tom Collins‹ nach dem anderen weggezogen«, erinnerte sich der Barmann. »Ich hatte schon überlegt, den Gin-Anteil etwas zu reduzieren. Aber sie ist hier rausspaziert wie eine Eins. Scheint ganz schön was zu vertragen, diese Lady.«

»Und er?«, bohrte Lale. »Was hat er getrunken?«

»Ich glaube, nur Bier.« Dann senkte er die Stimme. »Aber

ich habe gehört, worüber sie geredet haben.« Er beugte sich ein Stück über die Theke. »Es ging um ein Klassentreffen, das er offenbar organisiert. Er meinte, das solle eine große Sause werden.«

Jobst runzelte die Stirn. »Kamen sie denn von einem solchen Treffen?«

»Nein.« Der Barkeeper schüttelte den Kopf. »Wenn ich das richtig verstanden habe, soll das erst noch steigen. An Silvester in irgendeinem Lokal, von dem ich noch nie gehört habe. Deshalb war ich neugierig. Aber sie haben dann nur noch leise miteinander gesprochen. Er hat ihr etwas erzählt und sie kicherte.« Er grinste schmierig. »Wenn Sie mich fragen, der wollte sie abschleppen.«

»Und? Hatte er Erfolg?«, fragte Lale.

»Na klar, wenn sie kicherte«, sagte Jobst mit Kennermiene.

Lale zog die Augenbrauen hoch. »Na, so ein Blödsinn! Vielleicht hat sie ihn ja ausgelacht.«

»Was sagt Ihnen denn Ihre Menschenkenntnis?«, fragte Jobst den Barkeeper.

Der grinste noch immer schmierig. »Ich würde sagen, der hat sie vernascht.«

Lale musterte ihn skeptisch. »Sagen Sie mal, wie haben Sie uns beide denn so eingeschätzt?«

»Ist das ein Test?« Der Barkeeper sah Jobst unsicher an.

»Sagen Sie uns einfach, was Sie vermutet haben«, schlug Jobst vor.

»Genau, raus mit der Sprache!« Lale nippte am ›Zombie‹.

»Nun, ich denke, Sie haben sich von diesem Treffen eine ganze Menge versprochen.« Er nickte Jobst zu, der selbstgefällig lächelte. »Und die Dame …« Der Barkeeper sah Lale kurz an, um sich dann wieder Jobst zuzuwenden. »Mit Verlaub, Herr Staatsanwalt, ich glaube, sie hält Sie für einen Idioten.«

Lale grinste breit. »Ihre Menschenkenntnis ist einfach phänomenal!«

Knopf-Druck

Am frühen Morgen döste Lale vor ihrem ersten Kaffee dahin. Im Badezimmer rauschte die Dusche. Brigitte hatte die Nacht wieder in Lales Bett verbracht, war alle zwei Stunden aufgeschreckt und heute Morgen nicht einmal zum Duschen in der eigenen einsamen Wohnung zu bewegen. Zum Glück hatte Pit sich bereit erklärt, mit Pit Bull die erste Runde ums Bäumchen zu drehen. Lale goss seufzend Kaffee nach und verfluchte ihre beiden ›Zombies‹ vom vergangenen Abend. Diese indirekten Ermittlungen waren weitaus anstrengender als richtige Arbeit. Sie wurde das Gefühl nicht los, etwas Wesentliches übersehen zu haben. Wieder musste sie an diese schräge Privatdetektivin aus dem Krimi denken. Sie speiste all ihre Ermittlungen nur aus Intuitionen, Eingebungen und alten Bekannten. Aber vielleicht lag sie mit alten Bekannten in diesem Fall auch gar nicht so falsch. Vielleicht kannten sich all diese toten Frauen tatsächlich und …

Lale fuhr zusammen als die Wohnungstür sich plötzlich öffnete. Ein Schluck verdammt heißer Kaffee lief ihr über die Finger. Mist!

Pit Bull stürmte freudig erregt auf sie zu, als wolle er ihr die neuesten Neuigkeiten mitteilen. Pit hielt triumphierend einen Gefrierbeutel voller Hundekacke in die Höhe. »Fühl mal, ich glaube diesmal hat es sich gelohnt!«

Lale schlabberte notdürftig den Kaffee von ihren Fingern und nahm den Beutel entgegen. Als sie ihn knetete spürte sie gleich zwei runde harte Gegenstände. »Die Knöpfe«, stellte sie zufrieden fest.

»Und was machst du jetzt damit?«, fragte Pit während er sich seiner dicken Jacke entledigte und aus den Stiefeln stieg.

Lale hielt die Tüte in die Höhe, griff zu ihrer Kaffeetasse, stellte sie jedoch angesichts des Tüteninhalts wieder hin. »Ab in die Kriminaltechnik«, sagte sie.

»So?«, fragte Pit amüsiert. »Die werden sich aber freuen.«

»Wie denn sonst?« Lale sah ihn an. »Wenn da noch Spuren drauf sind, dann kann ich sie ja schlecht ... Moment.« Sie überlegte kurz. »Eigentlich reicht denen ja ein Knopf völlig aus, oder?« Lale ging zur Badezimmertür und klopfte energisch.

»Bin schon fertig.« Brigitte kam im flotten Hosenanzug aus dem Bad. Trotz ihrer vollen Kriegsbemalung konnte man die tiefen Augenringe deutlich erkennen. »Wie sehe ich aus?«, fragte sie.

»Scheiße«, antwortete Lale, besann sich jedoch auf Brigittes psychischen Zustand und deutete auf die Tüte in ihrer Hand. »Dein Fellteufelchen hat die Knöpfe ausge ... Na, sie sind jedenfalls da.«

»Oh.« Brigitte rümpfte die Nase. »Und jetzt?«

Lale warf einen schiefen Blick auf den Gefrierbeutel. »Jetzt gehen wir beide ins Bad.« Sie schloss die Tür hinter sich, wischte ein Stück des beschlagenen Spiegels frei und schnitt sich eine Grimasse. »Stell dich nicht an, es muss sein!«, wies sie ihr Spiegelbild an und holte nach eingehender Konsistenzprüfung des Beutels mit spitzen Fingern einen Knopf aus der geruchsintensiven Masse. Dann spülte sie ihn gründlich unter warmem Wasser ab. Lale bemühte sich, nicht auf die braunen Bröckchen zu achten, die langsam im Abfluss verschwanden. Den sauberen Knopf verstaute sie schnell im Badezimmerschrank, öffnete die Tür und drückte Pit den Gefrierbeutel in die Hand. »Halt mal einen Moment!«, verlangte sie und verschwand im Schlafzimmer.

Als Lale kurz darauf in Jeans und Pulli wieder erschien, kam gerade Mandy zur Tür herein. Sie warf einen besorgten Blick auf Brigitte, die zusammengekauert am Tisch saß und in ihre Kaffeetasse starrte. »Was ist mit ihr?«, fragte Mandy im Flüsterton. »Noch nicht besser?«

Lale zuckte die Achseln und deutete auf den Beutel in Pits Hand. »Nimm den mal mit fürs KTI«, sagte sie leise. »Die, ähm, ich meine, ein Knopf ist drin.«

Mandy nahm lächelnd die Tüte entgegen und nickte. »Du, wenn ich euch noch bei Dr. Psycho vorbeifahren soll, müssen wir los. Ich habe um neun die Besprechung bei Gerste.«

Lale stieg in ihre Stiefel. »Ja, wir haben auch um neun unseren Termin bei Gerste. Frau Dr. Gerste.« Sie tippte Brigitte vorsichtig an. »Komm, wir müssen los!«

Brigitte schreckte hoch. »Warum bist du eigentlich erst mitten in der Nacht nach Hause gekommen?«, fragte sie Lale.

»Ach?« Mandy grinste. »Du warst doch mit Jobst … Da würde es mich auch interessieren, warum du erst mitten in der Nacht nach Hause gekommen bist!«

Pit sah Lale an. »Das wüsste ich jetzt aber auch gerne.«

»Wir haben gearbeitet.« Lale schüttelte hinter Brigittes Rücken den Kopf. »Wir können später darüber sprechen.« Sie deutete auf ihre angeschlagene Nachbarin.

»Soll ich Papa etwas ausrichten?«, fragte Pit, als sie schon im Treppenhaus standen. »Der ruft bestimmt an, sobald ihr unterwegs seid.«

»Sag ihm, er soll uns gegen elf bei der Psychologin abholen.« Lale reckte sich und strubbelte ihrem Sohn über den blonden Schopf. »Und genieß deine Ferien ein bisschen.«

Sie brauchten keine zehn Minuten bis zur psychologischen Beratungsstelle in der Blasewitzer Straße. Inzwischen hatte der Schneefall nachgelassen und die Sonne kam durch. Wenn sich das Wetter so hielt, war der Schnee bis morgen getaut. Einen Moment lang befürchtete Lale, dass dann überall im Stadtgebiet Tote zum Vorschein kommen könnten, wischte diesen Gedanken jedoch mit einer Handbewegung weg.

Mandy schwieg eisern, obwohl Lale sah, dass sie vor Neugier fasst platzte.

»Sprechen wir uns später?«, fragte Lale, als sie ausstiegen.

»Unbedingt.« Mandy trat das Gaspedal und rauschte in dem ihr eigenen halsbrecherischen Tempo ab.

Als sie gerade das Gebäude betreten wollten, blieb Brigitte unvermittelt stehen und starrte auf ein Stück Wiese.

»Komm! Was ist denn?« Lale hakte sie unter. Doch dann sah sie, was Brigitte sah. Auf der Wiese stand ein Schneemann. Brigitte fixierte ihn mit entsetzt aufgerissenen Augen. Lale seufzte. »Komm! Der ist bald geschmolzen.«

»Oh Gott!«, sagte Brigitte. »Und dann?«

»Dann ist er weg«, erklärte Lale und zog sie mit sich hinauf zum Sprechzimmer.

Brigitte sah Lale an. »Kannst du zuerst reingehen? Bitte!« Sie flehte regelrecht. »Biiitte!«

»In Ordnung.« Lale zog eine Zeitschrift aus einem Stapel auf dem Tisch und drückte sie Brigitte in die Hand. »Hier, Promis und Mode. Das gefällt dir doch.«

Dr. Psycho petzt

Mit einem gemessenen »Guten Morgen« begrüßte Anabel Gerste die Kommissarin.

Täuschte Lale sich, oder schwang da tatsächlich ein Ausdruck von Sorge in der Stimme der Psychologin? »Moin, moin«, sagte sie munter und ließ sich auf den Patientenstuhl fallen.

»Und, Lale? Wie geht es Ihnen heute?«, fragte die Psychologin.

»Ein bisschen wenig Schlaf«, gab Lale zu. »Ansonsten aber prima. Es gibt Neuigkeiten. Sie wissen von Leiche Nummer 4?«

»Nein, natürlich nicht.« Anabel stützte ihr Kinn auf die Hand. »Haben Sie die auch entdeckt?«

»Nein.« Lale schüttelte den Kopf. »Aber sie ist identifiziert. Und meine Leiche, also die erste, auch.«

»Ach?« Anabel sah sie erstaunt an. »Das ist aber neu.«

»Genau. Brandneu«, erklärte Lale und schmunzelte. Sie war sich sicher, dass Anabel mehr wusste als sie zugab.

»Und Sie haben mit Ihren Kollegen nicht darüber gesprochen?«, fragte Anabel. »Das müssen Sie tun!«

»Ich darf ja nicht«, entgegnete Lale grinsend. »Aber keine Sorge, der Staatsanwalt ist im Bilde.«

Die Psychologin atmete auf. »Puh, jetzt hatte ich aber gerade arge Bedenken, in einen Gewissenskonflikt zu geraten. Immerhin geht es ja um ein Kapitalverbrechen.«

»Das heißt, wenn ich die Mörderin wäre, würden Sie Ihre Schweigepflicht brechen?« Lale setzte sich aufrecht hin.

»Wenn die Gefahr weiterer Tötungen besteht …« Anabel machte eine kurze Pause. »Sicher. Außerdem gibt es in bestimmten Fällen eine Offenbarungspflicht.«

»Verstehe«, sagte Lale. »Aber machen Sie sich da mal um mich keine Gedanken. Wir haben irgendwelche ganz perfiden Typen, die hier die Drecksarbeit erledigen. Deshalb brauche ich Ihren Rat als Fachfrau.«

Anabel Gerste runzelte die Stirn. »Sie sind wirklich ein anstrengender Mensch«, stellte sie fest. »Aber ich helfe gerne, wenn ich kann.«

Lale schmunzelte. »Was treibt einen Menschen dazu, nach über zwanzig Jahren seine früheren Klassenkameraden zusammenzutrommeln?«, fragte sie. »Warum kommt man plötzlich auf die Idee, ein Klassentreffen zu organisieren?«

»Ein Klassentreffen?« Anabel sah sie aufmerksam an. »Möchten Sie so etwas organisieren?«

»Um Himmels Willen, nein!« Lale grinste »Ich bin doch froh, dass ich die Pappnasen von damals los bin. Man ist sich ja schon in der Schule jahrelang auf die Nerven gegangen.« Sie sah Anabel Gerste an. »Ich sagte doch bereits: Hier geht es nicht um mich. Allerdings frage ich mich, ob jemand vielleicht ein Klassentreffen organisiert, um alte Rechnungen zu begleichen.«

»Mit den so genannten Pappnasen?«, fragte Anabel sichtlich amüsiert. »Na, ich denke mal, wer so etwas auf die Beine stellt, möchte sich vielleicht ein Stück weit selbst darstellen, sich und seine Erfolge.« Sie schien zu überlegen. »Manchmal kann natürlich auch privater oder beruflicher Misserfolg dazu führen, dass man nostalgisch wird und Halt in sozialen Netzwerken sucht. Vielleicht sehnt sich so ein Mensch nach einer früheren Gruppe, in der er sich akzeptiert gefühlt hat.«

Lale nickte. »Ja, das würde ich unter dem üblichen Hang zur Vereinsmeierei abhaken.«

»Nennen wir es Gruppendynamik, einverstanden?« Die Psychologin lächelte. »Aber das ist nicht das, was Sie meinen, stimmt's?«

»Ich meine, ob so ein Klassentreffen als Vorwand genutzt werden könnte?« Lale rieb sich die Stirn. »Entweder vom Veranstalter selbst, oder von einem Teilnehmer … vielleicht auch einem frustrierten Außenseiter, den man nicht persönlich eingeladen hat.« Lale sprang plötzlich auf.

Anabel Gerste sah sie verwundert an. »Sie sind aber doch recht aufgewühlt, liebe Lale.«

»Hören Sie, Anabel!«, verlangte Lale eindringlich. »Bitte sagen Sie Gerste, also Ihrem Mann, er soll dieser Sache mit dem Klassentreffen nachgehen!«

»Ähm, mein Mann geht von einem Frauenmörder aus«, sagte sie leise. »Einem Psychopathen, der irgendwelche Eisrituale praktiziert.« Sie zupfte sich verlegen am Ohrläppchen. »Entschuldigung, aber gerade diese Theorie musste er wohl mit mir besprechen …«

Lale schüttelte den Kopf. »Der Mörder will bestimmt, dass wir so was denken. Vermutlich sind es ohnehin mindestens zwei Täter oder Täterinnen.« Sie sah Anabel an. »Bitte setzen Sie ihn auf die Fährte mit dem Klassentreffen!«

Die Psychologin nickte und notierte sich etwas. »Und Lale, schicken Sie mir doch bitte Ihre Nachbarin herein.«

»Klar, mache ich.« Sie riss die Tür auf und lief hinaus auf den Gang. »Brigitte! Kommst du?« Dann stutzte sie. Brigitte war nicht da. Alle Stühle in der Warte-Ecke waren leer. »Brigitte?« Lale lief über den Gang.

Im Nu stand auch Anabel Gerste auf dem Flur. »Die Toilette!«, rief sie und riss eine Tür auf.

Lale hörte Türen klappen. Kurz darauf erschien die Psychologin wieder. »Nichts.«

»Wir müssen sie suchen!« Lale rannte die Treppen hinunter und hinaus vor die Tür. »Scheiße, Scheiße, Scheiße«, murmelte sie vor sich hin.

Anabel Gerste folgte ihr. »Bleiben Sie ruhig, Lale! Wir müssen ganz ruhig bleiben.«

»Kann ich nicht«, knurrte Lale und schrie: »Brigiiiitte!«

»Da!« Anabel Gerste deutete auf das schneebedeckte Stück Wiese. Dort stand Brigitte und hieb mit nackten Fäusten auf den Schneemann ein. Dabei schrie sie aus Leibeskräften gegen ihre Angst an.

»Brigitte, beruhigen Sie sich«, sagte Anabel und näherte sich ihr vorsichtig. »Ganz ruhig …«

Lale verdrehte die Augen. Diese Beruhigerei war ja nicht zum Aushalten! Dabei musste man sich ja aufregen.

Jetzt hatte Brigitte den Kopf des Schneemanns zertrümmert. Schneeklumpen fielen herunter und zerbröckelten. Uff! Lale atmete auf, dass tatsächlich nichts und niemand in diesem Schneemann eingefroren war. Sie wischte sich über die Stirn.

»Kommen Sie, Brigitte, kommen Sie mit mir.« Die Psychologin sprach – natürlich beruhigend – auf Brigitte ein und führte sie zurück zum Haus. »Kommen Sie, ich kümmere mich um Sie.«

»Ach, Anabel.« Lale ging auf die Psychologin zu. »Ich muss noch mal kurz weg. Können Sie Brigitte dabehalten, bis ich wieder zurück bin?«

»Hoppla!« Lale rappelte sich gerade auf, als Kowalski ihr eine seiner feingliedrigen Hände reichte.

»Nicht so stürmisch, meine liebe Frau Kommissarin«, ermahnte sie der Rechtsmediziner. »Achten Sie auf Ihre wertvollen Gebeine.«

»Ist aber auch verdammt glitschig hier.« Lale rückte sich die Mütze zurecht, die ihr ins Gesicht gerutscht war. »Blöder Schneematsch da draußen.«

»Was verschafft mir die Ehre?«, fragte Kowalski und schob sie sanft in die kleine Küche. »Kaffee?«

»Nein, danke«, sagte Lale. »Ich habe nicht viel Zeit.«

»Sie jagen unseren Killer, verstehe.« Kowalski nickte. »Ich hoffe, es sind nicht noch weitere Damen dem Eiswürfelprinzip erlegen?«

»Nicht, dass ich wüsste.« Lale zog sich die Mütze vom Blondschopf. »Was können sie mir über die Todesursachen sagen? Gibt es Spuren von Gewaltanwendung?«

»Also zunächst konnten wir nur feststellen, dass das Ableben durch Ertrinken herbeigeführt wurde«, erklärte Kowalski. »Doch Kollege Wurm wies nachdrücklich darauf hin, ein Mensch lasse sich wohl kaum ohne Gegenwehr ertränken und tiefkühlen. Ein berechtigter Einwand, wie mir scheint.«

Lale nickte ungeduldig. »Klar! Und?«

»Nun.« Der Rechtsmediziner fuhr sich über den kahlen Schädel. »Wir fanden Spuren von Trichlormethan in Mund- und Rachenraum. Und auch das Eiswasser …«

»Trichlowasbitte?«, unterbrach Lale ihn. »Was ist das denn?«

»Geben Sie mir doch bitte die Gelegenheit, meine Ausführungen zu komplettieren«, verlangte Kowalski schmunzelnd. »So viel Zeit muss sein.« Er rückte seine dicke Brille auf der Nase zurecht. »Gemeinhin spricht man bei diesem Stoff auch von Chloroform, einem Stoff, dessen Dämpfe zur Bewusstlosigkeit führen und jedwede Empfindung je nach Dosierung eine gewisse Zeit lang aufheben. Man hat es in der nicht allzu alten Vergangenheit als Anästhetikum verwendet. Es ist übrigens schlecht wasserlöslich und auch bei tiefen Temperaturen nachträglich erkennbar.«

»Sie meinen, er hat seine Opfer betäubt und dann in Eiswasser eingefroren?«, fragte Lale. »Wie könnte er ihnen denn das Chloroform verabreicht haben?«

»Nun ja, im flüssigen Aggregatzustand wird dem Chloroform nur ein sehr geringer Anteil an Ethanol zugesetzt, bis zu einem Prozent«, dozierte der Rechtsmediziner. »Chloroform ist farblos, nicht brennbar, Geschmack und Geruch sind süßlich.« Er sah Lale an. »Vermutlich hat er ein Stück Stoff damit getränkt und es seinem Opfer einfach vor die Nase gehalten.«

»Ganz klassisch wie im Krimi.« Lale sah ihn an. »Und wie komme ich an Chloroform?«

Kowalski kratzte sich nachdenklich am Ohr. »Als Fachmann wie Pharmazeut oder Chemiker gibt es sicher legale Möglichkeiten, Chloroform zu erwerben«, mutmaßte er. »Vermutlich existiert wie bei fast allen Substanzen so etwas wie ein Schwarzmarkt, denn Chloroform ist bei sachgerechter Lagerung ausgesprochen lange haltbar.«

Lale runzelte die Stirn und dachte an einen Artikel, über den sich Pit unlängst empört hatte. Auf Pelzfarmen chloroformierte man die Tiere zu Tode, um den Pelz unversehrt zu halten. Sie schüttelte den Gedanken ab. »Und wo kann man einen Menschen so komplett einfrieren?« Sie sprach mehr zu sich selbst. »Einfach in einer großen Tiefkühltruhe?«

»Verehrte Kommissarin, ich tippe auf einen Tiefkühlraum«, erklärte Kowalski. »Sehen Sie, wir haben hier im Rechtsmedizinischen Institut natürlich auch Kühlfächer und Kühlräume. Nun frieren wir unsere bedauernswerten Patienten nicht wirklich ein, sondern halten sie nur für begrenzte Zeit frisch. Wenn Sie mir diese Formulierung gestatten.« Er schmunzelte. »Es gibt jedoch ganze Räume, die der Tiefkühlung dienen. Ich nehme an, sie sind vor allem für die Lagerung von Lebensmitteln notwendig.«

»Na klar!«, rief Lale. »Supermärkte, Restaurants, Schlachthöfe. Die müssen alle tiefkühlen.«

Der Rechtsmediziner warf einen melancholischen Blick aus dem Fenster. »Er hat sie eingeschläfert und ist dann nach dem Eiswürfelprinzip vorgegangen. Die Damen …«

»… wurden in einen Behälter mit Wasser gelegt, ertränkt und eingefroren«, ergänzte Lale. Dann sah sie den Rechtsmediziner an. »Meinen Sie, das ist das Vorgehen eines Frauenmörders, der ein krankes Ritual praktiziert?«

Kowalski schüttelte seinen kahlen Schädel. »Es ist, soviel sei zugegeben, eine ungewöhnliche Tötungsform. Ungewöhnlich ist vor allem die Präsentation der Toten, diese seltsame Schnee-Inszenierung.« Er sah Lale aufmerksam an. »Mit seinem Einfrieren der Toten hätte er ohne Probleme einen natürlichen Erfrierungstod darstellen können.« Er schnaufte. »Hätten die armen Damen einfach tot im tiefen Schnee gelegen, so hätten wir keine Tötung feststellen können.«

Lale runzelte die Stirn. »Also ist er entweder ein Psychopath, oder er will, dass wir ihn dafür halten.«

»Ach, meine liebe Frau Kommissarin«, sagte der Rechtsmediziner seufzend. »Sind Mörder nicht immer Psychopathen?«

Lale stülpte sich die Mütze auf den Kopf und sprang auf. »Danke, Dr. Kowalski, Sie haben mir sehr geholfen!«

Wiedervereinigung?

Lale deckte Brigitte zu. Sie nahm Schlafmittel und das wirkte offenbar schnell.

Im Wohnzimmer traf Lale auf einen telefonierenden Staatsanwalt.

»The reunion after more than twenty years?«, brabbelte Jobst. «Thank you for helping. Have a nice day. Bye …«

»Ich denke, du hast längst mit New York gesprochen«, maulte Lale ihn an. »Meinst du nicht, du könntest mal einen Zacken schneller ermitteln? Immerhin haben wir schon vier Tote und du plauderst hier gemütlich in den Nachmittag hinein.«

Jobst zog die Augenbrauen hoch. »Hauptsache, du kannst herumnörgeln, was!« Er legte sein Telefon auf den Tisch. »Hast du vielleicht mal an die Zeitverschiebung gedacht? Ich hätte am Vormittag wohl kaum jemand an den Apparat bekommen. Bei denen ist es jetzt erst kurz nach Dienstbeginn.«

»Stimmt, daran habe ich nicht gedacht.« Lale lief vor dem Weihnachtsbaum auf und ab. »Und, was sagen sie in New York?«

»Marita Bakerman ist wegen der Wiedervereinigung hergekommen«, erklärte Jobst. »Eine Feier oder so. Näheres weiß niemand. Sie hat sich gleich nach Weihnachten von ihrer Familie dort verabschiedet.«

»Hmh, komisch«, meinte Lale und lief weiter auf und ab.

In diesem Moment kam Pit herein. »Hallo, Papa!«, rief er erfreut.

»Hallo Sohn«, sagte Jobst. »Und tschüs. Ich muss los.«

»Och.« Pit klang enttäuscht. »Ich dachte, du hättest mal Zeit.«

»Tut mir Leid, mein Sohn, heute nicht.« Jobst schlang seinen Schal zu einem eleganten Knoten und schlüpfte in seinen edlen Kaschmirmantel. »Ich fürchte, deine Mutter reißt mir den Kopf ab, wenn ich diesen Fall nicht bald zu Ende bringe.« Pit seufzte. »Und noch was …« Jobst senkte die Stimme. »Sie hat ausnahmsweise mal recht.« Er klopfte seinem Sohn auf die Schulter und ging hinaus. »Tschüs, Lale!«

»Ja, ja, du mich auch«, murmelte Lale und lief weiter auf und ab.

Pit ließ sich aufs Sofa sinken. »Hey, die Kekse sind schon

wieder alle.« Er deutete auf die leere Blechschale auf dem Tisch.

»Was?« Lale sah erst Pit an und dann auf den Tisch. »Ja, ich denke, da hat Pit Bull, der kleine Knopf-Kacker, sich mal wieder bedient.« Dann stutzte sie. »Dein Vater hat sein Telefon liegenlassen.«

»Stimmt.« Pit griff nach dem Telefon und sprang auf. »Ich flitze eben, vielleicht erwische ich ihn noch.«

Er war mit einem Satz an der Tür, doch Lale hielt ihn zurück. »Halt! Stopp!« Sie winkte Pit zu sich. »Gib doch mal her!«

Lale drückte die Wahlwiederholung und wartete. Nach mehrmaligem Klingeln meldete sich eine weibliche Stimme. Lale betete brav »Petersen from Germany« herunter und wurde mit einem gewissen Myers verbunden, der ihr unmissverständlich klarmachte, er sei ausdrücklich autorisiert, nur mit HERRN Dr. Petersen zu sprechen. Lale sah Pit an. »Just a moment, please.«

Sie hielt Pit das Telefon hin. »New York für dich«, sagte sie augenzwinkernd. »Bitte frag nach Marita Bakerman. Er soll bitte alles noch einmal wiederholen, was er eben schon erzählt hat!«

Pit sah sie überrascht an. »Du meinst …?«

»Ja, Dr. Petersen. Nun mach schon!«, verlangte Lale. »Hello, excuse me, Mr.Petersen for you …«

Pit griff beherzt zum Telefon. »Petersen. Hello … Would you please repeat your information about … Yes, Marita Bakerman.« Er nickte.

Gespannt lauschte Lale dem Gespräch ihres Sohnes. Sein Englisch klang ungleich professioneller als das von Jobst. Hoffentlich merkte dieser Myers nicht, dass er jemand ganz anderen an der Strippe hatte.

»Thanks, Mr. Myers«, verabschiedete Pit sich und legte das Telefon zur Seite.

»Und? Was sagt er?« Lale sah Pit gespannt an.

Pit grinste breit. »Ich nehme mal an, er hält mich für total bescheuert, weil ich angeblich gerade erst angerufen habe und er alles schon einmal erzählt hat.«

»Das macht nichts«, erklärte Lale amüsiert. »Er hält nicht dich für bescheuert, sondern deinen Vater. Ist ja kein ganz falscher Eindruck.«

»Also«, hob Pit an. »Diese Marita Bakerman ist kurz nach Weihnachten nach Eastern Germany geflogen, um an einer class reunion teilzunehmen, also an einem Schultreffen oder so.«

»Ein Klassentreffen?«, fragte Lale.

»Ja, zumindest kenne ich den Ausdruck so«, erklärte Pit. »Allerdings hat sie sich seit Sonntag nicht mehr bei ihrer Familie gemeldet, weshalb die sich Sorgen machen.«

»Wiedervereinigung, ha!« Lale frohlockte. »Der Herr Staatsanwalt sollte wohl mal sein Englisch etwas auffrischen.« Sie musste dringend wissen, wie weit Mandy mit ihren Ermittlungen war. Einen Moment lang war sie versucht, erneut zu Jobsts Telefon zu greifen, dann begnügte sie sich mit ihrem eigenen Apparat und drückte die Kurzwahl der Kollegin.

Böhmische Knödel

»Wohin fahren wir?«, fragte Lale und duckte sich unwillkürlich auf dem Beifahrersitz, weil Mandy wie immer einen heißen Reifen fuhr.

»Erstmal raus Richtung Heidenau«, erklärte Mandy. »Gerste hat irgendeinen Tipp bekommen. Unsere Opfer sollen allesamt zu einem Klassentreffen eingeladen worden sein.« Mandy seufzte. »Er hat sich nicht wirklich ausgekäst. Weiß der Geier, woher er das hat.«

»So, so.« Lale schmunzelte in die Dämmerung. Wenn sie

bis Heidenau fuhren, war es mit Sicherheit dunkel, wenn sie ankamen. »Ja, ja, immer diese Geier. Sie aasen einfach in gut informierten Kreisen.«

Mandy warf ihr einen schnellen Seitenblick zu. »Heißt einer dieser Geier vielleicht Petersen?«

»Vielleicht«, meinte Lale leichthin. »Vielleicht wissen manche Geier auch nur so gut Bescheid, weil sie selbst die Informationen besorgt haben.«

Mandy hielt an einer roten Ampel. »Jedenfalls hat Gerste mich heute Mittag zu dem Mann gejagt, der seine Frau schon vor ein paar Tagen als vermisst gemeldet hatte.« Die Ampel sprang auf Grün und Mandy gab Gas.

»Du meinst den Witwer unserer vierten Toten?«, fragte Lale.

»Genau.« Mandy wechselte die Spur und überholte eine Reihe von Autos. Sie fuhr mindestens zwanzig Stundenkilometer zu schnell. »Der erzählte, sie habe sich mit einem alten Schulfreund treffen wollen, der Arno heißt und in einem Hotel namens »Bohemia« wohnt.«

»Ach, und da fahren wir jetzt hin?« Lale sah Mandy von der Seite an. »Und du nimmst mich einfach so mit? Obwohl der Chef dir das ausdrücklich verboten hat?«

Mandy grinste breit. »Zum einen ist der Chef mit Kroko selbst auf der Suche nach einem »Hotel Bohemia«, und das in Richtung Tschechien. Die können uns also nicht in die Quere kommen.« Sie schaltete einen Gang zurück und fuhr langsamer auf eine große Kreuzung zu. »Zum anderen hat mir jemand etwas für Silvester versprochen, falls du dich erinnerst.«

Lale nickte. »Natürlich erinnere ich mich. Und wir fahren jetzt zu diesem Arno? Hat der einen Nachnamen?«

»Bestimmt.« Mandy setzte den Blinker und ordnete sich links ein. »Aber den wusste der Witwer nicht mehr genau. Allerdings sprach er auf Nachfrage dann auch von diesem Klassentreffen, das morgen stattfinden soll.«

Lale sah hinaus. Es war tatsächlich inzwischen dunkel. Die

Gegend wirkte nicht sehr heimelig. Sie war sich sicher, noch nie hier gewesen zu sein.

»Wir sind gleich da.« Mandy deutete auf das Display ihres stumm geschalteten Navigationssystems. »Schau.«

Während Mandy den Wagen parkte, betrachtete Lale den beleuchteten Schriftzug des »Bohemia«. »Na, Hotel ist wohl etwas übertrieben«, stellte sie fest. »Sieht eher aus wie eine Gaststätte.«

Erst als sie direkt davor standen, bemerkten sie ein Schild, dass das »Bohemia« neben einem Restaurant auch als Pension auswies. Lale marschierte munter voran durch einen Vorraum in eine menschenleere Gaststätte. Der rustikale Tresen diente offenbar auch als Rezeption. Sie betätigte die kleine Glocke neben allerhand bunten Dresden-Prospekten.

»Ahoj!« Eine junge Frau erschien hinter dem Tresen und lächelte sie aus einem stark geschminkten Gesicht an. »Was kann ich tun für Sie?« Sie sprach mit einem harten östlichen Akzent. »Wenn Sie ein Zimmer wollen, tut mir leid. Alle belegt. Wir sind ausgebucht, total über Silvester.«

»Eigentlich bin ich auf der Suche nach Arno«, erklärte Lale. »Er ist ein Gast von Ihnen. Arno Beier oder Meier …?« Sie sah die junge Frau hilflos an. »Ich habe doch glatt seinen Nachnamen vergessen. Wissen Sie, wir kennen uns schon so lange …«

»Arrno Schumann.« Die junge Frau nickte lächelnd. »Der ist hier. Sie kommen auch aus seine Klasse, nicht wahr?«

Lale lächelte nur freundlich. Das lief ja wie am Schnürchen mit dieser redseligen Dame.

Die junge Frau kontrollierte ein hölzernes Brett an der Wand, an dem jedoch nur ein einziger Zimmerschlüssel hing. »Arrno ist noch nicht zurück von Stadtrundfahrt. Aber ich bin sicher, dass er kommen wird. Bald.« Dann wies sie mit großer Geste auf das leere Lokal. »Vielleicht Sie möchten essen eine Kleinigkeit bis Arrno kommt zurück.«

»Superidee«, verkündete Mandy. »Sie haben doch bestimmt böhmische Küche!«

»Natürrlich.« Die junge Frau grinste breit. »Den ganzen Tag warrme Küche mit original böhmische Gerichte. Nehmen Sie Platz.«

Lale und Mandy machten es sich auf einer Bank am Fenster bequem. »Wir sitzen hier wie die Hühner auf der Stange«, meinte Mandy.

»Ja, setz dich mal gegenüber auf den Stuhl«, schlug Lale vor. »Schließlich warte ich auf meinen alten Schulfreund Arno.«

»Na, also wie Jahrgang 1970 siehst du nicht wirklich aus.« Mandy grinste. »Wenn ich mir die Bemerkung erlauben darf.«

»Ich bin eben ein Jahr später eingeschult worden, mindestens zwei Mal sitzen geblieben«, erklärte Lale gut gelaunt. »Die paar Jährchen. Wetten, dass die meisten älter aussehen als ich.«

Die junge Frau kam mit zwei großen Speisekarten an den Tisch. »Ich bin übrigens Irina, Irina Černá. Mir gehört »Bohemia«. Herrzlich Willkommen! Was möchten Sie trinken? Ein Pivo?«

»Nein, bitte kein Bier«, erklärte Mandy. »Ich bin im …«

»Auto«, ging Lale schnell dazwischen. »Wir müssen noch Auto fahren. Ich hätte gerne eine Apfelsaftschorle.«

»Ich auch«, pflichtete Mandy bei, streifte mit einem Blick die Speisekarte und sagte: »Haben Sie ein Tagesgericht? Hauptsache, es sind böhmische Knödel dabei und viel Sauce.«

Irina Černá freute sich. »Ah, Sie lieben unsere Knedlíky. Was halten Sie von Rinderbraten? Ist mit wunderbare Sahnesauce.«

»Au ja«, sagte Lale schnell. »Das nehme ich.«

»Gut.« Irina Černá nahm die Speisekarten wieder mit.

Mandy rieb sich voller Vorfreude die Hände. »Du wirst sehen, das geht ganz schnell mit dem Essen. Ich liebe die böhmische Küche!« Sie beugte sich über den Tisch zu Lale. »Bestimmt sind Gerste und Kroko nur deshalb an die Grenze gefahren. Die düsen von Restaurant zu Restaurant und schlagen sich bei die Tscheschn den Bauch voll!«

Lale schmunzelte bei der Vorstellung, wie Gerste zufrieden mampfte und Kroko sich in seiner Pedanterie vermutlich jedes Gericht der Speisekarte notierte. »Warum wollte Gerste denn unbedingt so einen Aufwand betreiben? Meiner Meinung nach sind wir hier goldrichtig. So viele Arnos mit Klassentreffen an Silvester wird es wohl nicht geben.«

»Nun ja.« Mandy grinste verschmitzt. »Ich hatte ja nur den Namen ›Hotel Bohemia‹. Daran hat er sich dann so richtig festgebissen, und weil wir in Dresden erstmal nichts gefunden haben …«

»Du hast das so geplant, du Kommissarinnen-Luder.« Lale drohte ihr lachend mit dem Zeigefinger. Prompt fiel ihr der Barkeeper aus der Pianobar ein. »Mensch, das habe ich dir ja noch gar nicht erzählen können. Also, das mit dem Klassentreffen habe ich von …«

In diesem Moment brachte die Wirtin ihnen zwei riesige Gläser voll Apfelschorle. »Na zdraví! Das Essen ist gleich fertig.«

Lale wartete, bis Irina Černá wieder hinter ihrem Tresen verschwunden war. »Also, Jobst und ich haben den Hinweis von dem Barkeeper in der Bar, in der diese reiche Amerikanerin am Sonntagabend noch war«, erklärte sie leise. »Und sie war nicht alleine da, sondern in Begleitung eines Mannes.«

»Dann hatte Gerste das mit dem Klassentreffen von Jobst?« Mandy sah sie aus großen Kulleraugen an.

Lale dachte an das Telefonat mit New York. »Das ist eher unwahrscheinlich. Jobst verwechselt Klassentreffen ganz gerne mit Wiedervereinigung.« Sie grinste breit. »Aber ich habe Anabel Gerste gebeten, ihrem Mann den Hinweis weiterzureichen.«

»Sag du zu mir noch mal Kommissarinnen-Luder.« Mandy feixte.

»Psst«, machte Lale, denn sie sah die Wirtin mit zwei vollen Tellern nahen.

»So, hier haben Sie Rinderbraten, mit böhmische Knedlíky

und ganz viel Sauce.« Sie platzierte stolz die Teller vor den beiden Gästen. »Moment! Bästäck!«

»Du kannst aber ziemlich gut heimlich ermitteln«, zischte Mandy über den Tisch.

»Nur mit Brigitte ist das im Moment etwas schwierig«, zischte Lale zurück. »Sie kann nicht alleine sein.«

Die Wirtin brachte ihnen einen Teller mit in Servietten eingerolltem Besteck. »Dobrou chuť!« Sie lächelte. »Guten Appetit!«

Mandy und Lale bedankten sich und griffen zum Besteck.

»Mhm, wie das duftet!«, schwärmte Mandy. »Und wo ist Brigitte jetzt?«

»Pit ist bei ihr«, erklärte Lale, schob sich ein Stück Knödel mit Sauce in den Mund und kaute. »Das ist ja wirklich köstlich!«

Eine Weile aßen sie schweigend und genossen ihre üppigen Portionen. Lale schielte zur Tür und hoffte, dass Arno nicht ausgerechnet während des Essens auftauchen würde. Doch bisher blieb alles ruhig. Nur Irina Černá räumte etwas hinter dem Tresen herum.

»Ich war übrigens heute noch kurz bei Kowalski«, erklärte Lale leise. »Wusstest du das mit dem Chloroform?«

Mandy nickte kauend. »Obduktschionsberischt.«

»Ist alles recht?« Plötzlich stand die Wirtin wieder am Tisch und lächelte ihnen zu. »Schmeckt gut, ja?«

»Phantastisch«, erklärte Lale. »Sagen Sie, haben Sie hier eine Kühlkammer?«

Irina Černá guckte irritiert. »Ich weiß nicht, ob ich verstehe …«

»Brauchen Sie für dieses Lokal und Ihre Pension eine Kühlkammer?«, fragte Lale und legte kurz ihr Besteck zur Seite. »Oder haben Sie nur einen großen Kühlschrank?« Sie sah, dass Mandy sich sehr aufs Essen konzentrierte, um sie nicht anzusehen.

»Warum wollen Sie das wissen?«, fragte die Wirtin sichtlich

verunsichert. »Möchten Sie sich in unsere Küche umschauen?«

»Nein.« Lale lächelte möglichst gewinnend. »Wissen Sie, ich verkaufe Kühltechnik für … gewerbliche Nutzung.« Sie tupfte sich mit der Serviette am Mund herum.

Mandy beugte sich tiefer über ihre Knödel.

»Ah, es ist Ihr Beruf.« Jetzt verstand die tschechische Wirtin sie offenbar. »Tut mir Leid, wir haben große Kühlraum. War schon drinnen in Lokal, als ich habe gekauft.«

»Ich verstehe.« Lale nickte. »Das Essen ist wirklich toll!«

Als Irina Černá wieder verschwunden war, kicherte Mandy leise. »Du musst dich aber sehr gelangweilt haben in den letzten Tagen, wenn du jetzt Kühlschränke verkaufst.«

»Achtung«, zischte Lale. »Da kommt jemand. Nicht umdrehen!«

»Ist es Arno?«, flüsterte Mandy.

»Woher soll ich das wissen?«, gab Lale leise zurück. Sie beobachtete, wie die Wirtin auf den Mann einredete und in ihre Richtung deutete. Der Mann machte sich auf den Weg zu ihnen.

»He, Fälix!«, rief die Wirtin ihn zurück.

»Nicht Arno«, flüsterte Lale Mandy zu und beobachtete, wie Irina Černá den Mann flüchtig über den Tresen hinweg küsste. »Ihr Lover.«

Der Mann, der jetzt auf Lale und Mandy zukam, war dunkelhaarig und etwas untersetzt. Er musterte sie durch Brillengläser. »Claudia? Bist du es wirklich?«

Lale atmete tief durch. Dann grinste sie. »Felix? Ja, isses denn wahr?« Sie überlegte kurz, ob sie aufspringen sollte, entschied sich jedoch dagegen.

»Mensch Claudia, ich dachte, du bist krank!«, dröhnte Felix durch den Raum. »Hast dich aber schnell erholt! Ich hätte dich glatt nicht erkannt mit den kurzen Haaren und dann blond.«

»Na ja, öfter mal was Neues«, sagte Lale ausweichend.

»Geschieden, was?« Felix zog sich einen Stuhl an den Tisch. »Habe ich auch durch.« Er musterte sie leutselig. »Dein Ex-Mann muss echt bescheuert sein, wenn ich dich so anschaue.«

»Ist er«, sagte Lale voller Inbrunst, froh über so viel unverhoffte Wahrheit. »Darf ich dir Mandy vorstellen?«

»Aber sicher. Hallo!« Er reichte Mandy die Hand und Lale bemerkte, dass ihm zwei Finger fehlten. Felix war also der Mann, mit dem die reiche Amerikanerin sich in der Pianobar kurz vor ihrem Tod die Cocktails genehmigt hatte. Natürlich, er musste es sein!

»Jetzt sag aber nicht, dass das deine Tochter ist!«, rief Felix begeistert aus. »Das ist ja faszinierend. Sie sieht aus wie du damals. Bist du deshalb plötzlich nach der Elften verschwunden? Weil du schwanger warst?«

Lale grinste. Entweder lieferte der Typ ihr gerade die optimale Vorlage, oder er verarschte sie total. Im Prinzip war das jetzt auch egal. »Mandy, aufessen«, kommandierte Lale amüsiert.

»Darf ich noch ein Palatschinky?« Mandy rollte mit ihren Kulleraugen. »Och, bitte …«

Lale ignorierte sie geflissentlich und sah Felix an. »Und, mein Lieber, erzähl mal, wie es dir ergangen ist!«

»Ach, das können wir uns doch alles morgen in Ruhe erzählen«, sagte Felix. »Irina sagte, du wolltest Arno treffen?«

»Ja, wir sind verabredet«, erklärte Lale. »Ohne ihn wäre ich gar nicht hier. Er hat mich sozusagen überredet.«

»Ja, schade, dass alle Zimmer belegt sind.« Felix hob bedauernd die Hände. »Aber was soll man machen? Mit so vielen Ehemaligen hatte ich gar nicht gerechnet.«

»Kein Problem.« Lale winkte lässig ab. »Wir übernachten im Maritim. Arno sagte, Marita wäre auch da.« Sie sah wie Mandy hastig zum Glas griff und trank. »Ich bin so gespannt. Ich habe sie ewig nicht gesehen. Sie lebt ja schon eine ganze Weile in den Staaten.«

Felix' Blick flackerte kurz auf. »Ich muss zugeben, dass ich gar nicht wusste, dass Marita kommen will«, sagte er. »Sie hat sich bei mir nicht mehr gemeldet.«

»Ach was?« Lale grinste ihn eindringlich an. »Dabei hatte sie sich doch gerade auf ein Wiedersehen mit dir so gefreut!« An diesem Felix musste etwas faul sein. Sie bemühte sich, ihre ermittlerische Genugtuung zu verbergen. »Aber du hast mit der ganzen Organisation für morgen sicher noch viel zu tun«, erklärte sie. »Mandy, mein Engel, regelst du das eben mit der Rechnung? Du kannst ja im Auto auf mich warten. Ich muss noch mal schnell für kleine Ehemalige.« Sie lächelte Felix an.

»Die Toiletten sind da hinten«, gab er Auskunft. »Dann können wir morgen ja mal so richtig über alte Zeiten plaudern.«

»Genau.« Lale erhob sich.

»Bist du gewachsen?«, fragte Felix prompt. »Ich hatte dich viel kleiner in Erinnerung.«

»Muss wohl so sein.« Lale beeilte sich, durch das Lokal in Richtung Toiletten zu verschwinden. Sie folgte zunächst der Beschilderung in einen kleinen Gang, ließ die Toiletten links liegen und versuchte vorsichtig, eine Tür mit der Aufschrift »Privat« zu öffnen. Mist, abgeschlossen. Dann lauschte sie dem Lachen der Wirtin, das aus der Gaststube drang. Wenn sie Glück hatte, konnte sie sich jetzt durch die Küche schleichen, um sich hier ein bisschen umzusehen. Sie drückte behutsam die Klinke der Tür herunter, auf der »Küche« stand. Offen. Vorsichtig sah Lale sich um. Es war niemand zu sehen. Zur Linken gab es eine Schwingtür, die offenbar hinter den Tresen der Gaststube führte. Und dort rechts gab es eine weitere Tür ohne Beschriftung.

Lale huschte durch die Küche und öffnete die Tür. Dahinter befand sich ein schmaler Gang mit dürftiger Beleuchtung. Schnell lief sie weiter. Was war das? Da lag etwas kleines Schwarzes. Als Lale sich bückte, sah sie, dass es ein Knopf war. Und er sah genauso aus, wie der, den sie unlängst aus Pit Bulls Hundehäufchen gezogen hatte. Flink zog sie ein Taschentuch aus der Jackentasche, wickelte den Knopf hinein und ließ ihn so verpackt in ihrer Hosentasche verschwinden. Auf einmal vernahm sie Stimmen aus der Küche. Lale huschte weiter über den Gang bis zu einer Stahltür. Hier ging es entweder in den Keller, oder die Tür führte in den Kühlraum, von dem die Wirtin gesprochen hatte. Lale zog die hebelartige Klinke herunter. Die Tür öffnete sich. Eiseskälte schlug ihr entgegen. Das war eindeutig kein geräumiger Kühlschrank, sondern eine Tiefkühlkammer. Vorsichtig machte sie einen Schritt nach vorne und tastete nach einem Lichtschalter. Wo war der denn? Es musste hier drinnen doch Licht geben.

In diesem Moment dröhnten hastige Schritte über den Gang. »Wo ist sie denn?«, hörte sie Felix schimpfen. »Los, nun geh und sieh auf dem Klo nach!«

»Ich geh schon«, sagte Irina Černá gereizt. »Ja, ja, ich gehe schon.«

»Und alles lässt du offen!«, schnauzte er. »Das kostet doch Geld.« Peng. Mit einem kräftigen Schlag war die Tür zum Kühlraum ins Schloss gefallen.

Lale stand im Stockfinstern. »Scheiße«, murmelte sie leise und versuchte, sich vorsichtig zur Tür zu tasten. Ob man die von innen öffnen konnte? Da, wo sie die Tür vermutete, war alles glatt und kalt. Es gab keine Klinke oder irgendeinen Hebel. Sie tastete neben der Tür herum. Wo war denn hier das verdammte Licht? Lale fröstelte. Zum Glück hatte sie ihre dicke Jacke an. Sie machte vorsichtig einen Schritt von der Tür weg. Ob es hier noch einen weiteren Ausgang gab? Sie überlegte kurz. Nein, das war unwahrscheinlich. Solche Kühlkammern mussten hermetisch abgeriegelt sein. Ihr stockte der Atem. Hier war es nicht nur eisig kalt, hier würde ihr auch der Sauerstoff abhanden kommen. Sie bemühte sich, ruhig zu atmen. »Ganz ruhig«, sagte sie zu sich selbst. »Du musst ruhig bleiben.« Sie musste kurz an Anabel Gerstes nervendes Beruhigungsgelaber denken. Es tat offenbar schon seine Wirkung. Warum sollte sie denn ruhig bleiben? Sie sollte an die Tür hämmern, Krach schlagen, sich bemerkbar machen! Mit ein paar unsicheren Schritten war sie wieder an der Tür. Sie lauschte, aber es war nichts zu hören. Vermutlich würde sie da draußen überhaupt niemand wahrnehmen. Und wenn doch? Was, wenn dieser Felix genau wusste, dass sie hier drin war? Womöglich würde sie ohnehin hier drin landen, wenn ihre Tarnung aufflog. Wenn sie nicht schon längst aufgeflogen war. Sie befühlte vorsichtig den eingewickelten Knopf in ihrer Jackentasche. Alles deutete doch darauf hin, dass er … Lale sog die kalte Luft ein. Mandy war da draußen. Und sie würde sie suchen. Sie würde irgendetwas tun. So lange musste sie durchhalten.

Lale dachte an den Milla-Pabst-Krimi und wie Milla das Erfrieren beschrieb. Gut, es war zwar eisekalt hier, aber im Vergleich zu einem Lawinenopfer hatte sie noch jede Menge Sauerstoff. Sie wusste zwar nicht wirklich, wie groß dieser Raum war … Lale reckte sich. Sie konnte nur mit Mühe die Decke erreichen. Der Raum war also nicht so klein. Der Raum war groß genug. Sie hatte mal irgendwo gehört, dass Menschen auch in sehr kleinen Fahrstühlen eine ganze Weile überlebten. Lale bemerkte, dass sie zu zittern begann. Sie musste in Bewegung bleiben. Sie begann, auf der Stelle zu hüpfen. Hüpfen, hüpfen, hüpfen.

Doch die Knödel lagen schwer im Magen und nach einer Weile schmerzten ihre Knie- und Fußgelenke. Hüpfen war sicher nicht das Ideale. Sie musste laufen, immer auf der Stelle laufen. Mein Gott, das war so kalt, dass sie nur schwer atmen konnte bei dieser körperlichen Anstrengung. War das nicht auch ein Grund, warum man in Eiseskälte nicht joggen sollte? War das nicht schlecht für die Lungen?

Egal. Wenn sie erfrieren würde, täte das ihren Lungen auch nicht gut. Also weiter. Sie spürte, dass ihr Schweiß augenblicklich in ihrem Gesicht festzufrieren schien. Ihre Ohren waren wie betäubt und als sie sich durch die Haare fuhr, knirschte es, als würden Eiszapfen gegeneinander schlagen. Obwohl sie nun wieder sprang und sich die Hände auf die Oberarme schlug, bibberte sie fürchterlich.

Die Kälte biss ihr in die Atemwege und vor allem Hände und Füße schmerzten, egal, wie schnell sie sich bewegte. Sie musste sich ausruhen, nur einen Moment lang. Schlotternd ließ sich Lale die Wand hinab gleiten. Solange sie zitterte, war alles okay. Solange sie nicht unter 30 Grad Celsius abkühlte, konnte nicht viel passieren.

Warum hatten der Pfarrer, die Lehrerin und all diese angesehenen Bürger in Sankt Josef sterben müssen? Weil sie Fehler gemacht hatten, schwerwiegende Fehler in der Vergangenheit. Es war Rache. Ein gutes Motiv. Ein echtes Motiv. Er hatte sich an allen rächen wollen. Fast wäre auch der Bischof … Aber Milla. Lales Augen wurden schwer. Aber warum hatte eine Unbeteiligte sterben müssen? Warum war da diese Frau von außerhalb zu Tode gekommen?

Lale spürte, wie das Zittern immer mehr nachließ. Nein, dachte sie. Du musst dich bewegen. Nicht nachlassen! Doch ihre Beine gehorchten ihr nicht mehr, und auch die Arme konnte sie kaum bewegen. Immerhin waren die Schmerzen kaum noch zu spüren. Alles an ihr schien taub, völlig gefühllos.

In diesem Moment hörte sie ein leises Geräusch, dann schien ein Lichtstrahl vor ihr aufzutauchen. »Hier ist sie!«, hörte sie eine bekannte Stimme. Milla!

Als Lale wieder zu sich kam, lag sie fast nackt auf einem harten Fußboden.

»Mandy, mein Engelchen, das hast du gut gemacht! Ganz hervorragend!«, hörte sie Kowalskis Stimme sagen.

»Zum Glück scheint Samson Perowski seine Krimis gut zu recherchieren«, vernahm Lale nun Mandys Stimme.

»Meine Güte, Lale!« Das war Jobst. »Musst du immer solche Sachen veranstalten. Hättest du mich nicht anrufen können?«

Beachparty

Peng! Lale zuckte zusammen und Pit Bull legte die Ohren an. Mussten die schon am Nachmittag mit dieser blöden Knallerei anfangen? Peng! Schon wieder. Lale zog Pit Bull genervt in den Hausflur. »Gut, dass wir eine große Runde gemacht haben, mein kleiner Kläffer.« Sie tätschelte den Hundekopf. Am Abend würden bei dem Krach keine zehn Pudeldamen das arme Tier mehr vor die Tür bekommen. Müde schleppte Lale sich die Stufen zu ihrer Wohnung hoch. Ihr unfreiwilliger Ausflug in die Tiefkühlkammer saß ihr immer noch ganz schön in den Knochen. Vor allem, wenn sie daran dachte, dass sie über eine Stunde in der eisigen Finsternis direkt neben dem toten Arno ausgeharrt hatte. Aber zum Glück hatte sie das erst hinterher erfahren. Und zum Glück hatte Mandy schnell die Hausdurchsuchung im »Bohemia« angeleiert. Eine Stunde länger in der Tiefkühlung, und sie hätte gar nichts mehr erfahren von diesem Leben.

Gähnend erreichte Lale den zweiten Stock. Sie war sogar zu faul, den Schlüssel aus der Tasche zu ziehen und klingelte.

Nanu, war Pit gar nicht da? Sie klingelte noch mal und legte das Ohr an die Tür. Da drinnen dudelte Musik. Vermutlich hörte er die Klingel nicht. Als Lale gerade seufzend in ihrer Jackentasche nach dem Schlüssel kramte, öffnete sich die Wohnungstür.

Vor ihr stand eine kaum bekleidete Mandy, die sich offenbar notdürftig in ein Handtuch gehüllt hatte. »Du?« Mandys Wangen erglühten. »Mit dir haben wir noch gar nicht gerechnet.« Sie drehte sich um und rief: »Es ist Lale!«

»Oh Mist!« Das war Jobsts Stimme. Sie kam aus Lales Schlafzimmer. »Ich bin gleich soweit!«

Lale sah Mandy ungläubig an. »Was macht er da?«

»Er zieht sich an«, erklärte Mandy.

Lale sah an ihr herunter. »Könnte dir auch nicht schaden.«

In diesem Moment öffnete sich die gegenüberliegende Wohnungstür und Brigitte sah sie erschrocken an. »Du?«

»Ich wohne hier, wenn es recht ist.« Lale runzelte die Stirn. »Die Frage ist doch, was ihr hier eigentlich treibt!« Sie deutete auf Brigittes Hauch von einem Sommerkleidchen. »Wie siehst du überhaupt aus?« Dann erst gewahrte sie Brigittes Badelatschen, weil Pit Bull ihr hingebungsvoll die feuerrot lackierten Zehennägel leckte.

»Kommt rein, es ist kalt im Treppenhaus.« Mandy zog sie in die Wohnung.

Lale schüttelte verständnislos den Kopf. Sie schlüpfte schnell aus Stiefeln und Jacke. Ihr war plötzlich unerträglich heiß. Dann stapfte sie auf Socken ins Schlafzimmer. »Sag mal, Petersen, was … Oh.«

Da stand Jobst in Bermudashorts und einem wahrhaft gruseligen Hawaihemd vor ihr. Mit dem Strohhut sah er wirklich kreuzdämlich aus.

Er grinste blöde. »Überraschung!«

»Nicht wirklich«, entgegnete Lale trocken. »Ich wusste schon immer, dass du ein Rad ab hast. Raus aus meinem Schlafzimmer!«

Jobst öffnete die Schiebetür zum Wohnzimmer, wo Lale jetzt die Quelle für die Musik ausmachen konnte. Reggae … auch das noch. »Zieh dir ein hübsches Kleidchen an«, säuselte Jobst. »Beachparty.« Es gelang ihm gerade noch, die Tür hinter sich zu schließen, um nicht von Lales Wurfgeschoss – dem Milla-Pabst-Krimi – getroffen zu werden. Sie hatte so schnell nichts anderes zum Werfen auf dem Nachttisch ergattern können.

Als Lale nach längerem Wühlen endlich ein Sommertop und ihre alte abgeschnittene Jeans im Schrank fand, purzelte beim Ausziehen ein zerknülltes Taschentuch aus ihrer Hosentasche. Der Knopf, den sie im »Bohemia« gefunden hatte!

Sofort wollte sie Mandy das zusätzliche Beweismittel präsentieren. Doch als sie ins Wohnzimmer hinüberstürmte, blieb sie im Sand stecken. Was war das? Ihr gesamtes Wohnzimmer glich einer Strandbar. Sofa und Sessel waren in die Ecken verbannt und durch Liegestühle ersetzt. Und da baumelte sogar die alte Hängematte, die sie seit Hamburg nicht mehr aufgehängt hatte. Der eigenwillige Weihnachtsbaum war verschwunden. Stattdessen stand dort nun Jobst hinter einer nicht minder eigenwillig improvisierten Bar und mixte Cocktails. Pit Bull durchwühlte begeistert den Sand, bis er auf Teppich stieß, während Brigitte und Mandy sich in ihren Bade-Outfits gemächlich zum Reggae-Sound wiegten.

Während sich Lale fragte, ob beginnende Erfrierungen nicht doch halluzinatorische Wirkungen nach sich zogen, inspizierte sie die Küche, in der augenscheinlich das von Brigitte effektvoll inszenierte Büffet lauerte. Daneben standen zwei Safari-Helden, die ihr irgendwie bekannt vorkamen.

Als der erste Safarihelm gelüftet wurde, erkannte sie trotz der riesigen Sonnenbrille sofort Kowalski. »Meine liebe Frau Kommissarin!« Er lächelte. »Oder sollte ich lieber sagen ›Kannibalin‹?« Der Rechtsmediziner deutete auf ein Arrangement aus Fondue-Untersatz, Bowletopf und Lebkuchenmann. Letzterer schien gerade sein Leben auszuhauchen. »Ganz entzückende Dekoration, so morbid …«

»Und diese Cocktails erst!« Dr. Wurm hielt ihr ein schirmchenbewehrtes Glas vor die Nase. »Sex on the beach … Der Herr Staatsanwalt besitzt wirklich ganz außergewöhnliche Talente!"

»Na, ob Sex on the beach dazu gehört …« Lale grinste. »Aber Cocktails mixen kann er.« Sie sah Kowalski an. »Und dieser Arno Schuhmacher lag tiefgekühlt in der Eiskammer?«

Kowalski nickte. »Er ist schon seit einigen Tagen tot. Während wir hier den fernen Sommer zelebrieren, ist er quasi noch im Auftauen begriffen.«

»Felix wollte also tatsächlich den Frauenmörder mimen«, sagte Lale nachdenklich. »Und das Chloroform?«

»Diese Frau, seine Komplizin, hat früher als PTA gearbeitet«, erklärte Wurm.

Lale runzelte die Stirn. »PTA klingt irgendwie nach Labor.«

»Pharmazeutisch Technische Assistentin«, bestätigte Wurm und nahm den letzten Schluck von seinem Cocktail.

Als Lale sich umdrehte, sah sie Anabel Gerste zur Tür hereinkommen und grinste. »Hallo, Anabel! Wie geht es Ihnen denn heute?«

Die Psychologin wirkte aufgewühlt. »Ich habe gerade erst von dieser ganzen Pesterreger-Geschichte erfahren. Ich bin erschüttert!«

»Aber Anabel«, sagte Lale schmunzelnd. »Bitte, beruhigen Sie sich.«

Jetzt musste auch die Psychologin schmunzeln. »Ich bin trotzdem noch immer entsetzt, weil ich diesen Professor kenne.«

Es klopfte an der Wohnungstür. »Entschuldigung.« Lale öffnete. »Chef?«

Gerste betrat mit einem großen Blumenstrauß in der Hand die Wohnung. »Es ist ja quasi unmöglich, hier in der Gegend einen Parkplatz zu finden. Vielen Dank für die Einladung und … für Ihren selbstlosen Einsatz.« Die letzten Worte murmelte er sichtlich verlegen in die Blumen, die er Lale in die Hand drückte.

»Danke.« Lale sah Gerste an. »Sagen Sie mal, wie war das noch gleich mit diesem Professor und den Pestflöhen?«

»Nun, er hat seine Studenten mit Prüfungsnoten erpresst. Zumindest einen.« Gerste nickte den beiden Rechtsmedizinern kurz zu. »Und dieser Semmler ist ihm wohl auf den Fersen gewesen.«

»Was mich ja besonders interessiert, ist das Motiv«, erklärte Anabel. »Professor Schildfuchs wollte doch dem eigenen Institut schaden, nicht wahr?«

»Ach, Anabel, das habe ich dir doch schon erzählt«, sagte Gerste missmutig.

»Na dann erzählen Sie es für uns doch bitte noch mal, Chef«, schlug Lale vor. »Sie wissen doch, ich habe ja auf meiner Quarantänestation auch nicht alles so ausführlich mitbekommen.«

»Nun, er fühlte sich übergangen«, erklärte er knapp. »Seine jüngere Kollegin wurde auf den Lehrstuhl gesetzt, den er erklimmen wollte. Er wollte ihr eine Panne mit Bakterien in die Schuhe schieben.«

»Rache ist ein gutes Motiv«, sagte Lale.

»Also ›gut‹? Vielleicht eher ›stark‹«, ergänzte die Psychologin.

»Hallo, die Herrschaften!« Mandy zupfte an ihrem Badetuch herum. »Worum geht's?«

»Um Rache«, erklärte Lale. »Die Rache des Pest-Professors.«

»Na, darum scheint es ja häufig zu gehen«, sagte Mandy leichthin. »Denkt an unseren Killer Felix. Der hat sich doch auch nur an seinen früheren Mitschülern gerächt, weil die ihn auf einer Skifreizeit des Nachts nackt in den Schnee gesetzt haben.« Sie hielt ihre rechte Hand in die Höhe. »Dabei hat er zwei Finger verloren. Das hat er ihnen wohl nie verziehen.«

»Private und berufliche Frustrationen sind auch bei Männern oft langfristige Auslöser«, erklärte Anabel. »Trotzdem sind es meist wir Frauen, die Rache eiskalt genießen …«

»Aber wir lassen uns dabei nicht erwischen«, ergänzte Lale grinsend. »Es ist kein Wunder, dass wir grundsätzlich mehr männliche Täter haben. Männer sind nicht die größeren Verbrecher, sie stellen sich nur blöder an!«

Gerste sah erst Lale und dann seine Frau an. »Und solche Theorien heckt ihr beide gemeinsam aus.« Er schüttelte den Kopf.

»Wieso Theorien?« Lale lachte. »Kommen Sie, wir holen uns einen Cocktail beim Herrn Staatsanwalt und genießen die Praxis.«

Christine Sylvester
Barocke Engel

96 Seiten | Paperback
Format 11,5 cm x 18,7 cm
ISBN 978-3-938916-02-5
3. Auflage

Christine Sylvester
Muschebubu

347 Seiten | Paperback
Format 11,5 x 18,7 cm
ISBN 978-3-938916-13-1

Beatrice und Philipp Beng
kurz vor danach und gegenüber von immer

376 Seiten | Paperback
Format 12 x 18,6 cm
ISBN 978-3-938916-11-7

Romy Fölck
Täubchenjagd

272 Seiten | Paperback
Format 11,5 x 18,7 cm
ISBN 978-3-938916-07-0

Romy Fölck
Blutspur

256 Seiten | Paperback
Format 11,5 cm x 18,7 cm
ISBN 978-3-938916-04-9

www.kahl-verlag.de

krim|kahl